Udo Scheer

Die Sonne hat vier Ecken

Udo Scheer

Die Sonne hat vier Ecken

GÜNTER ULLMANN – eine Biografie

mitteldeutscher verlag

Gewidmet Angelika Ullmann
Für Clemens und Kyrill

Inhalt

Grüße den lieben Ullmann mit den filigranen, feintraurigen, tollen Gedichten

Einführung

Morgens gegen halb sieben klingelte gewöhnlich das Telefon im Flur neben der Schlafzimmertür: „Auf, auf, sprach der Fuchs zum Hasen! Hörst du nicht, es wird zur Jagd geblasen!" Dann folgte ein unverkennbar, vergnügtes Lachen aus der Muschel und die erwartungsfreudige Frage: „Hab ich dich geweckt?"
Günter Ullmann wusste, meine Frau und ich waren Frühaufsteher. Regelmäßige Anrufe, auch bei anderen, sobald er auf Arbeit kam, waren für ihn Ritual. Meist wollte er wissen, was es Neues gäbe, woran wir im Augenblick arbeiteten, was wir gerade lasen und ob wir von dem und dem Autor schon gehört hätten. Wenn er auf diese Weise einige Freunde angerufen hatte, zwischendurch Kaffee gekocht und die obligatorische Zigarette geraucht war, fing der Tag für ihn gut an. Seine Vorgesetzten in der Stadtverwaltung Greiz, in der er nach 1990 zunächst als Sachbearbeiter Kultur und später im Stadtmuseum eine Anstellung gefunden hatte, kapitulierten bald. Nur die Kosten für seine Privatgespräche sollte er selber tragen. Und die waren beachtlich.

Die kleine, abseits aller Hauptrouten gelegene Residenzstadt Greiz übte schon lange, bevor ich Günter Ullmann kennenlernte, einen besonderen Reiz auf mich aus – und wohl nicht nur auf mich. Nähert man sich dieser Stadt mit der Eisenbahn entlang des Flusslaufs der Weißen Elster mit ihren bizarren Felsformationen und dicht bewaldeten Hängen, fühlt man sich wie in eine Märchenwelt versetzt. Folgt man der B 92 mit dem Auto über die dünn besiedelte, überwiegend landwirtschaftlich genutzte Hochebene des Thüringer Vogtlandes, findet man sich nach einer plötzlichen, steilen Abfahrt wenige Kilometer vor der Stadt ebenfalls unversehens in einem von dunklen Nadelwäldern umgebenen Tal.

Hinter dem Ortseingang fällt auf einem gewaltigen Fels zunächst das wuchtige Obere Schloss auf. Nach einem Brand 1540 wurde es im Renaissance-Stil neu errichtet und später um profanere klassizistische Anbauten erweitert. Unter dem Schloss zieht sich in freundlichem Kontrast eine prachtvolle Straßenzeile im repräsentativen Jugendstil den Fluss entlang. Die verzierten Fassaden der Bürgerhäuser künden vom Wohlstand der Textilstadt vor hundert Jahren. Und als Greizer Novum präsentiert sich im Stadtzentrum mit dem neueren, schmucken Unteren Schloss ein zweites Residenzschloss. Die beiden einstigen Herrschaftssitze stehen als bleibende Erinnerung an die nochmalige Teilung des 316 km^2 winzigen Fürstentums Reuß, ältere Linie. Zusammen mit einem ausgedehnten Landschaftspark im englischen Stil, mit seinem Sommerpalais als Domizil einer zweihundertjährigen bedeutenden Kupferstich- und Karikaturensammlung, mit Parksee und Blumenuhr künden die beiden Schlösser heute von der Blütezeit und von Blüten deutscher Kleinstaaterei.

Der Umbruch nach 1989 bedeutete zunächst das weitgehende industrielle Aus für die Stadt und ihre Bewohner, die überwiegend in der Papier- und Textilindustrie gearbeitet hatten. Einzig das Greizer Textilmuseum erinnert noch an die „Stadt der Stoffe". Die Einwohnerzahl sank seit dem Ende der DDR um fast dreißig Prozent auf 22.900 im Jahr 2010. Aber auch zuvor schon hatte die Zahl von 46.400 im Jahr 1946 bis 1989 kontinuierlich um ein Fünftel abgenommen. Zu abgelegen war diese Stadt hinter den Bergen. Zu sehr dem Verfall preisgegeben waren die Gebäude und architektonischen Schmuckstücke im Weichbild der Stadt und die an die Stadthänge geduckten Armenhäuser der Textilarbeiter vergangener Zeiten.

Zu meiner ersten Begegnung mit Greiz kam es 1973. Die Agonie und Tristesse, das Einheitsgrau, die extreme Luftverschmutzung in dieser Stadt in ihrer Tallage, das durch Papier- und Textilindustrie schwarzbraun verfärbte Wasser der Weißen Elster mit ihren Schaumkronen nahm ich nur am Rande wahr. In all dem unterschied Greiz sich kaum von anderen Orten in der DDR. Das Beson-

dere dieser Stadt war, irgendwo da oben, in einem Mietshaus in der Franz-Feustel-Straße, wohnte der Dichter Reiner Kunze.
Kunze war ein achtungsvoll ausgesprochener Name in unserem Freundeskreis und im „Arbeitskreis Literatur“ Anfang der siebziger Jahre um Lutz Rathenow und Jürgen Fuchs. Wir studierten in Jena, Fuchs Sozialpsychologie, Rathenow Germanistik/Geschichte, ich etwas Technisches. Andere in unserem Kreis waren Lehrlinge und junge Arbeiter, denen ein Studienplatz verwehrt worden war. Wir rieben uns an Widersprüchen zwischen sozialistischem Ideal und der Wirklichkeit, und bald würde „der Staat mit Kanonen auf uns junge freche Spatzen schießen“, wie Siegfried Reiprich, der philosophische Kopf unter uns, es einmal formuliert hatte. Wir hörten Tonbandmitschnitte mit frechen Liedern des verbotenen Wolf Biermann, und es kursierten Schreibmaschinenabschriften mit in der DDR nicht veröffentlichbaren Texten und Gedichten. In Kunzes Gedichtzyklus *die post* lasen wir meisterhaft prägnant in Worte gesetzt unser eigenes Empfinden zwischen Bevormundung und dem kleinen Mut zum Aufbegehren: *Sie / sind gott / Sie verpassen meinen briefen / grasgrüne uniformen / Sie / sind der feldwebel.* Durch Gedichte wie *Erinnerung an Greiz* sahen wir uns bestärkt in unserem Spannungsverhältnis gegenüber dem „vormundschaftlichen Staat“: *Häuserhänge wie / von naiven gemalt … // Am schloßturm / fahnen, ausgehängt nach / ost und west, zwei / taube ohren // (…) // Wälder wälder, auszuschweigen / das wort.*
„Wälder, Wälder, auszuschweigen das Wort“ war der Code: Es gibt Gleichgesinnte, vieles ist zu sagen – für die richtigen Ohren!
Als 1973 bei Reclam Leipzig überraschend Reiner Kunzes Gedichtband *Brief mit blauem Siegel* erscheinen konnte, war der in keiner der Jenaer Buchhandlungen, die ich sofort aufsuchte, zu bekommen. Es war wohl Jürgen Fuchs, der den Tipp gab. Er, der im vogtländischen Reichenbach, keine zehn Kilometer von Greiz entfernt aufgewachsen war, hatte Reiner Kunze schon 1967/68 mit siebzehn, achtzehn besucht, um dessen Urteil über seine eigenen frühen Gedichte zu hören. Seither standen sie in Kontakt, und Fuchs sagte achtungsvoll: „Kunze hat mich nie zurückgewiesen. Er sagte höchstens in seiner Art, wie er pädagogische Ratschläge gibt: ‚Um Himmels Willen, bilden Sie sich aus, das ist alles viel zu früh!‘“

Nach Jürgen Fuchs' Tipp: „Vielleicht in der privaten Buchhandlung Herz in Greiz" setzte ich mich aufs Motorrad. Der Buchhändler lächelte, als er meinen verdutzten Blick sah. Da lag ein richtiger Stapel dieser begehrten Bändchen mit dem weißen Schriftzug *Brief mit blauem Siegel* auf schwarzem Grund hingezaubert neben der Kasse. Zu meinem bislang erfolglosen Bemühen meinte der Buchhändler verschmitzt: „Da der Dichter in Greiz wohnt, haben wir ein größeres Kontingent bestellt. Das ist doch ein Grund, oder?"

Ich war begeistert von der Klarheit der Sprache in Kunzes Gedichten und ich mochte Brecht. Bei Brecht gab es das Gedicht *RUDERN, GESPRÄCHE // Es ist Abend. Vorbei gleiten / Zwei Faltboote, darinnen / Zwei nackte junge Männer: /Nebeneinander rudernd / Sprechen sie. Sprechend / Rudern sie nebeneinander.*

Und dann las ich in *Brief mit blauem Siegel*:

RUDERN ZWEI // Rudern zwei / ein boot, / der eine / kundig der sterne, / der andre / kundig der stürme, / wird der eine / führn durch die sterne, / wird der andre / führn durch die stürme, / und am ende ganz am ende / wird das meer in der erinnerung / blau sein.

Gemessen an Kunzes Sprachkraft und der Dimension, die sein Gedicht eröffnete, erschien mir Brechts *RUDERN, GESPRÄCHE* nur noch wie eine blasse Skizze.

Wir waren beeindruckt von Kunzes Prägnanz, von der Intensität seiner Bilder. Er beeinflusste manchen in seinem eigenen Stil.

Erleben konnte ich ihn das erste Mal 1974 bei einer Verbandssitzung des Schriftstellerverbands Gera/Erfurt in Weimar. Jürgen Fuchs und ich waren als Gäste eingeladen, damals noch als potentielle Kandidaten für eine sozialistische Schriftstellerkarriere. Wir saßen dort einige Male zu dritt an einem einzelnen hinteren Tisch wie an einem Katzentisch. Die Mehrheit der regionalen Autorengrößen mied Kunze wie einen Renegaten, seit sein Gedichtband *zimmerlautstärke* in der Bundesrepublik erschienen war und er 1973 den „Großen Literaturpreis der Bayerischen Akademie der Schönen Künste" erhalten hatte. Wir beobachteten und amüsierten uns über diese Selbstdarsteller, etwa wenn Armin Müller mit seinem obligatorischen Glas Cognac am Präsidiumstisch Platz nahm oder wenn

der Vorsitzende Harry Thürk sich in Klassenkampftiraden erging. Es war interessant, Kunze fiel vor allem durch seine Zurückhaltung auf. Manchmal machte er sich Notizen. Und irgendwann kursierte dieses Epigramm: *dialek / tik // „Die Lehre von Karl Marx ist allmächtig, / weil sie wahr ist."*
Im Nachhinein erscheint es erstaunlich: Über Günter Ullmann, der nur zwei Straßenzüge von Kunzes entfernt wohnte, und der mit Jürgen Fuchs bereits befreundet war, sprach keiner von beiden.

Begegnet sind Günter Ullmann und ich uns das erste Mal im Herbst 1990 im Gesamteuropäischen Studienwerk im kleinen Städtchen Vlotho zwischen Bielefeld und Hannover. Diese Stiftung, die seit Jahren osteuropäische Exilautoren und Oppositionelle zusammenbrachte, veranstaltete jetzt, da die Grenze offen war, erstmals ein „ost-ostdeutsches" Autorentreffen zwischen ausgebürgerten und in der DDR mit Veröffentlichungsverbot belegten Schriftstellern. Der nach Westberlin ausgebürgerte Jürgen Fuchs hatte die Einladungsliste zusammengestellt. Er wollte engere Kontakte untereinander knüpfen. An dem großen lichtdurchfluteten Seminarraum beeindruckten selbst die auf die Scheiben aufgeklebten Vogelsilhouetten. Sogar die waren neu für uns aus der DDR. Ebenso neu für uns war die Kultur des Diskurses, etwa als es unter den anwesenden Literaturwissenschaftlern, unter ihnen Manfred Jäger aus Münster und Joachim-Rüdiger Groth aus Schwäbisch Gmünd, streitbar um die Frage ging: „Was bleibt von der DDR-Literatur?" und unvermittelt eine Dame wissen wollte: „War der DDR-Staatsschriftsteller eine Charaktersau?"

Günter Ullmann in seiner Bescheidenheit wirkte in diesem Kreis überaus glücklich. In den Gesprächen, in denen er immer gern lachte, war er sofort sympathisch. Als ich meinte: Unfassbar, da wohnen wir keine fünfzig Kilometer entfernt und begegnen uns zum ersten Mal in Vlotho, und fortfuhr, vor ein paar Jahren hätte ich ihm etwas zu einigen seiner Gedichten geschrieben, leider ohne Antwort, wurde er ernst: „Ich konnte nicht." Damit stand etwas im Raum, das tiefer ging als diese drei Worte.
Abends lasen Autoren ihre Texte – Gabriele Stötzer, Joochen Laabs

und mit dem meisten Zwischenapplaus Günter Ullmann aus seinem ersten, soeben erschienenen Gedichtbändchen *Steinschrei*. Die Aufmerksamkeit war für ihn Balsam nach einer Zeit, die er in zehn Worte gebannt hatte:

JAHRE SIND
staub

jeder tag ist ein
messer

am kind[1]

Er merkte wohl kaum, wie angespannt seine Finger, seine Hände zuckten, und wie auch die Füße ihr Eigenleben führten. Er las in die atemlose Stille hinein mit seiner angestrengt artikulierten, dennoch nicht immer klar verständlichen, leicht nasalen Stimme:

ELEGIE II

die rose schreit
in der nacht

die krähen zerhacken
den traum

sie haben eure
gesichter

die rose weint
in der nacht

die krähen zersingen
den traum

ich tanze[2]

Schon in den 1970er Jahren beeindruckten uns die von Günter Ullmann in Jena kursierenden Gedichte. Lutz Rathenow hatte einige aus dem Bauzyklus *sandkorn* in die illegal per Ormig-Verfahren vervielfältigte Gedichtsammlung des Arbeitskreises *für unsere freunde* aufgenommen. In diesem Zyklus schrieb Ullmann im Ton unterschwelliger Aggressivität, aber durchaus getragen von der Hoffnung auf Veränderbarkeit, über tägliche Absurditäten.
In diesen Gedichten zeigte sich bereits ein unverwechselbarer Stil, in dem Wahrnehmungen sich auf ihren Kern reduzieren und so den Raum für Assoziationen schaffen.
Jahre später bekam ich auf illegalem Weg die von Heinrich Böll und Günter Grass herausgegebene Literaturzeitschrift *L '80* in die Hände und las darin auch Gedichte von Günter Ullman. 1984 erschien, herausgegeben von Lutz Rathenow in Westberlin ohne Genehmigung des „Büros für Urheberrechte", dem staatlichen Zensurorgan, die Anthologie *einst war ich fänger im schnee.* Auch darin war Günter Ullmann auf fünf Seiten vertreten. Unter den neun versammelten jungen Autoren fiel er durch seine besondere Intensität und Auflehnung auf:

wer lebt
mich
wer stirbt
mich
wer
spricht aus mir
wer füttert mich
mit daten
wer
nimmt mir
die worte
aus dem mund
wer ver-
dreht sie
wer nimmt das
gesicht

in wessen grab
werde ich
ich
MIT WESSEN STERBE-
URKUNDE
WIRST
DU
GE-
BOREN[3]

Keine Zeile schien zufällig. Jedes Wort stand ungeschützt und besaß Gewicht.

Die ungenehmigten Westveröffentlichungen sollten dramatische Folgen haben.

Im vertrauten Kreis wurde mitunter angedeutet, welchem Druck Günter Ullmann ausgesetzt sei: Publikationsverbot und Arbeit auf dem Bau, Verhöre durch die Staatssicherheit hätten in dem hochsensiblen Dichter Zustände von Verfolgungswahn ausgelöst, bis er unter dem psychischen Druck sogar Suizid versucht habe.

Über Jahre ahnt fast niemand, auch nicht Ullmann, welche hinterhältige Rolle Manfred Ibrahim Böhme in seinem Leben spielt. Zwischen Böhmes plötzlichem Auftauchen 1965 in Greiz bis zu seinem überraschenden Verschwinden 1977 nach Kunzes Ausreise prägt er Teile des Kulturlebens in der Stadt entscheidend mit. Als Leiter des Jugendklubs gründet er einen Lyrikzirkel und einen philosophischen Gesprächskreis. Dort führt er einen Kern von etwa fünfzehn jungen Leuten in ihrer gesellschaftskritischen Sinnsuche zusammen. Unter ihnen Günter Ullmann, der die Leitung des Lyrikzirkels übernimmt. Sie sind beeindruckt von Böhmes intellektuellem Auftreten und seinen reformsozialistischen Ideen. So findet der spätere kometenhafte Aufsteiger an die Spitze der Ost-SPD und Kandidat für das Amt des ersten frei gewählten Ministerpräsidenten der DDR 1990 schnell Zugang zu der Gruppe, die einmal als „Greizer Kreis" Geschichte machen wird. Manchen fördert und alle bespitzelt er. Bis 1974 als IMS „August Drempker", danach als IMB „Paul Bonkarz",

verfasst er teilweise schwer belastende Berichte und Einschätzungen über Reiner Kunze und den Freundeskreis um die Beatgruppe „media nox". Günter Ullmanns geheimste Gedanken trägt er der Staatssicherheit zu. Das ist ein Judaskuss, der verheerende Folgen haben wird.
Günter Ullmann zieht sich in tiefste Selbstisolation zurück. Später, im Rückblick wird er sagen: „Ich weiß nicht, ob ich die DDR länger überstanden hätte."

Von außen betrachtet erscheint es wie ein Phänomen: Das Vogtland, dieser abgeschiedene Landstrich am südlichen Ende der DDR im Dreiländereck Böhmen und Bayern, brachte die dichteste Dichte dissidentischer Dichter hervor.
Reiner Kunze, geboren 1933 im erzgebirgischen Oelsnitz, nahm seit 1962, bis zu seiner erzwungenen Ausreise 1977, für fünfzehn Jahre sein Domizil in Greiz.
Dem Nachbarort Reichenbach entstammen gleich drei Autoren, deren Namen für politischen Widerspruchsgeist stehen: Hans Joachim Schädlich, Jahrgang 1935, blieb nach seinem Protest gegen die Biermann-Ausbürgerung und nach seinem Prosaband *Versuchte Nähe* ebenfalls nur die Ausreise.
Jürgen Fuchs, Jahrgang 1950, für seine Gedichte und Kurzprosa vom Studium der Sozialpsychologie in Jena exmatrikuliert, wurde nach neun Monaten U-Haft und Freikauf von Westberlin aus zu einem der wichtigsten Unterstützer der osteuropäischen und DDR-Opposition. Als andere Stimme der DDR-Literatur und für seine Diktaturaufklärung zog er Maßnahmen des MfS, Anschläge auf sein Leben und Morddrohungen bis kurz vor seinem viel zu frühen Tod 1999 auf sich.
Utz Rachowski, Jahrgang 1954, vom Medizinstudium exmatrikuliert, sah sich konfrontiert mit 27 Monaten Zuchthaus wegen Verbreitung von Gedichten Kunzes, Biermanns und eigener „Hetzschriften in Versform". Seinen Freikauf nach fast verbüßter Haft verdankte er Amnesty International.
Bernd Jentzsch, 1940 im vogtländischen Plauen geboren, avancierte mit seinen Gedichten und als Herausgeber der Lyrikreihe „Poesiealbum" zu mehr als nur einem Geheimtipp, bis er nach Protest gegen

die Ausbürgerung Biermanns von einer Arbeitsreise in die Schweiz nicht zurückkehren konnte, weil auch ihm in der DDR Gefängnis gedroht hätte.
Ebenfalls aus Plauen stammt der 1961 geborene Axel Reitel. Nach zweimaliger politischer Haft 1982 freigekauft, lebt er seither als kritischer Buch- und Feature-Autor in Westberlin.
Unter Insidern bekannt ist der Lyriker, Prosaautor und Essayist Uwe Grüning, der 1982 nach Greiz zog, der für seine Kritik am SED-Staat von der Stasi bearbeitet, keine Aufnahme in den Schriftstellerverband fand.
In harter Konfrontation mit dem SED-Apparat schrieb auch Klaus Rohleder aus dem nahe gelegenen Waltersdorf. Über den als „Beckett vom Bauernhof" bekannt gewordenen Dramatiker und sein Theaterdebüt *Das Fest* urteilte Heiner Müller: „Fantastisch!"
Die Aura dieser und weiterer Dichter mit ihren bemerkenswerten Wechselwirkungen zwischen Literatur, Theater, Musik und bildender Kunst führte dazu, dass der Hamburger Publizist Jürgen Serke bei seinem ersten Besuch sofort nach der Grenzöffnung die Stadt Greiz spontan in den Rang „einer Hauptstadt der Poesie" erhob.

Nicht von ungefähr schloss die Schriftstellerin Annegret Gollin in ihre Neujahrswünsche 1992 an mich diese Sätze ein: „... und grüße den lieben Ullmann mit den filigranen, feintraurigen, tollen Gedichten."
Hätte es eines Anstoßes für ein Buch über das Leben und die Lyrik Günter Ullmanns bedurft, allein dieser Gruß hätte genügt. Am 4. August 2011 sollte Günter Ullmann seinen 65. Geburtstag begehen. Doch der war ihm nicht mehr vergönnt. Für viele völlig überraschend starb er am 9. Mai 2009 nach einer Umstellung der Psychopharmaka, die er als Folge von Stasi-Repressionen noch immer einnehmen musste. Das war auf den Tag genau zehn Jahre nach dem Tod seines Freundes Jürgen Fuchs. Bevor er zur Medikamentenumstellung ins Krankenhaus ging, hatten wir telefoniert. Nach seinen nächsten Projekten befragt, sagte er: „Ich arbeite an meinen Erinnerungen."
Bei der Sichtung seines Nachlasses in seinem winzigen Arbeitsverschlag überrascht die Ordnung der auf den ersten Blick fast über-

bordenden Regale links und rechts. Dicht an dicht gestapelt liegen oder stehen Ordner mit Briefen, Fotos, Presse und mit von ihm geschaffenen Grafiken. In anderen Fächern stapeln sich Mappen und Hefter mit veröffentlichten und unveröffentlichten Gedichten, Epigrammen, Erinnerungen und Notizen. Zusammenstellungen für Buchprojekte tragen schon Arbeitstitel wie *Der alte Schlüssel zum neuen Garten.* Zahllose Blätter legen Zeugnis von einer Produktivität ab, über die Günter Ullmann selbst nie sprach. Auf einer dieser Mappen steht in kaligrafischer Schrift, außen Bleistift, innen rot unterlegt, das Wort *NACHLASS.* - Als habe er erwartet, irgendwann würde jemand kommen und sein Werk sichten.

Kindheit

Ich wuchs auf in einem Privilegium aus Liebe

Als ich einmal um ein Begleitwort zu einem der Bücher Günter Ullmanns gebeten wurde, schrieb ich: „Soweit nichts Ungewöhnliches. Da wird einem der Eintritt in den Dichtergarten der DDR verwehrt. Er hat etwas zu sagen, eine Wahrheit, die der öffentlich zugelassenen widerspricht – und er bekommt die ganze Brutalität der Torwächter der sozialistischen Kultur zu spüren. Um sich nicht selbst aufzugeben, bleibt ihm über Jahre nur der Rückzug in die innere Emigration. Sein Arbeitszimmer wird Sinnbild für diese Zeit …“

Dieses Arbeitszimmer ist der Verschlag am Ende des Flures, kaum vier Quadratmeter klein. Darin ein einfacher Drehstuhl, eine hölzerne Schreibplatte, ein Viertelkreis, keine drei Handspannen groß, etwas verdeckt im Regalteil darunter jederzeit erreichbar, zwei Dutzend Schachteln Marlboro, an den Wänden links und rechts vom Fußboden bis zur Decke Regale, schwer beladen mit Büchern und Manuskripten, mit Ordnern und Mappen und immer wieder Bücher. Trotzdem findet sich zwischen ihnen Platz für Fotos und kleine Erinnerungsstücke. Die Einrichtung haben seine beiden Söhne Clemens und Kyrill perfekt an den Raum und den Seelenzustand ihres Vaters angepasst.

In diesem Verschlag schreibt Günter Ullmann in den letzten Jahren der DDR vierzehn Buchmanuskripte für die Schublade. Und hier entstehen mehrere Hundert seiner kleinformatigen Aquarelle und Monotypien.

Im Rücken, an die Schiebetür gepinnt, künden Plakate von einigen seiner Lesungen und von Auftritten mit der Free-Jazz-Band „media nox“ aus der Zeit nach 1990. Zum Nachdenken, Schreiben und Rauchen – in der ansonsten von seiner Frau Angelika energisch als raucherfrei durchgesetzten Wohnung – kann er die Tür bequem zuschieben oder sie halb offen lassend mitverfolgen, was in der Wohnung geschieht.

ABENDS
sitz ich am liebsten
allein in meinem zimmer
und höre durch den türspalt
auf die schritte meiner kinder[4]

Direkt vor seinem Schreibplatz schätzt er das große Fenster, durch das er sehen kann, wer auf das Haus zukommt, das den Blick auf den alten Kirschbaum lenkt, den er liebt, der Erinnerungen weckt:

ERINNERUNG
Wir waren freche Buben, hatten Kirschen geklaut und waren erwischt worden. Mein Freund Rudolf bekam Dresche. Als sie bei uns zu Haus petzten, sagte meine Hohndorfer Oma, bevor sie das Fenster zuknallte, „Zaunstacheten neintreten macht unser Günterle nicht, und wenn er mal an die Kirschen langt, ist das auch nicht so schlimm."
Sie sagte weder zu mir noch zu meinen Eltern etwas davon. Hätte ich es nicht zufällig mit angehört, hätte ich nie erfahren, dass sie alles wusste. Ich erinnere mich gern an sie und wünsche allen Kindern eine so gute Großmutter.[5]

Es sind vor allem die Erinnerungen an eine glückliche Kindheit, über die Günter Ullmann später sagt: „Ich wuchs auf in einem Privilegium aus Liebe."
Geboren wird er am 4. August 1946 als drittes von vier Kindern in Hohndorf bei Greiz, wo seine Mutter Erna (geb. 1918) einer Bauernfamilie entstammt. Sie ist eine schöne und energische Frau. Sein Vater, Gottfried Ullmann, Jahrgang 1917, wird als Soldat in den Zweiten Weltkrieg eingezogen, er kommt als Schreiber nach Frankreich und nach dem Krieg in Bad Kreuznach in Gefangenschaft. Später tritt er in die SED ein und wird Abteilungsleiter Handel und Versorgung beim Rat des Kreises Greiz. Er geht zeitig am Morgen und kehrt oft erst spät abends wieder zurück. An Wochenenden und Feiertagen ist er häufig als Schlagzeuger einer Tanzcombo unterwegs. Im Alter von nur vierundvierzig Jahren stirbt er an einem Herzinfarkt. Da ist Günter Ullmann fünfzehn.

Als er drei ist, ziehen die Eltern, sein fünf Jahre älterer Bruder Dieter, seine zwei Jahre ältere Schwester Karin und er von Hohndorf nach Greiz in eine Wohnung in der Zeulenrodaer Straße. In dem großen Haus stehen ihm alle Türen offen, die Bewohner verwöhnen den aufgeweckten Jungen, der dafür dankbar ist und so schön staunen kann. Vor allem Tante und Opa Barth, wie er sie sein Leben lang nennen wird, schließen ihn in ihr Herz. Mit sensibler Intensität erfährt das Kind in den ärmlichen Verhältnissen der Nachkriegszeit den Reichtum, den Zuwendung und Liebe ausmachen. In einem biografischen Abriss wird Günter Ullmann später schreiben: „Ich lebte im Paradies und wusste es nicht."

Weihnacht 1951
Die Dachstube war klein und hatte schräge Wände. Tante Barth strickte Strümpfe, Opa war draußen. (...) Wir waren gleich Freunde geworden. Ich konnte kaum auf den Tisch gucken und wollte „rei rei" machen. Tante Barth brachte einen großen weißen Bogen und einen Stift. Ich malte und als ich aufschaute, sah ich neben dem winzigen Fenster den Weihnachtsbaum stehen.
Tante Barth saß am Tisch neben mir und Opa Barth war draußen. Ein Wunder war geschehen. Der Weihnachtsmann hatte das geputzte Bäumchen, während ich malte, durch das Fenster gereicht. Das war das schönste Weihnachten, das ich je erleben durfte.[6]

Als er vier oder fünf ist, kommt er einmal zu Tante Barth gelaufen. Eine Wespe hat ihn in den Finger gestochen. Sie zieht den Stachel und fragt, wie das denn geschehen konnte? Da sagt der Junge: „Das ist ein goldener Vogel gewesen." Er lässt sich nicht davon abbringen, er habe einen goldenen Vogel gefangen.
Günter Ullmanns Schwester Karin erinnert sich:
Als wir 1952 in das Haus in der Beethovenstraße zogen, war Günter ungefähr sechs. Auch nach dem Umzug hat er Tante und Opa Barth oft in der Zeulenrodaer Straße besucht. Tante Barth hat ihm Leckereien zugesteckt. Opa Barth ging mit ihm spazieren. Der Opa hat mit ihm gemalt und Bücher vorgelesen. Auch als Günter schon in Irchwitz eingeschult war, hat er das beibehalten: An den Wochenenden packte

er sein Köfferchen und ging zu Tante und Opa Barth. Ihre Kinder waren schon erwachsen, und sie haben sich des Kleinen gern angenommen. Sie haben ihn geliebt und verwöhnt.
Unsere Mutter hat ihn auch geliebt. Als Kind war er oft kränklich, er hatte immer wieder Nasennebenhöhlenentzündung. Deswegen lag er öfters im Kinderkrankenhaus, wo ihm die Nebenhöhlen durchgestoßen werden mussten.
Unsere Oma mütterlicherseits, Martha Rothe, eine Bauersfrau, hat ihn auch vergöttert, weil er ihrem Mann ähnelte. Sie war sehr belesen und hat viel Radio gehört. Besonders gern hörte Günter zu, wenn sie, wie das damals üblich war, Sagen und Mythen aus der Gegend erzählte.

Die Eltern kaufen ein größeres Bürgerhaus auf dem Hainberg, doch der kleine Junge besucht weiterhin gern seine Großmutter in Hohndorf, und Barths erwählt er sich als zweite Familie. Am liebsten lauscht er den Geschichten, während Tante Barth Strümpfe strickt, die sie ihm Jahr für Jahr zu Weihnachten schenkt. Sie spielen zu dritt *Mensch ärgere dich nicht*. Er erinnert sich gern daran: „Mit den armen Leuten verbrachte ich die glücklichsten Jahre meiner Kindheit. Bei ihnen war ich richtig zu Hause. Wenn die Sonne schien, gingen wir spazieren. Wir sammelten Pilze, Beeren und Holz oder fütterten die Eichhörnchen, die uns aus der Hand fraßen. Meine Kindheit war leicht wie ein Schmetterling." Manchmal darf er sich bei ihnen sogar seine Lieblingsspeise, Zitterklöße, wünschen.

KONDENSMILCH
Tante Barth brachte gezuckerte Kondensmilch mit und ich durfte die Dose ganz allein auslöffeln. So etwas Feines hatte ich überhaupt noch nicht gegessen. Sie sagte nur: „Iss, die Milch ist von einer süßen Kuh."[7]

Opa Barth erzählt dem Jungen von seinem Leben als Kommunist während der Nazi-Zeit. Mit seinen Berichten über Unterdrückung und Kolonialismus weckt er in dem Jungen lebenslang einen ausgeprägten Gerechtigkeitssinn und er führt ihn ein in die Magie der Literatur, in die Abenteuer des Robinson Crusoe und in die Welten von Jack London und Mark Twain.

In einem unserer Gespräche sagte Günter Ullmann: „Ich hatte eine schöne Kindheit und manchmal, wenn ich an diese Zeit zurückdenke, schreibe ich ein Kindergedicht. Dann tauche ich in diese Kindheit ein."

Für Martha und Paul Barth
und Martha Rothe

KINDHEIT
die brotsuppe auf dem tisch
die kirschen hinterm zaun
die welt ein fisch
das herz ein clown[8]

Zu Hause liegt die Erziehung weitgehend in den Händen der Mutter, die, seit der jüngste Sohn Gerhard 1956 geboren ist, vier Kinder mit milder Strenge erzieht.
Gerhard, das sensible, hochintelligente Kind wird später in der Schule Klassenbester, er ist der Lieblingsbruder des zehn Jahre älteren Günter.
Am Vater bewundert er besonders dessen schöne hohe Schrift, und er wird sich zeit seines Lebens an jenes Stück Traubenzucker erinnern, das er von ihm auf dem Weg hinunter in die Stadt bekam: „Ich habe noch heute den Geschmack im Mund."
Besonders gefällt ihm, wenn sie gemeinsam im Bayerischen Rundfunk Fortsetzungsgeschichten über den Verbrecherkönig „Dick Dickens" lauschen. Das ist ihr Geheimnis. Niemand darf wissen, dass der Genosse Gottfried Ullmann Westradio hört. Über seinen Vater sagt Günter Ullmann: „Nie habe ich zu Hause Prügel gekriegt. Wir liebten ihn alle sehr. Er hatte so gütige Augen."
Die Mutter ist evangelisch. Auch wenn sie mit Rücksicht auf die Stellung ihres Mannes nun seltener in die Kirche geht, so hört sie doch fast jeden Sonntag den bayerischen Radiogottesdienst. Eine der tiefen Wurzeln für die spätere, ganz eigene Religiosität Günter Ullmanns dürfte in ihrem Glauben zu finden sein.

MUTTER

Meiner Mutter habe ich viel zu verdanken,
zum Beispiel die christliche Erziehung
in einer atheistischen Zeit.[9]

„Liebe und Einfachheit", sagt der ältere Bruder Dieter, „waren starke Seiten unserer Mutter. Sie hat Günter und uns alle sehr geliebt."
Und doch hätte sich der Junge, wie wohl jedes Kind von seiner Mutter gewünscht, dass sie mehr Zeit für ihn gehabt hätte. Aber Erna Ullmann hat es, besonders nach dem Tod ihres Mannes, mit vier Kindern nicht leicht. Weil sie Geld verdienen muss, arbeitet sie in der Sportschule als Beiköchin.
Gern stellt sie ihm den fünf Jahre älteren Bruders Dieter, dessen Fleiß und gute Noten, als Vorbild hin. Anlass für Ermahnungen gibt es durchaus. Hat doch der Jüngere längst seinen eigenen Kopf. Dabei kennt schon damals niemand alle Seiten an ihm wirklich. Zu Hause meist brav und bisweilen in sich gekehrt, genießt er bei Barths das Glück und ihre Zuwendung in vollen Zügen.
Zusammen mit Rubi, Rudolf Kuhl, einem der engsten Freunde seit Kindertagen, bauen sie sich ihre eigene Welt, leben ihre Streiche aus, den Lehrern gilt er als Störenfried und die Klasse wird ihm zum Publikum. Er macht die Erfahrung, Rollenkünstler sein bietet Schutz und bringt Aufmerksamkeit. Für die einen der, für die anderen der zu sein, wird Günter Ullmann später so weit treiben, dass man im Elternhaus nichts von seinen Gedichten, unter Lyrikern nichts über seine Malerei, und nur im engsten Freundes- und Familienkreis etwas über die Stasi-Verfolgung und seine Krankheit weiß. Fast jeder, der ihn zu kennen meint, wird irgendwann überrascht. Während die meisten Künstler und Persönlichkeiten im öffentlichen Leben auf ein möglichst fest gefügtes Außenbild von sich hinarbeiten, legt Günter Ullmann darauf keinen Wert.

Sein Bruder Dieter, Facharzt für Chirurgie im Ruhestand, aber noch immer mit dem Krankenhaus verbunden, meint rückblickend:
Mit Günter musste unsere Mutter strenger werden, als er in die Schule

ging. Er hat später über sich geschrieben: „Ich war der Klassenkasper." Das wussten wir so nicht. Gut, im Hausaufgabenheft hatte er in der Woche manchmal zwei Einträge: „Günter schwatzt in der Klasse." – „Er kaspert in der Klasse herum." Aber zu Hause hat sich das eigentlich nicht gezeigt. Wir haben jahrelang unter dem Dach zusammen im selben Zimmer gewohnt. Nein, zu Hause war er nicht kasprig.

Wenn Günter Ullmann von seinen Kinderstreichen erzählt, erwacht der Schalk in ihm. Da gab es diesen Nachbarn, dem sie Baldrian an die Tür spritzten, um die Kater mit ihren Gesängen anzulocken. Oder da war jener Hans, der sein Bier immer in einem Zug austrank, dem sie Käfer in die Flasche füllten, und er trank angeblich die Flasche auf ex. Oder man darf sich seine Unschuldsmine vorstellen, wenn er erzählt, wie der Freund wochenlang mit ihm trotzte: „Ich hatte Rubi an der Nase getroffen, ohne zu bemerken, dass es kein Schneeball sondern eine gefrorene Pferdesemmel war."
Schon etwas älter bringt er einen Liebesbrief seiner Schwester Karin zur Post und drückt ihm ein Schwein aus dem Kinderstempelkasten auf. Niemand ist vor ihm wirklich sicher, auch nicht die von ihm verehrte Tante Barth, der er schon mal fast die ganze Erdbeertorte wegisst. Als Hainbergbande verteidigen sie ihr Revier oben auf dem ehemaligen Greizer Galgenberg gegen die Politzbande vom Berg gegenüber.

KINDERKRIEG
Die Stadtbande hatte verloren,
die Hainbergbande gesiegt.
Bevor der gefangene Anführer
in die Holzhütte gesperrt wurde,
peitschte ihn Klaus
mit Disteln und Brennnesseln aus.
Als der Gepeinigte zu schreien begann,
sagte Peter:
„Du sagst doch selbst,
Krieg ist schön
und das Leben wäre sonst viel
zu langweilig!"[10]

Mit Besuchern geht Günter Ullmann gern in den naturbelassenen Park auf dem Hainberg mit seinen ausladenden Bäumen und verwilderten Büschen, mit dem steinernen Torbogen und den verwitterten Natursteintreppen. Das vergnügte Blitzen in seinen Augen lässt ahnen, welche Erinnerungen dabei in ihm wach werden.

Rudolf Kuhl, Bandleader und Saxophonist der Jazzgruppe „media nox", Werkzeugschlosser, Mitbegründer und einer der Hauptorganisatoren der Bürgerrechtsbewegung „Neues Forum" im Herbst 1989 in Greiz, erzählt über ihre Freundschaft:

Nach meinen Erinnerungen haben wir uns im Alter von sechs Jahren kennengelernt, kurz bevor wir in die Schule kamen.

Wir waren beide nicht so, wie man sich Jungs gemeinhin vorstellt: Wir waren nicht besonders kräftig und sportlich, dafür Tagträumer und Spinner, die gern herumalberten. Wir passten nicht in die gängigen Schablonen. Wir haben die Welt für uns erobert, Pflanzen und Tiere beobachtet und Blumen sehr gemocht. Es hat uns begeistert, was die Natur hervorbringt.

Ich habe eine Landschaft aus Moos gebaut, in der ich versuchte, Ameisen und Marienkäfer zu dressieren, indem ich sie meine Straßen entlanglaufen ließ. Günter und ich waren uns sehr ähnlich. Das hat uns verbunden.

In der Schule hatten wir beide Probleme mit Gleichaltrigen. Das begann in der zweiten, dritten Klasse. Für die anderen zählte nur noch Fußball. Einige waren da auch richtig gut. Rainer Schlutter schaffte es später sogar zum Nationalspieler in der DDR.

Günter und ich waren die zwei Kleinsten und ziemlich schwächlich, im Fußball die absoluten Pfeifen. Körperlichen Auseinandersetzungen gingen wir lieber aus dem Weg. Bevor es zu einer Prügelei kam, hatte Günter zum Beispiel als Ausrede parat: „Ich hab aber heute meine guten Schuhe an!"

Trotz unserer Handicaps hatten wir ein ausgeprägtes Bedürfnis nach Anerkennung, besonders durch die Jungs. Was die Mädchen über uns dachten, interessierte uns nur im Geheimen. Nach außen hin waren die für uns Zicken.

Deswegen haben wir als Clique auch den AWC gegründet, den Anti-

weiberclub. Wir schworen uns, der Erste, der heiratet, muss in ein Heringsfass randvoll mit Wasser steigen. Günter hat als Erster geheiratet. Das Fass stand drei Tage vor dem Haus und wir haben gefrotzelt. Dann ist er zu Gelis (seine Frau Angelika, d. Verf.) *Entsetzen resolut hineingestiegen.*

Wir suchten Anerkennung in jeder Beziehung. Und die bekamen wir auch nach und nach. Es ging im Grunde nur darum, außergewöhnlich zu sein, Dinge zu tun, die sonst niemand tat. Also haben wir unsere Eigenheiten gepflegt. Als die Mädchen Jean Marais auf den Plakaten vergötterten, bauten wir unsere Gegenkultur auf – auch zu dieser musikalischen Schnulzenlandschaft, die in den fünfziger Jahren ausgeprägt war. Dagegen haben wir, schon lange, bevor wir selbst Musik machten, den Rock 'n' Roll gesetzt.

Günter war begeistert von der Rock 'n' Roll-Persiflage: „Charlie Brown … / Ja, wenn der Lehrer spricht, wer hört gar nicht hin? / Charlie Brown hat nur immer Unsinn im Sinn … / Wer trinkt Aquavit und bringt in die Schule weiße Mäuse mit? Charlie Brown, Charlie Brown, / das ist ein Clown …" Der Titel hat ihm den Spitznamen Charly eingebracht.

An seinen Vati kann ich mich nur wenig erinnern. Er hat Fußball gespielt, ich glaube als Tormann, und er war Schlagzeuger in der Horst-Wende-Combo. Er ist früh gestorben.

Seine Mutter hatte eine sehr bestimmende Art, mit den Dingen umzugehen. Sie war von Haus aus Bäuerin und mit der Landwirtschaft verwachsen. Alles, was sie machte, war bodenständig und ganz selbstverständlich. Sie war eine resolute Frau.

Eine Episode, die Harald Seidel, der zwei Klassenstufen ältere Schulfreund erzählt, ist auch von Günter Ullmann über seine Mutter überliefert: Seidel, im Freundeskreis Schotte, von Beruf Reparaturschlosser, Bass-Gitarrist der „media nox, 1989 Mitbegründer der Sozialdemokratischen Partei SDP in Schwante bei Berlin, von 1990 bis 2004 Landtagsabgeordneter in Thüringen, erinnert sich:

Gerhard, der jüngere Bruder und er gingen immer etwas gebeugt, das war eine Haltung, die auch etwas ausdrückte. Seine Mutter rief dann im Befehlston aus dem Fester: „Geht grade!" Da lief Charly wie ein Lineal. Es klingt kurios, aber Charly war damals der Lustigste unter uns.

Rudolf Kuhl:
Ich glaube, niemand hat Günters Sprache so geprägt, wie seine Mutti. Sie hat mit sehr einfachen, klaren Worten gesprochen, in Begriffen, die man von früher her kennt, zum Beispiel „gute Butter." Diese Vereinfachungen und Typisierungen haben sich unbewusst auch auf Günters Sprache und auf die Wortwahl in seinen Gedichten übertragen.

In einem Porträt über seine Mutter klingen die Liebe und Achtung des Sohnes an, aber aus den eigenen Lebensvorstellungen heraus durchaus auch eine Distanz.

DER SPRUCH
Mutter ist ihren Lebtag nicht
aus Hohndorf und Greiz
hinausgekommen.
Wenn man sie fragte,
ob sie nicht einmal verreisen möchte,
sagte sie nur:
„Der Himmel ist überall blau."[11]

Im Unterricht haben es die Lehrer nicht ganz leicht mit Günter Ullmann. Als er wieder einmal nachsitzen muss und deshalb die Schulspeisung verpasst, fordert er das Essengeld zurück und macht seinen Lehrer damit so zornig, dass der ihn die Treppe hinunterstößt. Als er mit anderen zusammen den Staatsbürgerkundeunterricht stört, bis die ganze Klasse nachsitzen muss, rächen sie sich in der nächsten Stunde mit einem alten, in die Lehrertasche geschmuggelten Käse: „Der Gestank war so gewaltig, dass das Klassenzimmer geräumt werden musste und die Politshow ausfiel."
Manchmal sagt Günter Ullmann schmunzelnd: „In der Schule war ich der Klassenkasper", und er sagt: „Ich war ein fauler Hund." Doch auch wenn die Mehrzahl der Fächer ihn nicht interessiert, hat er doch drei Lieblingsfächer: Erdkunde, Deutsch, Geschichte.
Schon frühzeitig träumt er davon, den afrikanischen Völkern zu helfen, sich vom Kolonialismus zu befreien und er wünscht sich ein besseres Leben für die Menschen in der Dritten Welt.

Gerechtigkeitssinn, gepaart mit Einfühlungsvermögen und Wertschätzung den einfachsten Dingen gegenüber, viel Fantasie und einen durchaus selbstkritischen Blick findet man immer wieder bei ihm, so auch in seinem Klassenaufsatz, Klasse 7:

Ein Stück Papier erzählt
Als ich mich über die Hausaufgaben machte und ein Blatt aus dem Hausaufgabenheft riß, hörte ich ein Stöhnen und danach diese Geschichte meines Heftes: „Ich habe viel erlebt. Am schönsten war es, als ich als Tanne im Wald stand. Doch dann kamen Holzfäller und sägten mich ab. Man hackte mir mit der Axt meine schönen stacheligen, grünen Zweige ab, entfernte meine Rinde und brachte mich in eine Fabrik. Hier wurde ich zerkleinert und zu Brei gekocht. Dann steckte man mich in einen riesigen Kessel, wo man mich mit Säure vermischte. Ich wurde zu Fasern zerkocht, zerschlagen und zermahlt. Schließlich ward ich zu richtiger Holzgrütze. Man rührte und schüttelte mich so sehr, daß meine Fasern sich miteinander verflechteten und vermengten. Ich wurde von heißen Walzen geglättet und geplättet, bis ich vollkommen glattes Papier war. Schließlich wurde ich zu feinen feuchten und lockeren Papierrollen aufgerollt. Darauf wurde ich noch von Maschinen zerschnitten, liniert, geheftet und in einen Umschlag gelegt. Wenn ich gewusst hätte, wie es mir ergehen würde, hätte ich mich nicht so stolz gefühlt. Nachdem ich von einem Schüler gekauft worden war, wurde ich nur noch beschmiert, Blätter wurden herausgerissen und auf vielen Seiten standen Vieren und Fünfen."
Nachdem ich die Geschichte meines Heftes vernommen habe, habe ich mir vorgenommen, meine Hefte anständig zu behandeln.
Inhalt: 2 Ausdruck: 2
Fehler: 3 Form: 3
Gesamt: 2

Als Schüler an der Irchwitzer Dorfschule liegen Günter Ullmanns Potentiale weitgehend brach. Zugleich ist er findig darin, möglichst wenig zu tun. Statt eigener Hausaufgaben im Zeichenunterricht gibt er schon mal Arbeiten seines älteren Bruders ab. Der Ruf des Klassenkaspers und lernfaulen Schülers drückt seine Noten. Karin, seine Schwester sagt rückblickend:

Nach seiner Jugendweihe und Konfirmation, Günter hatte beides gemacht, kam er in der neunten Klasse von der Schule in Irchwitz nach Greiz, um die Mittlere Reife abzulegen. Da wurde er richtig gut. Er hätte durchaus Lehrer werden können, wenn seine Stimme durch die Nebenhöhlenentzündungen nicht so in Mitleidenschaft gezogen worden wäre und wenn die Mutter nicht gesagt hätte: Ich brauche hier einen Handwerker für das Haus.

Maurer, Musiker, Rekrut

Und der Himmel hängt voller Geigen

Als die Zeit gekommen ist, sich für einen Beruf zu entscheiden, bleibt Günter Ullmann lange unentschlossen, er findet nichts, was seinen Neigungen wirklich entspricht. Die Angebote der Berufslenkung erschöpfen sich für ihn weitgehend in der Landwirtschaft mit einer Ausbildung zum Agrotechniker oder Tierzüchter, in der Industrie als Mechaniker oder Elektroniker oder auf dem Bau: „Keiner wusste, was ich werden sollte. Der Barths Opa sagte: ‚Versuchs doch mal mit dem Bau.'"
Tatsächlich hat wohl die Mutter seinen Berufsweg entschieden. Dieter, der große Bruder, würde Arzt werden und Karin, seine ältere Schwester, Krankenschwester. Mit ihrem Sinn für das Praktische meint die Mutter, jetzt, wo sie das Haus hätten, müsse es auch erhalten werden. Und da sie weiß, dass Günter am ehesten auf Opa Barths Rat hört, bittet sie den alten Mann, ihn zum Bauberuf zuzureden. Gebaut werde überall. Da werden immer Leute gebraucht.
Der Bruder Dieter erinnert sich, wie er mit dem Jüngeren, ihr Vater war da bereits tot, nach Gera gefahren ist und ihn an der Schule in der Schenkendorfstraße und im Internat angemeldet hat.
Nach drei Jahren macht Günter Ullmann 1966 Abitur und seinen Berufsabschluss als Baufacharbeiter. Dabei ödet ihn die praktische Ausbildung zunehmend an. Wieder und wieder heißt es, akkurate Mauern setzen, um danach wieder den Mörtel von den Steinen zu kratzen und sie für den nächsten Tag säuberlich aufzustapeln. Es ist gut vorstellbar, wie der schmächtige Baulehrling demonstrativ auf kürzesten Wegen über Stein- und Kieshaufen stapft und so seinen Frust ablässt.

Dieter Ullmann sagt rückblickend:
Die Normen als Bauarbeiter konnte er nicht schaffen. Gearbeitet hat

er später als Bauschreiber, Bauökonom und Lagerverwalter. Er akzeptierte diese Tätigkeit, bei der er nebenher auch schreiben konnte. Als Maurer hätte er das nicht gekonnt. Aber im Büro blieb ihm Zeit für seine Gedanken und manchmal zum Lesen und Schreiben.

Während der Oberschulzeit beginnt Günter Ullmann, sich auch künstlerisch auszuprobieren. Er malt Aquarelle, darunter Mädchenporträts, in denen er mit bemerkenswertem Farbempfinden mit verschiedenen Farben experimentiert, oder er versucht sich, inspiriert durch Picasso, an abstrakten Formen.

In seiner jugendlichen Selbstfindung schreibt er, wie andere in diesem Alter auch, erste Gedichte. Eine Schreibmaschine besitzt er nicht. Also schreibt er von Hand in einer sauberen, ausdrucksstarken Druckschrift und entwickelt eine beachtliche Produktivität. Die frühen Arbeiten setzen sich oft recht allgemein oder auch pathetisch mit dem Menschsein auseinander, mit dem Sinn des Lebens, mit Fragen nach dem Glück und mit Gewalt. Diese Gedichte lässt er bis auf eine kleine Auswahl, die er in den Band *Steinlicht* (2002) aufgenommen hat, unveröffentlicht. Seinen frühen poetischen Anspruch markiert er in einer unveröffentlichten Elegie.

elegie

ich möchte sagen
        ich liebe
ich möchte sagen
        ich warte
ich möchte sagen
        komme

ich sage
und sage
doch nicht
ich könnte ein gedicht schreiben
das gedicht
im gedicht

ich möchte sagen
        ich habe
ich möchte sagen
        wir
ich möchte sagen
        Freunde

ich möchte können
mehr
als sagen schreiben
und dichten
ich möchte dichten
DAS GEDICHT
        IM
        MENSCHEN[12]

Der sozialistische Wertekanon, die Erziehung zum Stolz auf den Staat, zur Freundschaft mit der Sowjetunion und Hass auf den Kapitalismus, bleibt für Günter Ullmanns eigene Werteorientierung weitgehend ausgeblendet. In seinen frühen Arbeiten findet man keine Lobgesänge auf die „Errungenschaften des Sozialismus" oder Protestgedichte gegen den Westen wie bei anderen jungen Lyrikern dieser Zeit. Auf der anderen Seite erfolgt auch kein kritisches Hinterfragen von sozialistischem Anspruch und Wirklichkeit. Diese Zäsur kommt für ihn erst 1968. Vorerst beschäftigt ihn vor allem das Elementare, Natur, Liebe – und der Platz des Menschen in dieser Welt. Allenfalls mit seinem Aufbegehren gegen das Spießerhafte liegt er im Trend junger aufmüpfiger Dichter:

Manchmal wird das herz eine faust
die mich aus dem schlaf trommelt

MANCHMAL VERTAUSCHEN WIR
UNSERE GRÖSSTEN TRÄUME

schon mit gefederten
betten[13]

Texte von ihm, die aufhorchen lassen, findet man Mitte der 1960er Jahre vor allem in der Musik.
Begonnen hat alles mit der Magie des Rock 'n' Roll. Der Sound eines Elvis Presley oder Bill Haley erlangt auch in seinem Freundeskreis Kultstatus. Der Traum von den schwarzen Scheiben, von Nietenhosen und *Bravo* wird in Greiz ebenso geträumt wie überall unter Jugendlichen in Ost und West. Sie rocken am Radio und auf dem Tanzsaal. Längere Haare, Koteletten und der Stielkamm in der Gesäßtasche werden zum Markenzeichen. Die Combos ihrer Väter mit Kontrabass und Schifferklavier, mit Walzer und Schunkelmusik, mit „Es gibt kein Bier auf Hawaii, drum bleiben wir hier …" und „Das machen nur die Beine von Dolores" spielen nicht die Musik ihrer Generation.
Im Jahr 1965 kesseln auf dem Leuschnerplatz in Leipzig Hundertschaften der Polizei mit Wasserwerfern und Hundestaffeln Jugendliche ein und transportieren sie unter brutalen Schlägen ab, weil die sich gegen das Verbot ihrer Lieblingsband „The Butlers" friedlich versammeln wollen.
Im Land schießen Amateurbands aus dem Boden, werden verboten, benennen sich um, treten zum Teil ohne Spielerlaubnis in Dorfscheunen auf. Eine eigene Fan- und Tramper-Kultur blüht auf. Rock-Musik und Trampen wird zum Inbegriff individueller Freiheit im kleinen Land DDR. An den Wochenenden werden Parka, Schlafdecke und Umhängebeutel zum Symbol für Nonkonformismus. Gleichzeitig schlägt die Parteiführung der SED mit dem 11. Plenum 1965 einen harten Kurs in der Kulturpolitik ein. „Schädliche Tendenzen" sind rigoros zu unterbinden. Auf „westlich dekadente Unkultur" und den „Gammler-Look" reagiert der Apparat mit dem die Bewegungsfreiheit radikal einschränkenden Ausweispapier PM 12, mit permanenten Kontrollen der Polizei und Transportpolizei, mit Zuführungen und Verboten. Im Gegenzug wird als sozialistische Alternative die FDJ-Singebewegung mit Oktober-Club und Liedern wie „Sag mir, wo du stehst" gefördert. Doch angesichts der kreativen

Macht des Soul, Beat und Rock finden sich die staatlichen Kulturwächter immer wieder in der Defensive.

In Greiz wird Günter Ullmanns elterliche Gartenlaube zu einem Ort des musikalischen Aufbruchs. Als Texter, Schlagzeuger und Sänger der „rats", offiziell „RATS-Combo", schreibt er Songs und komponiert dazu einen einfachen, aggressiven Rock.
Im Gespräch erzählen Rudolf Kuhl und Harald Seidel, wie es zur Gründung ihrer Band kam, die als „media nox" unter Jazzfreunden bis heute einen ausgezeichneten Ruf genießt:

Harald Seidel:
Am Anfang dachten wir überhaupt nicht daran, selbst Musik zu machen. Uns hat Musik einfach gefallen. Wir hörten Radio Luxemburg, Jürgen Drews, Peter Kraus, Ted Herold mit seinem Hit „Moonlight"..., es waren auch viele Schnulzen darunter, wie die der Everly Brothers. Charly hat richtige Hitparadenlisten aufgestellt.
Wir trafen uns bei mir in der Wohnung oder bei Charly und hörten Westsender. Man denkt ja heute, dass damals groß englische Titel gelaufen sind. Aber da kam fast gar nichts. Es gab eine Sendung auf dem NDR, die brachte Sonnabendabends eine Stunde englische Musik, vorwiegend Rock 'n' Roll, einiges war auch angejazzt.

Rudolf Kuhl:
Günter stand damals sehr auf Rock 'n' Roll, Chuck Berry, Fats Domino, Johnny & the Hurrikans ..., auch auf deutschen.

Harald Seidel:
Wenn Rubi nicht irgendwann mit einer Gitarre erschienen wäre und wie ein Besessener versucht hätte, Dinge nachzuspielen, wären wohl weder Charly noch ich zur Musik gekommen.
1963 erschien die erste Single der Rolling Stones. Danach gab es plötzlich alle möglichen Gruppen mit zwei Gitarren, Bass-Gitarre, Schlagzeug. Das hat uns gefallen und wir wollten auch so eine Gruppe gründen. Später kamen unsere Bläser dazu. Aber am Anfang spielten wir

den Red-River-Rock nur mit Blockflöte. Wir waren reine Autodidakten. Als der Liverpool-Sound herüberschwappte, fingen viele so an wie wir.

Rudolf Kuhl:
Schotte hatte dann ein Tonbandgerät organisiert und das änderte alles. Das Gerät war eine wahnsinnige Hilfe. Jetzt konnten wir Sachen raussuchen und mehrfach hören.

Harald Seidel:
Das war ein „Tonmeister", gebraucht, es war ein Vorläufer des „Smaragd" und wurde im Schwermaschinenbau Magdeburg hergestellt.
Unser Problem war der Gesang. Wirklich singen konnte keiner von uns. Das löste sich erst, als wir Little Richard und Wanda Jackson hörten. Die haben gebrüllt wie die Tiere. Mit ihrer Art haben sie uns unwahrscheinlich Mut gemacht.
Als wir auf die Idee kamen, eine Band zu gründen, ging es auch darum, was wir spielen könnten. Man brauchte ja eine Spielerlaubnis in der DDR. Außerdem mussten sechzig Prozent Ost unter den vorher einzureichenden Titeln sein. Nur vierzig Prozent West waren erlaubt.

Rudolf Kuhl:
Da hat Günter angefangen, einfach selber Lieder zu schreiben. Er hat die Gitarre genommen und darauf herumgehämmert, bis er den Sound hatte. Durch ihn hatten wir ein gewisses Repertoire an Eigenkompositionen, das wir auch zu den Einstufungen spielen konnten. Es waren Titel wie „Der Himmel hängt voller Geigen", „Regen fällt", „Unsere Sonne", „Bei mir ist Blues zu Gast", „Der Lumpensammlerblues" … Einige der Titel haben wir auch längere Zeit gespielt.

Günter Ullmann schreibt Songs, die sie in hämmerndem Beat vortragen, mit eingängigen Gitarrenzwischenspielen. Die selbstgebauten E-Gitarren, Hall- und Wow-Wow-Generatoren eröffnen völlig neue Klangräume vom sirrenden Sägeton bis zum orgelnden Orkan. Es entstehen Stücke, die gegen elementare Bedrohungen und gegen die Ungerechtigkeiten dieser Welt aufbegehren.

UND DER HIMMEL HÄNGT VOLLER GEIGEN

Todeswogen
überfluten die Welt.
Sterbende Kinder
und stinkend nach Geld.
Weltensintflut und Weltengericht.
Und eine Arche-Noah,
die gibt es nicht.

Und der Himmel hängt voller Geigen

Kinderlachen
und Pilz vom Atom.
Was morgen ist,
wer weiß das schon?
Du glaubst dich sicher
und säufst roten Wein.
Doch der Tod, der kommt
im Heiligenschein.

Und der Himmel hängt voller Geigen

Wolkenkratzer
sich erhebend im Rauch.
Du fühlst dich glücklich,
doch sind's andere auch.
Weil du blind bist,
wirst du nie mehr gehen.
Wenn andere leiden,
lass das nicht geschehn.

Und der Himmel hängt voller Geigen[14]

Harald Seidel:
„Blumen blüh'n im Wind" war auch so ein Lied von Günter. Es war

ein Anti-Atomkriegslied in Anlehnung an Joan Baez, das wir etwas kitschig fanden.
Die Atomkriegsgefahr hat uns damals sehr beschäftigt. Sie war etwas, das uns mit der DDR auch ein wenig versöhnte. Mit den USA verband sich eben auch Vietnamkrieg, Napalm, der Mord an Martin Luther King und Solidarität für Angela Davis.

Rudolf Kuhl:
Wir fühlten uns anfangs nicht wirklich als Musiker, wir waren Freunde, die einfach etwas ausprobieren und verbreiten wollten, das uns gefiel. Hätte es damals schon Diskotheken gegeben, wären wir vielleicht Discjockeys geworden.
Aber erst mal waren wir gar nichts. Ich hatte eine alte Gitarre gefunden. Harald kam durch seinen Onkel zu einer Mandoline, Jürgen Kornatz kam mit einer Blockflöte und Charly besaß das Schlagzeug von seinem Vater.
Es war Charly, der viel Wert auf Dinge wie einen Bandnamen legte. Unser erster, „Gallow Birds", hängt damit zusammen, dass der Hainberg, unser Kinderspielplatz früher, der Galgenberg von Greiz war. Charly kam an: „Ich habe da eine ganz besondere Idee …"
Wir waren in der Zeit begeistert davon, dass die Stones auf der Bühne popelten, dass Joan Baez barfuß auftrat oder dass die Band „Die Totengräber" sich in Särgen auf die Bühne tragen ließ.

Harald Seidel:
Es war auch ein Aufbegehren gegen das Alte. Lange Haare, andere Klamotten, englische Musik, wir wollten uns einfach unterscheiden von der Elterngeneration. Ihre Süßlichkeiten kotzten uns an. Das hatte zunächst nicht viel mit Ost und West zu tun. Es gab überall ein ähnliches Aufbegehren gegen diese ganze vermuffte Gesellschaft. Dabei waren wir absolut intolerant. Ich habe jeden verachtet, der in seinem Kleingarten lag und in den Radieschen rumzupfte.

Rudolf Kuhl:
Die Fans stellten sich schon ein, als wir in der Gartenlaube von Charlys Eltern probten und noch keine Spielerlaubnis besaßen.

Für den ersten offiziellen Auftritt als Tanzkapelle bekamen wir 1965 eine Sondergenehmigung für Obergrochlitz.
Unseren Namen „Gallow Birds“ änderten wir vor der Einstufung in „RATS-Combo“. Man hatte uns klar gemacht, dass wir keine englischen Namen tragen dürften. So kamen wir auf den Trick mit der „RATS-Combo“. Wir taten so, als ob das nicht englisch wäre. Und dann stand auf dem Plakat und auf der großen Schlagzeugtrommel „the rats“. Den Schriftzug hatte Charly entworfen.

Günter Ullmann schildert die Atmosphäre damals so:
In unserer Gartenlaube am Hainberg probten wir mit unseren selbstgebauten Brettgitarren so laut, dass sich die Nachbarn beschwerten. Die Gitarren kreischten auf. Das Schlagzeug hämmerte. Der Sänger schrie: ‚Und der Himmel hängt voller Geigen‘ (...) Nach Eigenkompositionen und Protestsongs spielten wir Titel der Beatles, der Rolling Stones, der Animals und Little Richards.

Jürgen Konatz, Rudolf Kuhl und Harald Seidel nehmen Gitarrenunterricht, Günter Ullmann übt autodidaktisch Schlagzeug und ebenfalls Gitarre. Doch um öffentlich auftreten zu dürfen, benötigt jede Tanzkapelle in der DDR eine Spiellizenz. Im Frühjahr 1966 wird die „RATS-Combo“ zur Einstufung vor einer Kommission des Rats des Kreises, Abteilung Kultur zugelassen, wobei neben der musikalischen Qualität vor allem die Einstellung der Musiker zur DDR bewertet wird. Eine Gruppe wie sie, die nach dem Vorbild westlicher Bands mit drei E-Gitarren und Schlagzeug antritt, hat dabei schlechte Karten, zumal sie das Publikum schon bei ihren ersten Auftritten als „Gallow Birds“ begeisterte. Auch wenn sie jetzt ihre modischen Rollkragenpullis gegen die geforderte „einheitliche Kleidung“, gegen extra für die Einstufung gekaufte billige Nickis getauscht haben, verbessert das ihre Position kaum. Das Urteil des Vorsitzenden der Einstufungskommission steht fest: „Nur mit Gitarren und Schlagzeug kann man keine Musik machen.“ Doch die Kommission kommt nicht umhin, ihnen die Elementarstufe zuzuerkennen, damit ist zugleich der Honorarsatz – 10 Mark je Bandmitglied und Abend –

geregelt und sie dürfen beliebig viele Auftritte absolvieren. Die sind jedoch jeweils mindestens sieben Tage zuvor beim Rat des Kreises anzumelden. Die Band nutzt ihre neuen Möglichkeiten in den Städten zwischen Jena und Glauchau weidlich. Allerdings nicht lange.
Charly spielt Schlagzeug und putscht die Fans mit seinem Gesang auf. Wenn er richtig gut drauf ist, brüllt und schimpft er vom Bühnenrand ins Mikrofon gegen Publikum und Bonzen. Danach staunt er meist selbst, denn im Grunde ist er schüchtern. Die Fans toben, Mädchen schwärmen. Einmal, bei einem Auftritt in Gera, erzählt Rudolf Kuhl, sei Günter in der Pause stolz mit einem Mädchen im Arm verschwunden. Etwas später sei er bleich zurückgekommen und habe dem Freund auf dessen besorgte Frage hin ins Ohr geflüstert: „Die, die hat mir an die Hose gefasst."
Den Verdienst investiert die zunächst vierköpfige, kurz darauf um Hermann Losch, Klavier und Orgel, und Bernd Müller, Altsaxophon und Gitarre, verstärkte Band in bessere Instrumente, Mikrofone und Verstärkertechnik, die als Eigenbau, von anderen Bands abgekauft oder vom schwarzen Markt beschafft werden.
Verdeckte Kontrolleure der Partei besuchen Tanzveranstaltungen und prüfen, ob die vorab einzureichenden Titel tatsächlich gespielt und das Verhältnis 60:40 gewahrt wird. Das Publikum fordert emphatisch mehr Anteile West. Da heißt es einfallsreich sein. Manchmal bekommen die Musiker von Fans Hinweise auf Kontrollen. Im Volkshaus Gera-Zwötzen ist es der Barkeeper, der ihnen hilft. Eine Flasche Sekt im ansonsten leeren Regal bedeutet: Achtung! Doch die argusäugigen Überwacher sind nicht zu unterschätzen. Sehr bald wird den Musikern untersagt, den Namen „RATS-Combo" zu tragen, weil er den englischen Begriff für Ratten assoziiere. Beim Abschluss und Höhepunkt des Ruinen- und Heimatfestes in Elsterberg am 29. August 1966 sind beim Auftritt der Combo, die sich inzwischen in „media nox" (Mitternacht) umbenannt hat, mehr Kontrolleure anwesend als üblich. Doch die Fans lassen sich in ihrer Begeisterung nicht bremsen, sie entrollen Spruchbänder mit Aufschriften wie „Es lebe der Beat" und die Band heizt ein. Das erste Spielverbot folgt auf den Fuß:

Rat des Kreises Greiz

An die Jugendtanzcombo
„media nox"
66 G r e i z
Greiz, den 7.9.1966
Entzug der staatlichen Spielerlaubnis und zeitweiliges Spielverbot
Die Abteilung Kultur des Rates des Kreises Greiz entzieht der Jugendtanzcombo „media nox" und damit den Mitgliedern der Kapelle ... die am 17. April 1966 erteilte staatliche Spielerlaubnis und spricht dem Kollektiv der Kapelle ein Spielverbot vom 7. September 1966 bis zum 31. Januar 1967 aus. Geplante Spielvorhaben sind sofort zu kündigen. Daraus entstehende Vertragsstrafen hat die Kapelle zu tragen. (...)
Gesetzliche Grundlage:
Anordnung Nr. 2 über die Ausübung von Tanz- und Unterhaltungsmusik, § 4, Absatz 1 und 2 (GBL Teil II Nr. 112 vom 15.11.1965).
Begründung:
Die Jugendtanzcombo „media nox" hat mehrfach in grober Weise gegen staatliche Anordnungen zur Ausübung von Tanz- und Unterhaltungsmusik und gegen staatliche Auflagen verstoßen. (...)
Mitte Juli 1966 mußte der Rat des Bezirkes Gera ein Plakat der Kapelle ... entfernen lassen, dass ohne Druckgenehmigung selbst vervielfältigt und ohne DEWAG-Genehmigung geklebt worden war. Das Plakat widersprach allen Regeln sozialistischer Plakatkunst und enthielt neben dem neu angenommenen Namen „media nox" die Bemerkung „ehem.: the rats". (...)
Die von der Abteilung Kultur kontrollierte Veranstaltung zum Ruinen- und Heimatfest Elsterberg am 29. August 1966 im Jugendklubhaus „Burgkeller" bewies, daß die Mitglieder der Kapelle alle geduldig vorgetragenen Hinweise und Ratschläge nicht beachteten und nach wie vor den Namen „the rats" auf der großen Trommel führen. Auch das ganze Auftreten der Kapelle widersprach den Anforderungen an eine kulturvolle Tanzveranstaltung. Übergroße Lautstärke, vorwiegendes Spiel von Westtiteln, Nichtbeachtung einfachster Regeln einer gepflegten einheitlichen Kleidung der Spieler und der oft an das Hys-

terische grenzende englische Gesang trugen dazu bei, daß diese Veranstaltung Gefühle und Gewohnheiten der Besucher weckte, die mit unserem sozialistischen Leben nicht vereinbar sind. (...) Jede Laienkapelle, die die staatlichen Anordnungen nicht beachtet, muß sich dafür verantworten. (...)

Herzog
Stellv. des Vorsitzenden[15]

Das befristete Spielverbot stört die jungen Musiker nicht besonders. Denn ab November 1966 müssen Rudolf Kuhl und Günter Ullmann ihren achtzehnmonatigen Grundwehrdienst antreten, den sie bei der kasernierten Volkspolizeibereitschaft, der 10. VPB in Rudolstadt-Cumbach abzuleisten haben. Harald Seidel wurde bereits ein halbes Jahr zuvor zu den Grenztruppen eingezogen.
Der Einberufungsbefehl bedrückt Günter Ullmann. Aber der Preis, sich zu entziehen, den Wehrdienst zu verweigern, ist hoch. Als er erkennen muss, dass sie als kasernierte Polizei im Ernstfall gegen die eigene Bevölkerung, vielleicht gar gegen jugendliche Musikfans wie sie es sind und sogar gegen Freunde eingesetzt werden könnten, ist sein Sozialismusbild erschüttert. Er liegt auf einer Stube, in der verschärfter EK-Kult und Mobbing herrschen, er erlebt wie alle Wehrpflichtigen den Drill, Druck und die Bevormundung mit dem Ziel, sie in eine Hierarchie bedingungslosen Gehorsams zu zwingen.
In dieser Zeit entdeckt er die expressionistischen Schriftsteller für sich, es sind vor allem Georg Trakl, Georg Heym und Else Laske-Schüler, die auch in der DDR verlegt werden. Mit ihrer Assoziationskraft und ihrer Bildsprache beeinflussen sie seinen künftigen lyrischen Stil, in dem Bilder und Aussagen sich auf das Existenzielle reduzieren und so neue Assoziationsräume eröffnen.
Doch vorerst gelingt ihm das Schreiben von Gedichten kaum. Das literarische Wort verweigert sich an diesem aberwitzigen Ort. Nur Verachtung und eine ohnmächtig, sarkastische Wut kann er, der das Gute im Menschen sucht, noch zu Papier bringen:

HURRA
WIR TÖTEN
DIE RATTE

zertrampelt
den kopf

hackt die beine
ab

nagelt den körper
an

und sprecht die namen
eurer feinde[16]

VOGELSCHEUCHE

vor dieser blitzenden
uniform

liefen wir kopflos
ins feld

doch sie birgt
nur noch

ein hölzernes
kreuz

und selbst
die vögel

scheißen
drauf[17]

Dem Polizeianwärter Ullmann bleibt nur, sich auf seine schon in der Schule bewährte Weise zu wehren, indem er in eine Rolle schlüpft. Rudolf Kuhl, der mit ihm in derselben Einheit dient, erzählt:
Das hat ihn alles sehr bedrückt. Wir kamen zur kasernierten Bereitschaftspolizei nach Rudolstadt. Dorthin wurden meist Leute eingezogen, die nicht ganz so fit waren oder die Westverwandtschaft besaßen. Bei mir hatte wohl beides eine Rolle gespielt, ich kam nicht an die Grenze, weil ein Bruder von mir im Westen war und ich ihnen vielleicht auch nicht so gut für den Krieg geeignet erschien.
Günter hatte ja bereits früher den Clown gegeben. Das war besonders dann der Fall, wenn er sich hilflos fühlte. Bei der Fahne begann es schon damit, dass er Passgänger war, der rechte Arm folgte also dem rechten Fuß und mit dem linken Fuß kam der linke Arm nach vorn. Er trat an wie Schwejk. Er hing in seinem Mantel, die Mütze war viel zu groß und rutschte immer ins Gesicht. Das war natürlich inszeniert. Wir wurden ein Duo, und als dann noch Stefan Schüch dazukam, ein gefürchtetes Trio. Ohne ihn hätten wir halb so viel Spaß gehabt.

Günter Ullmann schreibt über ihre erste Begegnung mit Stefan Schüch:
Die Bereitschaftspolizisten standen vor der Kaserne stramm. In Reih und Glied. Der Vorgesetzte brüllte: „Stillgestanden!" Da öffnete sich unter dem Dach ein Fenster. Eine hagere Gestalt erschien und machte Werbung für „Koko" (ätherisches Universalmittel zum Einreiben, Inhalieren, Gurgeln …, d. Verf.)*: „Koko ist gut gegen Hühneraugen, Koko hilft bei verschmutztem Hals, ist Zahnpasta und Schuhcreme in einem, ist gut gegen Heimweh, Herzweh, Kübelschnee … Kaufen Sie Koko!" So lernte ich Stefan Schüch kennen.*[18]

Die Drei nennt man in der Kompanie bald das Geistertrio, und sie machen diesem Namen alle Ehre. Als der Kompaniechef sie zum Friseur abkommandiert, marschieren sie in die nächste Kneipe. Als der Kompaniechef von Stefan Schüch ein Gemälde wünscht, das eine „Venus unter Palmen" zeigen soll, nutzt der das weidlich und fährt wieder und wieder nach Hause, weil ihm noch diese Farbe und jener Pinsel fehle.

Nach 18 Monaten wird keiner von ihnen befördert, und Schüch wird in Unehren entlassen. Ursprünglich in Hermsdorf/Thüringen wohnhaft, zieht er nach Greiz und gehört dem Freundeskreis um „media nox“ an. Als Karikaturist mit einer auch politisch spitzen Feder hat er in der DDR keine Chance. 1977 stellen der gelernte Gebrauchsgrafiker und seine Frau einen Ausreiseantrag, der erst nach vier Jahren genehmigt wird. Seine humorvollen, satirischen, auch sarkastischen Blätter sind danach in der *taz* und bald in zahlreichen, auch großen Zeitungen und Illustrierten, darunter im *stern*, zu finden.

Von Günter Ullmann gibt es mehrere Episoden, in denen er zwischen Schalk und Frust über sein Rekrutsein erzählt:

DER KLEINE MUCK
Der Spieß schritt vor der Kompanie auf und ab.
Er brüllte: „Der kleine Muck soll vortreten.“
Keiner rührte sich.
Dann packt er mich,
zog mich vor die angetretenen Soldaten
und fetzte die mühsam eingewickelten
Hosen aus den Stiefeln.
„Wir sind doch in keinem orientalischen Märchen“,
schrie er
und alle lachten.[19]

DER AUFTRAG
Ich hatte den Auftrag,
das Zimmer meines Vorgesetzten zu säubern
und in Ordnung zu bringen.
Nachdem ich fertig war,
warf ich einen Papierpanzer auf den Kaktus
und klemmte in die Tür
einen Käse.
Ich habe nie wieder
einen ähnlichen Befehl erhalten[20]

Harald Seidel:
Unsere Grundhaltung, auch bei Charly, war: Fahne ist Scheiße. Aber eine konsequente pazifistische Haltung bezogen wir nicht. Eher: Hoffentlich passiert nichts. Wir waren im Grunde nur verzweifelt. Charly hatte wie wir alle eine tiefe Abneigung gegen alles Militärische.

Rudolf Kuhl:
Überhaupt eine Uniform anzuziehen, war schrecklich für uns. Dazu kam, als wir eingezogen wurden, hatten wir lange Haare, plötzlich mussten die ab.
Wir wussten vorher ja gar nicht, was Bereitschaftspolizei bedeutet. Dort bekamen wir erklärt, dass wir dazu da seien, die Langhaarigen auf der Straße wegzufangen, wenn die demonstrieren: „Und dann geht es runter mit den Haaren."
Gegen Leute wie uns! Das war uns ein Graus. Es gab richtige Schweine unter den Vorgesetzten: „Und wenn da eine Demonstration ist, und einer legt die Hand auf den SPW (Panzerspähwagen, d. Verf.), *dann wird der Spaten genommen und die Hand wird abgehackt."*
Ein Teil unserer Vorgesetzten war in einem Maße dumm und eklig, dass es erschreckend war. Bei Günter kam auch noch eine besondere Abneigung gegen den Drill und den Sport dazu. 3.000 Meter in Stiefeln oder Rennen unter Gasmaske, das mochte er gar nicht.
Wir haben auch absichtlich daneben geschossen, weil uns jemand gesagt hatte, was uns blühen würde, wenn wir im Einsatz daneben schießen und sonst immer getroffen hätten.
Zu Charly gibt es einige schöne Anekdoten: Als wieder einmal Alarm war, musste die Kompanie im Laufschritt raus und antreten. Eine ganze Weile später kam Günter. Er wurde natürlich vor die Front befohlen und sagte ganz unschuldig: „Na, einer muss doch der Letzte sein. Es passen doch nicht alle gleichzeitig durch die Tür."
Günter hatte sehr schlechte Zähne und oft Zahnschmerzen. Deshalb kühlte er sie mit kaltem Wasser. Einmal gingen wir zum Offizier vom Dienst, wollten Passierscheine für den Ausgang zum Zahnarzt beantragen. Gegen seine Zahnschmerzen hatte er immer eine Flasche mit Wasser dabei. Er kam in das Zimmer des OvD, machte Meldung, der Offizier redete mit ihm, plötzlich, mittendrin nahm er einen Schluck aus der Pulle.

Ich bin mir nicht sicher, ob er sich seiner Provokationen immer bewusst war. Aber mit Blödeleien wie diesen haben wir die Armeezeit überstanden.
Zwei Monate, nachdem wir eingezogen wurden, war ein sowjetischer Soldat abgehauen, ein achtzehnjähriger Junge, der nur heimwollte. Die vermuteten, er wollte in den Westen. Wir mussten zur Unterstützung mit ausrücken.
Es gab den Befehl: „Fangt den Russen, tot oder lebendig." Charly war da nicht mit eingesetzt. Der stand auf Wache in Gera. Wir wurden zur Verstärkung der Grenzsicherung befohlen. Ich springe vom SPW und wer steht vor mir: Schotte, der als Grenzsoldat die Staatsgrenze West zu bewachen hatte – ausgerechnet mit mir auf einem Posten! Spätestens nach dem erschossenen Russen – er hatte sich selbst gestellt und wurde auf dem Kasernenhof wegen versuchter Fahnenflucht exekutiert – war klar, für uns braucht es keinen Krieg, wir können jeden Tag gegen jeden eingesetzt werden.
In der Wehrdienstzeit hatten wir die Erlaubnis bekommen, in einer Band zu spielen, so kamen wir öfters zu Tanzveranstaltungen in der Umgebung raus. Charly hat Rock 'n' Roll gesungen, „Lucille", seinen „Den Himmel voller Geigen" und solche Sachen, das Ganze in Uniform. Die Leute dort kannten das. Auch wenn die Uniform so ähnlich wie die der Polizei aussah, wussten sie, wir waren keine Bullen.
Kamen wir auf Urlaub, durften wir kein Zivil tragen. Weil es nur eine schlechte Zugverbindung von Rudolstadt nach Greiz gab, fuhren wir per Anhalter. Sobald einer von uns den Arm hob, dachten die Autofahrer: Bullen. Aber dann waren sie froh, dass es keine Verkehrskontrolle war und wir nur nach Hause wollten.

Zäsur 68

Panzer durch Greiz

Im Frühsommer 1965 taucht Manfred Böhme in Greiz auf und steigt bald auf zum Enfant terrible im kulturellen Leben der Stadt. Über seine Herkunft herrscht Rätselraten, er umgibt sich mit der Aura des Geheimnisvollen und genießt die außerordentliche Beachtung, die man ihm entgegenbringt. „Woher ich komme", wird er zu Volker Müller sagen, einem literatur- und musikbegeisterten Schüler der 10. Klasse, den er für zwei Jahre zu einem seinem Jünger erwählt: „Woher ich komme – woher alle großen Geister kommen: aus Russland – aber natürlich von hinter dem Ural."
Die einen wollen wissen, er sei in Sibirien geboren, andere haben etwas von Frankreich gehört. Nicht einmal sein Geburtsdatum kenne er. Das weckt Anteilnahme.
Selbst noch heute finden sich in neueren Nachschlagewerken von Böhme in die Welt gesetzte Legenden – vom jüdischen Waisenjungen unbekannter Herkunft, von politischer Haft 1968, von verschiedenen Studienabschlüssen, vom SED-Austritt 1976 und fünfzehn Monaten U-Haft wegen „staatsfeindlicher Hetze" …
Erst der Sachbuchautorin Christiane Baumann gelang es im Jahr 2009, mit ihrem akribisch recherchierten Buch *Manfred „Ibrahim" Böhme. Ein rekonstruierter Lebenslauf"* (Robert-Havemann-Gesellschaft) Klarheit in dessen Biografie zu bringen.
Anders als in allen Selbstdarstellungen kommt Böhme am 18. November 1944 in Bad Dürrenberg als eines von neun Kindern zu Welt, die sein Vater in zwei Ehen zeugt. Das Kind wächst bis zur Einschulung zeitweilig bei Pflegeeltern und im Heim auf. Anerkennung sucht der Jugendliche in der Partei, die ihn mit achtzehn aufnimmt. Er lernt Maurer in den Leuna-Werken, arbeitet danach als Erzieher in dem Lehrlingsheim, in dem er zuvor schon wohnte, er wirkt als Propagandist und gibt für einen erkrankten Lehrer Russischunterricht, bis ihn 1965 eine Parteistrafe trifft, weil er „den Ansichten

Havemanns huldigt". Nach eigener Version habe er sich in einem Vortrag mit dem in Ungnade gefallenen Systemkritiker solidarisiert. Tatsächlich diskutiert er nur in einer Parteiversammlung gegen dessen Stigmatisierung. Dafür erhält er in einem Parteiverfahren eine strenge Rüge und ihm wird als Wohnheimerzieher gekündigt. Zufällig kann ihm einer seiner früheren Schüler ein Zimmer bei dessen Großmutter in Greiz vermitteln und Böhme findet eine Anstellung als Hilfsbibliothekar. In der Stadtbibliothek Greiz weiß man zunächst wenig mit dem Neuen anzufangen. Böhme erweist sich als glänzender Redner und tritt mit dem Habitus eines Revolutionärs und Allwissenden auf, doch die eigentliche Bibliotheksarbeit, das akkurate Führen der Ausleihkartei und das Sortieren der Bücher, liegt ihm nicht. Er wird eingesetzt, um Bücher bei säumigen Ausleihern abzuholen und Lesungen zu organisieren. Damit ist er in seinem Metier. In der Stadt tritt er als Bibliothekar auf, und lässt sich sogar Direktor der Bibliothek nennen.

Manfred Böhme macht Greiz zu seiner Bühne und inszeniert sich selbst. Man kennt ihn nur im – wenn auch abgetragenen – Anzug und Schlips, das Parteiabzeichen der SED, das andere Genossen in der Freizeit gern in Schubladen versenken, jederzeit gut sichtbar am Revers.

Im Sommer 1966 veröffentlicht die Zeitung *Volkswacht* einen von Böhme mitverfassten Aufruf an junge Schreibende, ihre Texte in der Kinderbibliothek vorzustellen. Auf diese Weise lernt Günter Ullmann den jungen, agilen Kulturfunktionär kennen, der ebenfalls eigene Gedichte vorstellt. Schon ihre erste Begegnung steht unter dem Zeichen der Lüge. Manfred Böhme gibt sich Ullmann gegenüber als gleichaltrig aus, damit um zwei Jahre jünger.

WIE ICH MANFRED KENNEN LERNTE

Als ich Manfred kennen lernte,
sagte er:
„Ich habe Maurer mit Abitur gemacht,
so wie du,

bin so alt
wie du
und schreibe auch,
aber anders.“[21]

Seit Böhme in Greiz lebt, schreibt er Gedichte. Er will wie Reiner Kunze als Dichter gelten. Böhmes Verse sind getragen von viel Pathos, meist gereimt und den Klassikern nachempfunden. Er legt sie Briefen bei oder verschenkt sie großzügig an die Leute. Dabei versucht er den Eindruck zu erwecken, dass sie soeben spontan entstanden seien.

Auch in seine Briefe an Günter Ullmann baut er Gedichte ein wie dieses am 4. August 1968:

Wanderung in die Ferne // Ich treibe die ewige Straße hinab, / fast träumend zieh' ich dahin, / zu ergründen des Lebens Auf und Ab, / der Bewegung tieferen Sinn. // Zu verweilen an einem schönen Ort, / nehm' ich mir meist nicht die Zeit, / die Gedanken, sie treiben mich stetig fort, / das Glück mir von Weitem nur scheint. // (…) Find' ich auch einst in der Ferne mein Grab / unter Fremden, wie ich einer bin, / so führ' ich doch frei meines Lebens Stab, / bestimme meiner Gedanken freien Sinn.[22]

Die Resonanz auf seine poetischen Versuche ist gering. Wenn er sie voller Inbrunst deklamiert, lassen seine Zuhörer es meist mehr oder weniger über sich ergehen.

Wie schon in Leuna leitet Manfred Böhme an der Erweiterten Oberschule „Theodor Neubauer“ in Greiz politisch-ideologische FDJ-Lehrjahre zur Vorbereitung auf die Prüfung für das „Abzeichen für gutes Wissen“. Bei Schülern kommt er mit seiner frischen, überzeugenden Art ausgezeichnet an. Bisweilen verspottet er auch die eine oder andere Oberschülerin, die sich zu heftig in ihn verliebt. Dafür genießt er umso mehr den Mutterinstinkt, den er bei älteren Damen mit seinem Auftreten, mit seinem gewählten Hochdeutsch und charmanten Handküssen weckt.

Auf seine ehrenamtliche FDJ-Arbeit aufmerksam geworden, überträgt die örtliche Parteileitung dem 23-jährigen Genossen Böhme ab

März 1968 die Leitung des FDJ-Jugendklubs in Greiz. Er erhält den Auftrag, ihn zum „Leitjugendzentrum" des Kreises zu entwickeln. Manfred Böhme ist in seinem Element. Gerade wird republikweit die Agitprop- und Singebewegung als Gegenstück zur westlichen Beatmusik kultiviert. Böhme ruft eine Gruppe mit jungen Musikern, Sängern und Rezitatoren ins Leben. Sie treten im Vergleich zu den Singeclubs mit einem vergleichsweise breiten Spektrum an Chansons, Protestliedern und Gedichten auf, wobei er die eindrucksvollsten Stücke sich selbst vorbehält. Sie machen kleine Tourneen in der Region und er lädt „media nox" zu gemeinsamen Programmen ein, er trägt Brecht und Kunze vor und als die Band sich zunehmend dem Jazz zuwendet, begeistert er das Publikum mit seinen Rezitationen der Jazz-Gedichte von Harald Gerlach.

Es ist die Zeit des Prager Frühlings, der auch in Greiz neue Hoffnungen weckt. Bei ihren Auftritten bekunden die Musiker von „media nox" spontan ihre Sympathien mit Alexander Dubček und den reformkommunistischen Vorstellungen. Die Parteileitung setzt einen Termin zur Einstufung an, zu dem nur „media nox" geladen ist. Ziel ist es, die Band nach ihrem ersten befristeten Verbot nun möglichst endgültig zu verbieten. Davon ahnen die Musiker nichts. Rudolf Kuhl, ihr Bandleader, erzählt:
Damals waren wir begeistert von Soul und Rhythm & Blues. Otis Redding, Jimmy Hendrix – das wollten wir in die Öffentlichkeit bringen. Wir waren aber auch schon vom Jazz beeindruckt, Ray Charles, Ella Fitzgerald. Uns haben nicht die Beatles an sich begeistert, aber es gab Fassungen, die Aretha Franklin gesungen hat. In diese Richtung haben wir uns bewegt und uns gleichzeitig an Improvisationen versucht. Die meisten dieser Titel waren verbotene Einfuhr. Um eine Spielerlaubnis zu bekommen, mussten wir jedoch ein Programm mit 30 Titeln vorlegen, von denen höchstens 40 % aus dem nichtsozialistischen Ausland sein durften. Wir haben auf der Liste etwa 20 Fantasienamen als eigene Titel eingetragen. Ganz gleich, welche Titel die Jury auswählte, wir haben einfach improvisiert und konnten so spielen, was wir wollten, jedoch immer unseren Anteil an Ost-Titeln vorweisen. Zu dieser Einstufung wollten wir unbedingt auch „Summertime" bringen, englisch

gesungen. Das war im Sommer 68, kurz vor dem Einmarsch. Wir wussten, der Titel könnte ebensoviel Anstoß erregen wie ein englischer Bandname, aber wir wollten damit auch provozieren. Einer, der in der Kultur arbeitete, hatte mir gesteckt, es käme nicht darauf an, was wir spielten, entscheidend sei das Gespräch im Anschluss. Auf unsere politische Haltung käme es an.
Kurz vor der Einstufung hieß es, sie würde unter Ausschluss der Öffentlichkeit stattfinden. Daraufhin hat sich Manfred Böhme an die SED-Kreisleitung gewandt und ihnen klar gemacht, dass das nicht gehe.

Manfred Böhme gelingt es tatsächlich, die maßgeblichen Genossen zu überzeugen. Die Leute um „media nox" sind begeistert. Das ist ihr Mann! Fans dürfen dem Vorspiel beiwohnen, nicht jedoch der anschließenden Auswertung mit der Band. Die Formation stößt mit ihren auch im Westen modernen Improvisationen, in denen Rock und Jazz sich treffen, auf harsche Kritik der Funktionäre. Mit ihrer unterkühlten Spielweise würden sie die Entfremdungstheorien opportunistischer tschechoslowakischer Gesellschaftswissenschaftler unterstützen, bricht der verantwortliche Kulturfunktionär Genosse Herzog, der ihnen schon einmal Spielverbot erteilte, kurz darauf auf der regionalen Kulturkonferenz den Stab. Völlig überraschend macht sich Heinz Biskup, der Chefdirigent des Greizer Sinfonieorchesters, ein Mann von exzellentem, überregionalem Ruf zum energischen Fürsprecher der jungen Musiker. Was sie nicht zu träumen wagten – obwohl sie eine abgeforderte Loyalitätserklärung umgangen haben, erhalten sie kurz darauf die höchste Einstufung für Amateurbands. Sie dürfen sich Band der Sonderstufe nennen.

Neben der, wie Böhme sie nennt, „musikalisch-literarischen Gruppe" und einem Lyrik-Zirkel gründet er im Jugendklub auch einen Philosophie-Zirkel. Er empfiehlt die Lektüre von Rosa Luxemburg und Karl Liebknecht und ermuntert, sich mit den Problemen und Widersprüchen des realen Sozialismus auseinanderzusetzen. Die jungen Leute sind von ihm und seinen Vorträgen über Philosophie und Geschichte fasziniert.

Als Günter Ullmann im Mai 1968 seinen Wehrdienst abgeleistet hat, treffen er und der Freundeskreis um „media nox“ sich häufiger in Böhmes Jugendklub. Unter ihnen sind der Oberschüler, spätere Lehrer, Musiker und nach 1990 Redakteur der *Thüringenpost* Volker Müller und der literarisch hoch talentierte junge Rinderzüchter Klaus Rohleder aus Waltersdorf. Im Lyrikzirkel stellen sie ihre Gedichte und Texte vor. Sie diskutieren hitzig über Marxismus und den gesteigerten Personenkult um Spitzbart Walter Ulbrichts fünfundsiebzigsten Geburtstag, sie erregen sich an Politfloskeln von „Errungenschaften“ bis „Schöpferkraft“ und begeistern sich für die Prager Reformpolitik, für Freiheit und Demokratie. Im Kapitalismus sehen sie keine Alternative. Portugal, Spanien, Griechenland sind faschistisch. In der Bundesrepublik werden Altnazis gedeckt. Die USA führen einen verbrecherischen Krieg gegen Nordvietnam. In Westberlin wird der Student Benno Ohnesorg von dem Polizisten Karl-Heinz Kurras meuchlings erschossen. Studentenproteste radikalisieren sich und die SED-Presse entfacht eine massive Kampagne gegen die Bundesrepublik als reaktionären Polizeistaat. Niemand in der West- wie Ostöffentlichkeit ahnt, dass Kurras alias IM „Otto Bohl“ ein verdeckter Stasi-Mitarbeiter ist.
Die Greizer Freunde sympathisieren mit den protestierenden Studenten in Frankreich und Westdeutschland. Rudolf Kuhl erzählt:
Bevor es in Prag begann, gab es die Protestbewegung in der westlichen Welt, Joan Baez, Bob Dylan haben uns fasziniert. Woodstock, die Studentenbewegung, Rudi Dutschke, das alles hat uns nach Westen schauen lassen.
Wir wollten durchaus auch protestieren, wussten aber nicht so recht, wie wir es hier anstellen könnten.
Ich war damals der Leiter der Kapelle. Wenn irgendwas vorgefallen war, wurde ich zur Abteilung Kultur des Rates des Kreises bestellt und musste irgendwas erzählen, damit wir nicht verboten wurden. Das war gar nicht so einfach. Wir waren ja damals noch sehr jung.

Sie lehnen die Verhältnisse in der Bundesrepublik ab, ohne sie zu kennen, und sie wünschen einen besseren Sozialismus ohne Breschnjew und Ulbricht. Manfred Böhme schlägt ihnen vor, in die

Partei einzutreten, um sie von innen heraus zu erneuern. Der Reparaturschlosser Harald Seidel wird den Versuch unternehmen, wird 1970 Kandidat und sechs Jahre später wegen „revisionistischer Positionen“ wieder ausgeschlossen. Für Günter Ullmann kommt eine Parteimitgliedschaft nicht infrage. Aber er schwingt sich zu einem der Wortführer auf in ihrem Kreis. Böhme, den Ullmann und die anderen in ihren Sympathien für den Prager Frühling bislang ganz selbstverständlich auf ihrer Seite wähnten, übt einen schwierigen Spagat zur Linie der Partei. Empört knallt Ullmann ihm das ND mit Kurt Hagers Rede auf den Tisch.

Ihre Auseinandersetzungen verlaufen hitzig, der Funktionär Böhme hat Mühe, in seiner bisherigen Rolle als demokratischer Sozialist glaubhaft zu bleiben. Und Günter Ullmann ist eine wesentliche Ursache dafür, er ist begeistert von den neuen Tönen und Hoffnungszeichen aus Prag. Ohne dass er es wahrnimmt, hegt Böhme eine zunehmende Abneigung gegen ihn. Weil Günter Ullmann trotz ihrer Differenzen nicht nachtragend sein kann, treibt er sein Spiel mit ihm. Er dosiert Abweisung und Großmut und genießt seine Überlegenheit, wenn Ullmann seine Freundschaft sucht.

In einem zwanzigseitigem Dossier für die Staatsicherheit aus dem Jahr 1978 zeigt Böhme sein wahres Gesicht:

Als ich die Männer um Dubček der „miesesten Strategie“ bezichtigte, ... entfachte sich ein Wortwechsel zwischen Ullmann und mir, in dem er mich „Versöhnler“ nannte, (später wurde der Ausdruck mit „liberale Sau“ konkretisiert). Aus diesem Zeit- und Streitgespräch entwickelte sich die Zeit eines unterkühlten Verhältnisses. Als ich spürte, mit welch zum Teil unlauteren Mitteln Ullmann und (geschwärzt) versuchten, Freunde meiner literarisch-musikalischen Gruppe abzuwerben, war es bei mir ganz aus. (...) Versöhnung nach unserer Streitperiode wurde dann Anfang Juli (korrekt: 4. August, d. Verf.) *im engen Freundeskreis „media nox“ anlässlich des Geburtstages G. Ullmann im Hausgarten desselben gefeiert.*[23]

Als Zeichen der Versöhnung und gleichsam als Orakel schenkt er Günter Ullmann zum zweiundzwanzigsten Geburtstag vor allen Freunden das von ihm in kunstvoller Handschrift verfertigte Gedicht: *Er liebt die Steine / Sucht den Regen, / träumt im Nachhall / seiner Worte / und Schemen / werden Schemen / bleiben; / um seiner Illusion willen!*[24]

Böhmes verdeckte Abneigung gegen Ullmann ist nicht nur politisch motiviert. Auch als Dichter, den er gern herauskehrt, zeigen ihm, wie Volker Müller berichtet, vor allem Günter Ullmann und Klaus Rohleder die Grenzen seines Talents:

In Greiz waren die meisten von Böhme begeistert. Intellektuell war er zweifellos eine überragende Gestalt. Aber von der literarischen Begabung her war er einem Günter Ullmann und einem Klaus Rohleder deutlich unterlegen. Das haben wir ihn, ohne das wir es beabsichtigten, durchaus wissen lassen. Wenn er bei Rohleder zum Beispiel eine etwas ungelenke Formulierung kritisierte, sagten wir: Aber insgesamt ist das doch ein großartiger Text. Sein Neid auf die anderen scheint mir ein wichtiges Motiv für seine Spitzeltätigkeit gewesen zu sein.

Manisch getrieben versucht Böhme permanent, seine aus der Kindheit herrührenden Minderwertigkeitskomplexe und Liebesdefizite durch Anerkennung von jeder Seite zu kompensieren. Dazu schlüpft er, nicht wie Ullmann zum Selbstschutz, sondern zur Stärkung seines Egos, in Rollen und geht in ihnen auf. Mal erweckt er Mitleid als der nette junge Mann mit entbehrungsreicher Kindheit, mal kehrt er den produktiven Dichter heraus, mal ist er der charismatische Revolutionär, und dann wieder der im Schutz der Partei Geborgenheit Suchende. Und immer ist er eine gespaltene Persönlichkeit.

In ihrem Buch *Genosse Judas. Die zwei Leben des Ibrahim Böhme* (1992) zeichnet die *stern*-Journalistin Birgit Lahann über Manfred Böhme dieses Psychogramm: „Sein Leben besteht aus fremden Identitäten. Als er Lenin liest, kleidet er sich wie Lenin, redet Lenins Text und fällt um wie Lenin. Als er Reiner Kunze kennen lernt, fängt er an zu dichten. Robert Havemanns (…) Ideen macht er zu den seinen. Als (…) Havemann ein Staatsfeind ist, verrät er ihn. Als er mit Ulrike Poppe im Café sitzt (…), ist er ein Oppositioneller. Und am Abend, wenn er seinem Führungsoffizier ins Tonband spricht, ist er ein Denunziant."

Günter Ullmann ahnt nicht, was hinter Böhme hoher Stirn wirklich vor sich geht. Er, der sich im Freundeskreis Harmonie wünscht, ist glücklich darüber, dass ihre Spannungen beigelegt scheinen. Wenn sie sich treffen, umarmen sie sich wie gute Freunde. Böhme klopft ihm auf die Schulter. Und Ullmann sieht lachend in sein offenes, sympathisches Gesicht mit den dunklen, sanften Augen. Das Janusgesicht vermutet keiner:
Zu einem Gespräch mit Günter Ullmann kam es erstmals im Oktober 1966. Gemeinsam mit (geschwärzt) hatte ich den Auftrag, einen Zirkel Schreibender Arbeiter ins Leben zu rufen. Zu diesem Zweck hatten wir alle schreibwütigen und schreiblustigen Bürger, besonders waren wir an Arbeiterjugend interessiert, zu einer Veranstaltung „Aus der Schublade gekramt" in die damalige Kinderbibliothek eingeladen. Günter Ullmann kam mit (geschwärzt). Seine Lyrik beurteilte ich als schlecht, bis auf eine Ballade, an deren Inhalt ich mich noch heute genau erinnere. Sie hieß „Die Entstellte", behandelt das Schicksal eines Mädchens, das beim Atombombenabwurf in Hiroshima entstellt wurde. (...) 1968, etwa Ende April, brachten mir G. Ullmann, (geschwärzt) und (geschwärzt) Gedichte ins Jugendklubhaus mit der Bitte, sie zu beurteilen. Ich erahnte, daß es sich um Ullmannsche Werke handelte. Leider war mein Urteil nicht günstig.[25]

Im August 68 herrschen Beklemmung und Angst auch in Greiz. Seit Wochen sammeln sich sowjetische Panzer, motorisierte Schützeneinheiten im Vogtland und auch in den Wäldern der Umgebung. Jagdflieger und Hubschrauber donnern über die Stadt. Gerüchte wissen, Truppen der Nationalen Volksarmee würden an der tschechischen Grenze Stellung beziehen. Die Zeitungs- Rundfunk- und Fernsehpropaganda kündet von „brüderlichem Beistand", „Konterrevolution" und „Gefahr für den Weltfrieden". Reservistenübungen finden statt. Wird es eine allgemeine Mobilmachung geben?
Der Krieg ist den Älteren, die Nachkriegsarmut den Jüngeren noch frisch in Erinnerung. Beginnt jetzt alles wieder von vorn?
Die Freunde um „media nox" sehen die Ideale des Prager Frühlings, Demokratie, Meinungsfreiheit, Pressefreiheit, Versammlungsfreiheit, die auch ihre Ideale sind, in größter Gefahr. Sie wollen pro-

testieren – nur wie? Ein Freund, Lothar Michalke, steigt auf sein Motorrad, eine tschechische Jawa, und fährt zwischen zwei sowjetischen Panzern durch Greiz, auf dem Sozius Harald Seidel. Begleitoffiziere fordern sie wild gestikulierend auf, den Konvoi sofort zu verlassen.

Als sie die Meldungen aus Prag hören und im Westfernsehen die Bilder der Panzer und zusammengeschossener Demonstranten sehen, gehen sie zu Böhme, diskutieren: Eine Protestdemonstration über die Friedensbrücke, Transparente, Losungen, Flugblätter: „Es lebe Dubček", „Hände weg"…

Böhme kann sie nur mühsam abhalten, sie brächten sich damit ins Gefängnis! Also was?

Sein Vorschlag: öffentlicher Protest mit kleinen tschechoslowakischen Nationalfähnchen als Anstecker. Er selbst steckt sich das Fähnchen neben das Parteiabzeichen an sein Revers.

Volker Müller erzählt:

1968 gehörte ich zum unmittelbaren Freundeskreis von „media nox" und war im Lyrikzirkel.

Rubis Schwester ging mit mir in eine Klasse. Ihr, mir und zwei, drei anderen Jungs hat er dringend geraten, uns von den Aktionen fernzuhalten. Wir sollten Abitur machen und studieren. Wir waren deshalb auch nicht dabei. Ich bin überzeugt, wenn wir mitgemacht hätten, hätte Rubi uns nach Hause gejagt.

Aber ich erinnere mich, nach der Aktion wurde ich zu unserem Schuldirektor beordert, dort saß auch der Parteisekretär, und ich wurde mindestens zwei Stunden befragt, vor allem zu Böhme. Ich wusste, dass der Parteisekretär mit Böhme öfters zusammen war, dass sie zusammen tranken. Und so sagte ich, ich hätte mir keine Gedanken zu Böhmes Auftreten gemacht, zumal er bei uns Seminare hielt. Den beiden allein gegenüberzusitzen, war für mich eine recht schwierige Situation.

Rudolf Kuhl, Harald Seidel und Günter Ullmann tragen die Anstecker seit dem Tag des Einmarsches am 21. August demonstrativ sichtbar, auch zum Tanz im Burgkeller in Elsterberg und sie rufen wiederholt laut: „We like Dubček!"

Anders als Günter Ullmann es in seinen Erinnerungen verkürzt, wird er nicht aus dem Tanzsaal heraus verhaftet. Ein Polizist notiert seine Personalien und fordert ihn auf, sich am nächsten Tag im Volkspolizei-Kreisamt zu melden. Rudolf Kuhl wird ebenfalls einbestellt. Sie werden jeder einzeln vernommen, ihre Anstecker werden konfisziert. Harald Seidel wird zu einer Aussprache im Betrieb beordert, ein Mitarbeiter der Staatssicherheit ist anwesend und fragt ihn, was sie sich dabei gedacht hätten, sich mit dem faschistischen Putsch zu solidarisieren …
Günter Ullmann notiert für sich:

HIER
IN DIESEM VERHÖR
will man alles
außer der wahrheit
wissen

hier
in diesem zimmer
hat jedes
ohr
eine lange leitung

hier
in diesem haus
bleibt die wahrheit
immer
im keller[26]

Im Nachgang werden alle „Kulturschaffenden“ der Stadt von der Parteileitung zu einer Disziplinierungsveranstaltung beordert. Von Konterrevolution ist die Rede, von Abscheu, wie sich einige hier zu Handlangern des Imperialismus gemacht hätten, und auch davon, dass die Partei sich Leute wie Böhme wie ein Geschwür aus dem Fleische schneiden müsse. Man schüchtert ein, die Versammelten werden aufgefordert zu unterschreiben, dass sie sich distanzieren.

Manfred Böhme wird nicht verhaftet, wie er nach 1990 behauptet, aber er erhält in einem erneuten Parteiverfahren eine strenge Rüge, wird aus der Parteileitung ausgeschlossen und als Jugendklubleiter fristlos entlassen. Die Empörung im Kreis um „media nox" ist groß: Ihr Treffpunkt für kritische Gedanken und Diskussionen verboten! Böhme rausgeflogen!
Sie suchen nach einer neuen Arbeitstelle für ihn. Doch die vermittelt ihm ein Parteiveteran bei der Post.

In Günter Ullmanns Nachlass gibt es ein Filmskript von ihm für einen dokumentarischen Spielfilm über „media nox" von ihren Anfängen bis in die Zeit nach 1990. In vier Schlüsselszenen lässt er auch das Jahr 1968 lebendig werden:

Gartenlaube (Proberaum der Band).
Kapelle probt die Eigenkomposition „Suche das Licht".
Natz kommt herein, legt das Kapellenplakat auf den Tisch
und sagt:
„Unser Plakat haben sie wieder abgehängt.
Unser Kulturpapst hat gemeint,
das könnten wir in Prag aufhängen,
aber nicht in unserer sozialistischen DDR."

Schnitt.

Kulturraum der Stadt.
Rubi: „Die Kulturschaffenden sind geladen und sollen den Einmarsch in Prag begrüßen."
Die Kapelle steht auf und verlässt den Raum ...

Schnitt.

21.8.1968
Gartenlaube (Proberaum der Band).
An den Wänden Mädchenbilder, auch Akte aus dem „Magazin". An der Decke Fischernetz.

Band probt Rolling-Stones-Titel, in der Ecke läuft ein Fernseher … einer macht lauter … alle hören zu spielen auf und hören gespannt zu. Fernsehsprecher verkündet den siegreichen Einmarsch der Friedensbringer in Prag.
Rubi: „Das war unsere ganze Hoffnung."
Schotte: „Ohne Demokratie wird es keinen richtigen Sozialismus geben."
Natz: „Und wir Deutschen haben schon schnell unsere kriegerische Vergangenheit vergessen."
Charly: „Was können wir tun?"

Schnitt.

Tanzsaal-Band spielt die Filmmelodie „Und der Himmel hängt voller Geigen".
Schluss des Titels, Massen toben, der Sänger Charly beschimpft das Publikum:
„Ihr Klapsköpfe, ihr Dummköpfe, kriegt ihr den gar nicht mit, was hier gespielt wird, oder wisst ihr wieder mal gar nichts und seid alle wie immer ganz unschuldig …"
Charly geht raus, schlängelt sich durch die Klatschenden.
Kamera zeigt die Fahne der ČSSR als Abzeichen auf seiner Jacke.
Polizist folgt ihm und sagt: „Kommen Sie mal mit …"

Schnitt.

1. Verhör.
Vernehmer, älterer Herr mit Brille:
„In den Kellern dieses Hauses folterten die Nazis ihre Opfer mit brutalsten Mitteln."
Pause.
„Warum trugen Sie die Fahne der ČSSR als Abzeichen auf Ihrer Jacke?"
Er hat das Abzeichen in der Hand und legt es auf den Tisch.
Charly: „Damit so etwas wie mit den Nazis nie wieder geschieht."

Schnitt.[27]

Als Selbstermutigung angesichts der Geschehnisse in dem keine 200 Kilometer entfernten Prag schreibt Günter Ullmann 1968:

Niemals bleiben revolutionen
jung

und niemals
ihre jünger

niemals werden wir
sieger sein

GENOSSE
DUBČEK

darum
verlieren wir nicht[28]

Die Spannungen zwischen Günter Ullmann und Manfred Böhme sind seit dessen theatralischer Geburtstagsversöhnung vorerst beigelegt. Böhmes Rat, höchstens mit tschechischen Fähnchenansteckern zu demonstrieren, hat die Freunde weitgehend geschützt. Denn wer mit Flugblättern oder Solidaritätsparolen protestierte und ermittelt wird, findet sich im Zuchthaus wieder. Böhme, dafür würden Rudolf Kuhl, Volker Müller, Harald Seidel, Günter Ullmann … ihre Hand ins Feuer legen, ist einer von ihnen. Umso unverständlicher wird ihnen seine Haltung wenige Wochen später. Die sowjetischen Besatzungstruppen haben ihren Auftrag in Prag, Brünn und anderswo erfüllt, das neue Marionettenregime unter Gustav Husák sorgt fortan für die Repression im Land. Sowjetische Militäreinheiten rollen durch Greiz zurück in ihren Garnisonsstandort. Die Bevölkerung, Schüler und Werktätige sind aufgerufen, jubelnd Spalier zu stehen. Günter Ullmann ist maßlos empört, will nicht tatenlos zusehen. Er, Natz, Rubi und Schotte verabreden sich mit Böhme in dessen Wohnung. Böhme schildert seinem Vernehmungsoffizier während seiner U-Haft 1978 dieses Treffen so:

Den Höhepunkt unserer offenen, teilweise stillen Streitigkeiten erreichten wir im Oktober 1968, als sowjetische Einheiten (Garnison Halle) aus der ČSSR über Greiz an einem Sonntag zurückkehrten, von Schulen, Institutionen, Massenorganisationen u. dgl. herzlich begrüßt. Ullmann wollte für diesen Tag „demonstrative Maßnahmen" (Flugblätter, Anschriften oder Ähnliches). Ich sprach mich hart dagegen aus. (…) Es kam zu einem harten und vorerst letzten Wortgefecht in meiner Wohnung.[29]

Günter Ullmann ist maßlos enttäuscht und versteht Böhme nicht mehr. Ein dreiviertel Jahr, bis zu seiner Hochzeit, herrscht weitgehend Funkstille zwischen ihnen.
Das andere Gesicht des Sozialismus, das Unrecht der Niederschlagung der tschechoslowakischen Demokratiebewegung lässt ihn nicht mehr los. Im Jahr darauf fasst er die Bitternis in Verse, die ihm auch nach 1990 so wichtig bleiben, dass er sie in seinen Lesungen häufig vorträgt:

im herzen europas
liegt schnee
aus sibirischen lagern

der prager frühling
erwacht
in preußischen panzerspuren

DER MAI IST GEKOMMEN
1969

und schlägt
die bäume aus[30]

Ich liebe Dich

Ein literarischer Weg

Auf den Freundeskreis um „media nox“ übt Reiner Kunze eine besondere Anziehung aus. Dieser Mann wagt es, seine Sympathien mit der unterdrückten tschechoslowakischen Demokratiebewegung auch nach 1968 weiter zu bekunden. Dazu kommt seine genau gearbeitete, auf den Punkt gebrachte assoziative Poesie, die ihnen aus der Seele spricht. Die Aura dieses Dichters, der 1959 nach heftigen politischen Anwürfen von der Leipziger Karl-Marx-Universität geschasst worden war, der mit seiner tschechischen Frau und Zahnärztin Elisabeth seit 1962 in Greiz lebt, durchbricht das Provinzielle, das Kuschen, dem sie hier allenthalben begegnen. Mit seinen auch in der Bundesrepublik veröffentlichten Gedichten, mit seinen Nachdichtungen aus dem Tschechischen, mit dem 1968 bei Rowohlt erschienenem Gedichtband *Sechs Variationen über das Thema „Die Post“* und seinem im gleichen Jahr in der DDR von Bernd Jentzsch herausgegebenen *Poesiealbum* ist er ein Dichter, der unter den jungen Leuten Bewunderung weckt. – Zumal mancher Funktionär und Staatsschriftsteller den Namen nur noch zischend ausspricht. Dabei gilt Kunze als überaus vorsichtig und zurückhaltend. Die poetische Dichte, die elementare Kraft seiner Bilder, die Wahrheiten in seinen Versen sind eine Eruption in der DDR-Literatur.
Einige junge Schreibende nehmen ihren Mut zusammen, besuchen ihn, möchten sein Urteil über ihre Textversuche hören. Der 18-jährige Jürgen Fuchs besucht Reiner Kunze aus dem nahe gelegenen Reichenbach, er schätzt die handwerkliche Hinweise und findet nicht zuletzt durch ihn zu seinem eigenen klaren Stil. Angeregt durch Kunzes Gedichtzyklus *Die Post* greift auch er in seinem Zyklus *Schriftprobe* das Thema Zensur auf. Bei Kunze liest er:

Brief du / zweimillimeteröffnung / der tür zur welt du /geöffnete öffnung du / lichtschein, / durchleuchtet, du // bist angekommen.[31]

Und Fuchs schreibt:

PAPIER, UNLINIERTES // Dich / Ziehe ich vor: // Hinter / Klein- oder großkarierte / Gitter / Bringe ich meine Worte / Nicht // Sie müssen doch / Atmen.[32]

Auch Günter Ullmann ist fasziniert von der Prägnanz und der Sprachmächtigkeit, die Kunzes Lyrik ausmacht. Erste Anerkennung hat er bereits durch seine Liedtexte für „media nox" gefunden. Nach dem Abitur versucht er sich künstlerisch in verschiedenen Richtungen. Vielleicht gibt es ja eine Alternative zur künftigen Arbeit auf dem Bau. Mit seinem zeichnerischen Talent bewirbt er sich an der Fachschule für Angewandte Kunst in Heiligendamm. Doch seine eingereichten expressionistischen und abstrakten Zeichnungen werden als „entartet" und „dekadent" zurückgewiesen. Seine Malerei passt nicht in den Kanon des sozialistischen Realismus.
Besonders die abstrakt figurativen Aquarelle und die Farbkompositionen fallen aus jeder anerkannten Schablone.

Im Literaturzirkel versucht Manfred Böhme, die lyrischen Versuche Günter Ullmanns kleinzureden und, auch aus Schreibneid, sein Talent in Zweifel zu ziehen. Doch der ist, einmal zu einer Überzeugung gelangt, kaum von ihr abzubringen. Mit dem einige Jahre jüngeren Volker Müller verabredet er, Reiner Kunze in der Franz-Feustel-Straße zu besuchen, um dessen Meinung zu ihren Gedichten zu hören.
1967, als ich in die 10. Klasse der Dr.-Theodor-Neubauer-EOS in Greiz ging, sahen wir uns das erste Mal, entweder im Lyrikzirkel von Manfred Böhme oder bei „media nox", die damals junge Leute stark anzogen.
Unter den Freunden, die ich fand, als ich von Hohndorf nach Greiz kam, ragte Günter insofern heraus, als er ein Mann der Literatur war. Ich hatte schon einiges geschrieben und er und die Leute im Lyrikzirkel ermutigten mich, weiterzumachen.
Ich weiß noch genau, nach dem Zirkel spazierten Günter und ich öfters durch Greiz und diskutierten. Einmal sind wir bestimmt drei Mal

den Hainberg hinauf und hinunter gelaufen, bis der letzte Bus fuhr. Unsere Themen waren fast immer Literatur und Politik. Sie bildeten von Anfang an eine Einheit. Unsere Suche nach Orientierung in diesem Staat DDR und die Literatur kann man nicht trennen.
Reiner Kunze besuchten wir das erste Mal um 1968. Wir haben ihm unsere Gedichte gezeigt. Unsere Beziehung zu ihm hat auch unsere Unterschiede deutlich gemacht. Nach den Besuchen habe ich seine Kritik umgesetzt. Er war für mich eine unumstößliche Autorität. Kunze hat in unseren literarischen Versuchen unerbittlich sprachlogische Inkonsequenzen aufgedeckt. Er achtete sehr darauf, dass wir klar zum Ausdruck brachten, was wir meinten. Ihm ging es um hohe Sprachkunst und logischen Bildaufbau. Das hat mich fasziniert und weitergebracht.
Aber es gibt eben auch andere Arten von Dichtung, die stärker von Assoziationen leben. Günter hat die Kritik – jedenfalls für den Augenblick – nicht angenommen und er ist mit seinen Gedichten später wohl auch nicht mehr zu ihm gegangen. Viel später erst habe ich verstanden, dass Kunze im Prinzip recht hatte, aber dass jeder seinen eigenen Weg finden muss. Günter hat natürlich auch von Kunze partizipiert. Indem er die Kritik, wenn auch erst nach einem längeren Zeitraum, verarbeitete, kam er zu seiner eigenen, verdichteten lyrische Sprache.
Im Augenblick der Begegnung, die er zunehmend als Konfrontation empfand, war Kunze ihm zu autoritär, zu einschränkend. Wobei Kunze sich in seiner Kritik überaus vorsichtig und rücksichtsvoll zeigte. Er hat sehr pädagogisch und humorvoll argumentiert.

Reiner Kunze sagt im Rückblick auf die frühen Begegnungen mit Volker Müller und Günter Ullmann:
Die beiden Besuche fanden vor mehr als vierzig Jahren statt. Ich erinnere mich sehr wohl daran, dass sie mich besuchten, aber heute den Eindruck beschreiben zu wollen, den Günter Ullmann auf mich machte, wäre vermessen.
Sein Gedicht „Greizer Tunnelbau" ist ein großartiges Gedicht. Das sage ich nicht, weil es mir gewidmet ist. Es mir zu widmen, war jedoch mehr als mutig.

In der Urfassung nennt Günter Ullmann dieses Gedicht noch:

Greizer Impression

die das licht
unterm schloss
durch den felsen
schlugen
lehrten die steine
das schwimmen

doch die träume
wachsen
im binsenteich
und jeder tunnel
verschließt sich
mit licht[33]

Mit diesen undatierten Versen würdigt Günter Ullmann eine der beeindruckenden Bauleistungen in der Innenstadt, den 1875 in der Zeit der Industrialisierung durch den Schlossberg getriebenen 270 Meter langen Eisenbahntunnel der Elstertalbahn zwischen Gera und Greiz. Besonders vom Bahnhof aus war und ist dieser Tunnel ein beliebtes Fotomotiv. Die bei seinem Bau herausgebrochenen Steine wurden praktischerweise für die Umfriedung des Sees im angrenzenden Landschaftspark im englischen Stil verwandt. So wurde ihnen in Ullmanns Metapher das „Schwimmen" gelehrt.
Der Schlossbergtunnel und seine Erbauer werden bei ihm zum Symbol eines Aufbruchs, in dem scheinbar Unmögliches möglich wird. An dieser Leistung misst er die Jetztzeit, die großen Versprechen, hohlen Phrasen und willkürlichen Maßnahmen der sich selbstherrlich in Szene setzenden „Erbauer des Sozialismus".
Als der verbotene Liedermacher Wolf Biermann 1976 ausgebürgert und Reiner Kunze aus dem Schriftstellerverband ausgeschlossen wird, fasst Günter Ullmann das Gedicht neu und widmet es dem literarischen „Tunnelbauer" in ihren „finsteren Zeiten". Wenn er es später vor-

lesen wird, leitet er es mit den Worten ein: „Dieses Gedicht habe ich für Reiner Kunze geschrieben, als er aus dem Land geekelt wurde."

Für Reiner Kunze 1977

GREIZER
TUNNEL-
BAU

den tag
durch den felsen
schlagen

die steine
das schwimmen
lehren

den tunnel
verschließen mit
licht

Anmerkung: Beim Greizer Tunnelbau wurde das herausgebrochene Gestein zur Befestigung des Parksees verwendet.[34]

Wer dieses surreal anmutende Gedicht einmal von Günter Ullmann rezitiert gehört hat, dem dürfte es so wenig aus dem Sinn gehen wie die Hebung seiner Stimme bei dem Wort „licht". Licht wird ihm zu einer elementaren Metapher für Hoffnung.

Einige Dutzend Günter Ullmann besonders wichtige Gedichte versammelt er über die Jahre in einer Mappe mit dem Deckblatt *Kalenderblätter*. Jeder Text steht dort in makelloser Handschrift auf einem Blatt. Meist ist ein Foto oder eine gezeichnete Miniatur dazu gesetzt. Über dem Gedichttitel *Greizer Tunnelbau* nimmt ein Profilporträt Reiner Kunzes, aufgenommen bei seinem Greizbesuch 1990, die obere Hälfte ein.

Ein anderes Blatt zeigt unten rechts das Foto einer attraktiven, schlanken jungen Frau, Ponyhaarschnitt, eng anliegender Pulli, Schlaghosen in der Mode der Zeit, die Arme hinter dem Rücken verschränkt. Der kesse Blick unterstreicht ihre Körperhaltung. Oben links stehen handschriftlich die drei Worte:

MEIN
SCHÖNSTES
GEDICHT

Es folgt ein langer Strich nach unten:

ICH
LIEBE
DICH[35]

Kennengelernt haben die beiden sich beim Tanz im Burgkeller Elsterberg, einem der angesagtesten Tanzlokale der Region. Günter Ullmann ist auf Urlaub von der Armee, Angelika, Geli, wie die Freunde sie nennen, absolviert ihre Ausbildung zur Kindergärtnerin in Gotha. An Wochenenden fährt sie öfter zu den Eltern nach Greiz-Sachswitz. Der lustige, geistreiche, aber, wie sie sofort merkt, Mädchen gegenüber etwas schüchterne Charly, wie seine Freunde ihn rufen, ist ihr sympathisch.

Briefe wechseln zwischen Kaserne und Internat, Geli und Günter werden ein Paar und heiraten im Mai 1969. Da ist schon ihre Tochter Xandra unterwegs. Er strahlt in seinem Glück. Die drei Jahre jüngeren Geli ist seine große Liebe. Über ihre Hochzeit erzählt Angelika Ullmann:

Günter war evangelisch. Ich bin katholisch, meine Mutter war strenge Katholikin. Wir sind also eine sogenannte Mischehe eingegangen. Das hat in der Familie für einige Aufregung gesorgt. Und so haben wir uns am 23. Mai standesamtlich und am 24. Mai, vor allem meiner Mutter zuliebe, in der Kirche trauen lassen.

Die katholische Trauung war schon eine große Zeremonie, danach haben wir, Verwandte und Freunde, zusammen bestimmt vierzig Leute, in der „Grünen Linde“ in Greiz-Dölau gefeiert.

Meine Oma legte immer sehr viel Wert auf das Essen und auch auf

Grüne Klöße. Aber gerade an diesem Tag waren sie nicht ganz gelungen. Sie waren grau, nicht weiß, wie Thüringer Klöße sein müssen. Meine Oma hat sich herrlich aufgeregt und wir haben uns amüsiert. Ich sollte auch die ganze Zeit den Brautschleier tragen. Als ich ihn irgendwann abnahm, fing sie entsetzlich an zu jammern, nun werde die Ehe nicht halten. Sie hat gehalten. Sie war halt sehr abergläubisch.

Möglicherweise findet sich in dieser Kloßepisode der Schlüssel für Günter Ullmanns Leib- und Magenspeise. Wann und wo immer er später in einer Gaststätte isst, bestellt er, wenn Grüne Klöße und Roulade auf der Speisekarte stehen, dieses Gericht.
Am Hochzeitsabend wartet das wassergefüllte Heringsfass neben dem Hauseingang in der Beethovenstraße bereits den dritten Tag auf ihn. Feixend löst Charly seinen Jugendschwur ein. Unter dem Johlen der Freunde – auch Manfred Böhme ist dabei – steigt er als erster Abtrünniger vom Junggesellendasein in das Fass. Geli ahnt, was mit diesem Kerl im jetzt pitschnassen Hochzeitsanzug und was mit dieser Clique auf sie zukommt.
Angelika Ullmann arbeitet lange Jahre als Kindergärtnerin. Dabei ist sie der Volksbildung und einem Bildungsklima unterstellt, das sie für sich zunehmend ablehnt. Deshalb wechselt sie 1988 in ein Kurheim für Kinder und damit ins Gesundheitswesen. Seit 1990 betreut sie Kinder in einem privaten Förderzentrum für Menschen mit geistiger Entwicklungsverzögerung, eine Arbeit, die sie sehr gern macht, die viel abverlangt, in der sie den Kindern Mutter und Lehrerin zugleich ist.

Anfang 1969 bewirbt Günter Ullmann sich für ein Fernstudium am Literaturinstitut Leipzig. Er nimmt es nach der Ablehnung seiner Bewerbung an der Fachschule für Angewandte Kunst in Heiligendamm auch als Test. Mit Manfred Böhme gerät er in Streit über das Hineinregieren der Partei in die Bildende Kunst und die Engstirnigkeit des Sozialistischen Realismus. Böhme beharrt auf der Notwendigkeit ideologisch-weltanschaulicher Positionen. Ullmann empört sich, es sei eine Anmaßung der Partei, bestimmen zu wollen, was

Kunst sei und was nicht. Alte Spannungen zwischen ihnen brechen wieder auf.
Jetzt will er, ein Arbeiter im Arbeiterstaat, es wissen. Der Studienabschluss in Leipzig wäre die Eintrittskarte in den Schriftstellerverband, die Chance für die Erteilung einer Steuernummer, um freiberuflich schreiben und – sein Traum – Bücher veröffentlichen zu können. Dass das System ausgelegt ist, Individualismus und Widerspruchsgeist möglichst schon im Ansatz zu unterbinden, ist Günter Ullmann noch nicht wirklich bewusst. Ende Juni 1969 hält er das ersehnte Einschreiben in den Händen:

Institut für Literatur
Johannes R. Becher
Leipzig C1, Karl-Tauchnitz-Str. 8
Leipzig, 18.6.1969

Sehr geehrter Herr Ullmann!

Mit Bedauern müssen wir Ihnen mitteilen, dass die Immatrikulationskommission Ihre Bewerbung zum Fernstudium am Literaturinstitut „Johannes R. Becher" abgelehnt hat.
Kriterium für diese Entscheidung war außer der literarischen Befähigung, über die Ihre Manuskripte bzw. die schon veröffentlichten Arbeiten Auskunft gaben, eine damit verbundene tatsächliche oder mögliche kulturpolitische Wirksamkeit in der Bewegung „Schreibender Arbeiter" während des Studiums oder danach.
Trotzdem möchten wir Ihnen empfehlen, in Ihrem „Zirkel Schreibender Arbeiter" weiter mitzuarbeiten, um dort evtl. die Voraussetzungen für das nächste Fernstudium unseres Institutes zu erwerben.
Als Anlage senden wir Ihnen Ihre Unterlagen wieder zurück. Wir danken Ihnen für Ihr Vertrauen und verbleiben mit

freundlichen Grüßen
INSTITUT FÜR LITERATUR
Johannes R. Becher
(Unterschrift)

7 Anlagen!
Fragebogen
4 Passbilder
Lebenslauf
Polizeil. Führungszeugn.
Amtsärztl. Zeugnis
Zeugnis-Abschriften (2)
Manuskripte[36]

Das soll's gewesen sein? – So billig abgebügelt: Zu Böhme in den Zirkel gehen! – Sich an Zeitungsgedichten orientieren! Günter Ullmann nimmt die Ablehnung nach außen gefasst, doch innerlich ist er verärgert.

Angelika Ullmann erzählt:
Es war für uns in dieser Zeit nicht so einfach, ich war schwanger, meine Mutter streng katholisch. Günter hat sich sehr auf das Kind gefreut. Als er die Studienablehnung bekam, sagte er zu mir: „Es ist gut so. Das musste so sein, weil wir ein Kind erwarten." In der Situation war ihm die Familie das Wichtigste. Er wollte sich später wieder bewerben. Natürlich habe ich gemerkt, dass er sehr enttäuscht war. Aber mir gegenüber hat er versucht, es nicht zu zeigen.

Er arbeitet die nächsten Jahre weiter im IHK, dem Ingenieurhochbaukombinat Gera, auf verschiedenen Baustellen des Industrie- und Wohnungsbaus in Gera und der Umgebung von Greiz, überwiegend als Bauschreiber, bisweilen auch als Bauökonom auf der Planstelle eines Ingenieurs. Er kennt die Zahlen: Ende der sechziger Jahre werden bereits 90 Prozent der Wohnungsbauten als Plattenbauten aus Betonfertigteilen montiert. Für die Sanierung der alten Stadtkerne gibt es kaum Geld, und zum Glück meist nicht einmal für die Abrissbagger. Die sozialistische Zukunft gehört den Satellitenstädten. Die Innenstädte stehen zunehmend leer und verfallen. Vorausschauend auf Erich Honeckers Wohnungsbauprogramm der drei Millionen Plattenbauwohnungen bis 1990, im Volksmund Arbeiterschließfächer genannt, schreibt Günter Ullmann: „Der Kasernenbau vieler Neubaublöcke in Pohlitz sollte uns Mahnung sein." Und er hält manche Absurdität aus seiner Arbeitswelt fest:

FALSCHER FREUNDSCHAFTSDIENST

Der sowjetische Turmdrehkran hatte über 150 Mängel,
bevor man ihn zulassen konnte.
Die polnischen Mischer waren so gebaut,
als hätte man das Rad noch einmal erfunden
und ständig kaputt.
Als größte Errungenschaft aus dem
sozialistischen Ausland
bekamen wir Holzschubkarren mit Holzrädern,
die keine Brigade haben wollte
und die jede nehmen musste.[37]

Die junge Familie richtet ihre Wohnung im Haus seiner Eltern ein. Tochter Xandra wird im September 1969 geboren. Der junge Vater ist stolz. Als sie laufen lernt, schreibt er für sie dieses Gedicht, in dem alle Zärtlichkeit und Vaterfreude ihren Ausdruck finden:

KINDHEIT

die sterne waren ganz kleine kinder
der mond war der vater
die sonne die mutter

tag und nacht
waren meine
geschwister

ich war
ein schmetterling

die blumen hatten die namen
der vögel

die vögel die namen
der fische
die fische
die namen
der sterne

die sterne waren ganz kleine kinder
meine flügel waren
aus kometenschweif[38]

Im Dezember 1970 und Dezember 1973 kommen seine beiden Söhne Clemens und Kyrill zur Welt. Eigentlich sollte der Jüngste Michael heißen, aber mit seiner spontan hervorbrechenden Autorität entscheidet der Vater anders:

**WIE MEIN JÜNGSTER
ZU SEINEM NAMEN KAM**

Meine Frau hatte entbunden.
Zwei Jungs lagen im Zimmer,
die auch Michael hießen.
Da entschied ich:
„Unser Sohn heißt Kyrill."[39]

Günter Ullmann macht weiter Musik, auch wenn die Band sich zunehmend dem Soul und Jazz verschreibt und er mehr auf Rock 'n' Roll steht. Es hat seinen eigenen Kick, die Polizeiwagen bei „media nox"-Konzerten in Jena hinter der nächsten Ecke stehen zu sehen, oder wenn auf dem Saal in Großenstein kaum ein Glas heil bleibt oder wenn sie in Auerbach ihre Bustür fast nicht zubekommen: „Draußen tobte eine aufgebrachte Menge und wollte uns verprügeln. Wir hatten Jazz gespielt und keine Titel von den Stones."[40]
Im „Club der Intelligenz" diskutiert er mit Harald Seidel, dem belesenen philosophischen Kopf in ihrem Kreis, mit Klaus Rohleder, Volker Müller und Manfred Böhme, er liest Dostojewski, Tolstoj,

Tschechow, Sienkiewicz' „Quo vadis", Celan, Tucholsky, Kästner, Fallada, Dürrenmatt, Brecht, Kunze … Zur Entspannung malt er Aquarelle, schreibt und entwickelt seinen literarischen Stil, den er zunehmend auf das elementare Wort reduziert. Eine seiner frühen, expressionistisch gefärbten Ermutigungen gegen die täglichen Absurditäten widmet er Harald Seidel:

TIEF-
BAUER

wir lesen
steine

schaufeln
luft

in die erde

und zerhacken
den tag

bis wir
am abend

einen goldenen
rechen finden[41]

Manfred Böhme bewährt sich indes nach seiner fristlosen Entlassung als Leiter des Jugendklubs an der Basis als, wie er in seinem Lebenslauf schreibt, „Mitarbeiter Postzeitungsvertrieb", also Briefträger.
Er beweist seine Willen zur Wiedergutmachung, möchte unbedingt wieder als vollwertiges Mitglied in der Partei anerkannt sein. Der Überprüfungsbericht der MfS-Bezirksverwaltung vermerkt zu seiner Person:

– bei Tätigkeit im Hauptpostamt sehr gute Arbeitseinstellung, hilfsbereit, aktive Mitarbeit in Versammlungen, tritt konsequent für unseren Staat auf.[42]

Auch in der MfS-Kreisdienststelle Greiz ist man informiert über Böhmes jüngste Eskapaden in Sachen Sozialismusdiskussion, über die tschechischen Fähnchenanstecker und sein Bemühen um Wiedergutmachung. Interessant ist er für das „Organ" besonders wegen seiner vielfältigen Kontakte.

Zu einem ersten Werbungsgespräch kommt es im Oktober 1968 „aufgrund negativen Anfalls zu den ČSSR-Ereignissen". Manfred Böhme erkennt schnell die Chance, durch Verpflichtung als Inoffizieller Mitarbeiter seine Loyalität beweisen zu können. Ihn, den schon immer das Geheimnisvolle reizte, reizt auch das Spiel mit einer doppelten Identität. Im Januar 1969 verpflichtet er sich als IM und wählt den Decknamen „August Drempker". Im Februar 1972 steigt er auf zum IMV (Inoffizieller Mitarbeiter Abwehr Feindtätigkeit) und ab April 1974 führt er den Decknamen „Paul Bonkarz". In seiner Greizer Zeit liegt ein Schwerpunkt seiner „Bearbeitung" auf Reiner Kunze. Dazu kommen bald Spitzelaufträge gegen die Junge Gemeinde, den CDU-Kreisvorsitzenden Rolf Claus, gegen Jürgen Fuchs, die Holzplastikerin Elly-Viola Nahmmacher und den Freundeskreises um „media nox", hier vor allem Arnold Vaatz und Günter Ullmann. Böhme geht in seiner neuen Aufgabe auf, er nutzt sein Talent im Rollenspiel, er liefert eifrig Hinweise auf weitere Personen, die nach seiner Ansicht unter operative Beobachtung zu stellen seien, er schreibt aus eigenem Antrieb Einschätzungen, mutmaßt und erfindet Belastendes hinzu und hebt immer wieder seine Bedeutung für die Staatssicherheit hervor. Im MfS sieht er, mehr noch als in der Partei, jetzt die Familie, der er unbedingt angehören will.

Niemand scheint sich zu wundern, als er im Greizer Hauptpostamt bereits im Dezember 1968 zum „Leiter der Abteilung Löhne" aufsteigt und am 1. Juli 69 zum Inspektor befördert wird. Er engagiert sich in der Jugendarbeit, verschafft „media nox" einen Probenraum und ist darauf bedacht, dass es zu keinen Spannungen mehr mit Günter Ullmann kommt.

Auch die SED-Kreisleitung hebt ihre im August 1968 gegen ihn verhängte Parteistrafe auf und lässt ihn im März 1971 zum hauptamtlichen Kreissekretär des Kulturbundes aufsteigen, eine Funktion, die er bis kurz vor seinem Weggang aus Greiz 1977 ausüben wird. Neben kulturbundtypischen Hobbyzirkeln etabliert er erneut einen philosophischen Gesprächkreis und festigt seinen Ruf als einer, der ein enzyklopädisches Wissen besitzt.

GEORG CZERWENKA ERZÄHLT:
„Ein Professor sollte im Kulturbund
Über den Nahen Osten und den Islam sprechen.
Der Saal war schon rappelvoll,
da kam die Absage.
Man konnte doch die Leute
nicht einfach wieder nach Hause schicken.
Ibrahim Böhme sprang ein.
Er las noch schnell in einem Lexikon
Und hielt dann einen Vortrag von fast zwei Stunden.
Der Beifall dauerte ewig,
die Leute wollten einfach nicht heim ...“[43]

Und Böhme festigt seinen Ruf als einer, der sich was traut. In Diskussionen spielt er in der Theorie nicht ganz sattelfeste Genossen mit erfundenen Leninzitaten an die Wand. Freunde um „media nox“ bestellt er geheimnisvoll in sein Büro und ruft mit verstellter Stimme die Frau des SED-Kreissekretärs an. Er sei ein Kollege vom Fernmeldeamt und könne ihr mitteilen, sie bekäme morgen ein neues, modernes Telefon. Damit die Montage schneller gehe, solle sie doch bitte schon die Verbindungsschnur durchtrennen. Die Runde kann ihr Lachen kaum unterdrücken. Nachdem bekannt wird, die Frau habe das Kabel tatsächlich durchgeschnitten, bleibt Böhmes Streich lange Gesprächstoff in der Stadt. Dieser Mann macht Eindruck. Niemand ahnt, dass er sich im Auftrag des MfS gerade die Rolle eines „intellektuellen Sektierers“ auf dem Leib schneidert.
In seine spartanisch eingerichtete Wohnung lässt er Leute aus dem Freundeskreis nur selten ein. Und wenn, sitzen sie meist im Halbdunkel und hören Dinge, über die Böhme offenbar mehr weiß, als

jeder andere. Seinen Schreibsekretär erklärt er zur Tabuzone, dem darf sich keiner nähern, denn der, deutet er an, sei das Zentrum der Weltrevolution. Dazu scheint zu passen, dass Böhme öfter Besuch von „sowjetischen Kulturoffizieren" in Zivil bekommt, mit denen er russisch spricht.
Wenn er sich mitunter in Widersprüchen verfängt und doch mal Zweifel an seiner Glaubwürdigkeit aufkommen, biegt er sofort ab: Wie man an ihm zweifeln könne, er sei schwer krank, habe einen Hirntumor.
Manfred Böhme ist längst eine schillernde Gestalt in der Stadt. Gerüchte wissen, in seiner Zerstreutheit sei er sogar im Schlafanzug auf die Straße gegangen. Jeder kennt ihn und mancher bewundert ihn als Genie.
In konspirativen Treffs mit seinen Führungsoffizieren von der Kreisdienststelle Greiz und der Bezirksverwaltung Gera berichtet er regelmäßig, er berichtet über Reiner Kunzes Rückzug in das Landhäuschen von Charlotte Stadtmann in Kottenheide, über Besucher, über Einladungen zu kirchlichen Lesungen, aber er schafft es vorerst nicht, einen engeren Kontakt zu Kunze herzustellen. Das gelingt ihm erst 1973, als Kunzes Tochter Marcela nach der Verleihung des Preises der Bayerischen Akademie der Schönen Künste an ihren Vater in der Schule Repressalien ausgesetzt ist. Böhme nutzt die Gelegenheit, tritt als Vermittler auf und erlangt so Zugang zur Familie.

Günter Ullmann gegenüber zeigt er sich jetzt gönnerhaft aufgeschlossen, wobei er gern herausstellt, wie sehr er über den Dingen steht. Ullmann bewundert ihn, wie er frischen Wind ins Greizer Kulturleben bringt, wie er alle intellektuell überragt, wie er damit umgeht, wenn er mit seinen Ideen aneckt. Diesem Manfred vertraut er an, was er denkt. In seinem einzigen, abgetragenen Anzug erscheint der ihm wie ein Paradiesvogel in der Partei. Und Günter Ullmann ist innerlich stolz, als Manfred Böhme in seiner Funktion als Kreissekretär des Kulturbundes ausgerechnet ihm vorschlägt, ab August 1973 im „Club der Intelligenz" die Leitung des Lyrik-Zirkels zu übernehmen. Er liest mehrfach den langen Brief, den Böhme

Geli und ihm geschrieben hat, in dem er zunächst begeistert über seine Eindrücke als Delegierter zu den Weltfestspielen in Berlin berichtet:

(…) *Auf jeden Fall war es für jene Jugendlichen, die nun tatsächlich im Kampf um sozialpolitische Rechte stehen, die sich im antiimperialistischen und antikolonialistischen Kampf betätigen, eine große Hilfe, daß dieses Festival stattfand. Ich habe mit Jugendlichen aus Israel, aus Angola, aus Südafrika gesprochen, besser gesagt, ich wurde zu solchen Gesprächen hinzu gezogen. Und ich muss Dir sagen, ich habe manches wieder neu gelernt, gelernt, daß „Frieden" für viele Menschen eben noch die Bedeutung des Friedens hat … Es gibt viel zu erzählen, viele Eindrücke haben sich für ewig in mir verhaftet.* (…)

Ich schlage Euch vor, daß ich am 27.8.73 (gegen 18.30 Uhr) zu Euch komme. (…)

Noch ein Anliegen! Wir, das heißt: die Kreisleitung des Kulturbundes, halten es für richtig, wenn Du, lieber Günter, die Leitung des Zirkels Junger Lyriker übernimmst. Einmal bürgt das für Qualität und sachliche Auseinandersetzungen, zum anderen wäre es für mich eine Entlastung.[44]

Nach Jahren der Spannungen zwischen ihnen und der Kritik an seinen Gedichten freut Günter Ullmann sich sehr über diesen Brief. Denn im Grunde möchte er nichts als Harmonie und Vertrauen.

Böhme kommt weiterhin häufig in den Zirkel, er regt die Beschäftigung mit Michail Bulgakow, Wladimir Majakowski, Sergej Jessenin, Thomas und Heinrich Mann, Ernst Toller, Rolf Hochhuth, Stefan Heym und Christa Wolf an, und sie diskutieren über in der DDR verfemte Autoren wie Franz Kafka und Boris Pasternak.

Im Zirkel herrscht von Beginn an eine offene Atmosphäre. Auch Arnold Vaatz imponiert dieser Kreis. Kurz nachdem der Oberschüler 1972 nach Greiz gezogen ist, wird er von Böhme angesprochen, doch mal im Lyrikzirkel vorbeizuschauen und er wird Dauergast:

Es gab keinerlei Tabus. Volker Müller las einen Aufsatz über Solschenizyn vor. Wenn es politisch wurde, war es immer auch DDR-kritisch. Die DDR-Lobhudelei, die es unter jungen Autoren auch gab, wurde einfach übergangen.

Zu dem erschütternsten Geschehnis in Günter Ullmanns bisherigen Leben kommt es am 28. Oktober 1972. Er spielt gerade auf einer Probe mit „media nox", als Geli, seine Frau, aufgelöst hereinstürzt und weinend etwas ruft, bei dem das Wort Kohlenauto fällt. Ihre Tochter Xandra überfahren. Aus Geli bricht es immer wieder heraus. Ihr Mann nimmt die Nachricht schweigend auf, zeigt keine Regung, er wendet sich ab, verlässt wortlos den Probenraum. Angelika und die Familie trauern unter Tränen. Im Freundeskreis herrscht tiefste Betroffenheit. Günter Ullmann sitzt reglos dabei und raucht. Lange Zeit wird er nichts sagen, auch später bleibt er wortkarg.
Es ist das letzte Mal, dass er mit „media nox" gespielt hat. Kohle, der Kohlenkeller im Haus, Kohlehaufen vor Hauseingängen machen ihm seit dem tödlichen Unfall seiner Tochter Angst. Bei dem Ruf: „Charly!", auf den er meist lachend reagiert hat, zeigt sein Gesicht keine Regung mehr. Das ist die Schweigeimplosion der Seele. Er zieht sich zurück, kann auch mit seiner Frau nicht über das Unglück reden. Er kann es für sich nur in Gedichten fassen.

Für meine Tochter Xandra
(20.9.1969–28.10.1972)

zwischen weiße windeln
schwarze tücher hängen

und nicht begreifen
was sie verbindet

und nicht verstehen
was sie trennt

HÖRT IHR MICH
SCHWEIGEN

ist das nur das herz
oder das eigene kind[45]

DIE 3

Für meine Tochter
Xandra

3 blätter
lösen sich
vom zweig

3 wolken
leuchten
am horizont

3 mädchen
kommen
mir entgegen

3 jährig
lagst du tot
auf der straße[46]

Rudolf Kuhl erzählt:
Nach Xandras Tod ist Günter bei uns ausgeschieden. Wir hatten uns aber auch durch die Soulmusik und den Jazz in eine Richtung entwickelt, die ihn nicht mehr so interessierte. Wenn das mit seiner Tochter nicht gewesen wäre, hätten wir sicher versucht, weiter zusammen Musik zu machen. Wir waren in erster Linie ja nicht eine Band, sondern Freunde. Das war ein anderes Gefüge, wir haben Freude und Leiden geteilt.

HaveMANN, BierMANN, UllMANN, FuchsMANN, VaatzMANN

Und Manfred Böhmes Janusgesicht

Im Jahr 1972 kommt Arnold Vaatz von Steinsdorf bei Weida nach Greiz. Er geht an die Erweiterte Oberschule „Theodor Neubauer". Aus seiner christlichen Ethik heraus stellt er unbequeme Fragen. Er will genau wissen, wohin die „Diktatur des Proletariats" führen werde, was die wahre „Rolle der Partei" sei und was es mit dem „real existierenden Sozialismus" auf sich habe. Damit gilt er bald als aufsässiger Schüler, kann aber mit einigem Glück 1974 dennoch sein Abitur ablegen. Eine Klassenstufe unter ihm lernt Marcela Kunze. Er erlebt mit, was es heißt, die Tochter eines missliebigen Dichters zu sein. Über sie lernt er ihren Vater kennen und da ist sofort gegenseitiges Interesse. Es sind besonders die knappen Gedichte von Arnold Vaatz, aus denen schon früh sein Talent und eine eigene klare Stimme spricht:

Zu einem stück holz *// ich breche / dich übers knie und du / erkennst dein innerstes.*[47]

Etwas später wird er schreiben:

parteitage *// jeder ein gitterstab / von stab zu stab / fünf jahre.*[48]

In der Franz-Feustel-Straße findet Arnold Vaatz bis zur Ausreise der Familie Kunze eine offenes Haus für gute Gespräche.

Aus der Parallelklasse lernt er Günter Ullmanns jüngeren Bruder Gerhard kennen. Viele bewundern ihn für seinen überragenden Intellekt, zugleich gilt er als verschlossen. Beide werden Freunde. Im Haus der Ullmanns begegnet er auch Günter. Aber ihre lebenslange, herzliche Freundschaft wird sich erst später, durch die Nähe ihrer Lyrik und ähnliche politische Ansichten entwickeln. In einem Kurzporträt von 1991 schreibt Günter Ullmann über Arnold Vaatz:

Einst war er Rebell. Nun ist er Minister geworden und Stellvertreter des Sächsischen Ministerpräsidenten. (…) *Ich erinnere mich, Arnold und ich besuchen Jürgen Fuchs in Grünheide und diskutieren über die*

Militarisierung der Gesellschaft. Ich erinnere mich: Arnold besucht mich 1977 in Greiz und die Staatssicherheit, die unsere Wohnung überwacht, fährt ihm im Auto nach, bis nach Hause.[49]

Arnold Vaatz ist ein Querkopf, dennoch kann er 1976 in Dresden ein Mathematikstudium aufnehmen. Danach arbeitet er an der Entwicklung der Rechentechnik für den Chemieanlagenbau Dresden, bis er 1982 wegen Verweigerung des Reservistenwehrdienstes zu einem halben Jahr Zwangsarbeit im Strafvollzug der Maxhütte Unterwellenborn verurteilt wird. Im Herbst 1989 wählt man ihn zum Pressesprecher des Neuen Forums. Im Dezember 1989 wird er in die „Gruppe der 20" hinzugewählt, der es am 8. Oktober maßgeblich gelungen war, den Einsatz der Armee gegen Demonstranten und damit ein Massaker in Dresden abzuwenden. In der Folgezeit ist er als Vorsitzender des Koordinierungsausschusses entscheidend an der Neugründung des Freistaates Sachsen beteiligt. Bis 1998 arbeitet er als sächsischer Staatskanzleichef und Umweltminister und seit 2002 ist er Stellvertretender Vorsitzender der Bundestagsfraktion der CDU/CSU.

Im Greiz des Jahres 1972 macht der Oberschüler schnell Bekanntschaft mit jener Gruppe, die später als „Greizer Kreis" bekannt werden wird:

Als Lyriker kennengelernt habe ich Günter Ullmann in dem Lyrikzirkel im Club der Intelligenz des Kulturbundes. Dort war er der Spiritus Rector.

Bislang kannte ich ihn nur vom Vorübergehen und über seinen Bruder, der mir von seiner Musik erzählt hatte. Günter war der, der zu den vorgetragenen Gedichten ein qualifiziertes Urteil abgab. Das hat mich sehr angezogen. Ziemlich bald lud er mich auch zu sich und seiner Familie ein. Ich erlebte ihn im Schreiben überaus produktiv. Es war nicht alles von gleicher Qualität, aber es gab Sachen, die waren für meine Begriffe sprachlich hervorragend und blieben im Kopf. Er ermunterte mich auch immer wieder, vorzutragen, was ich geschrieben hatte.

Ich erinnere mich auch gut, was Klaus Rohleder dort las und wie er uns beeindruckte. Da schrieb er noch keine Theaterstücke. In der Zeit

machte er sprachlich hervorragende kleine Gedichte mit Bezügen zu seiner Gegend um Waltersdorf.
Es wurden auch Neuerscheinungen, die in der DDR auf den Markt kamen, vorgestellt, zum Beispiel von Max Herrmann-Neiße oder Giuseppe Ungaretti, oder die Lyrikreihen „Poesiealbum", „Offene Fenster" und die „Auswahl". Auf bestimmte Leute darin wurde besonders aufmerksam gemacht.
Böhme war meist dabei. Wenn er – was selten vorkam – etwas von sich vortrug, war das immer sehr pathetisch.
Günter Ullmann war derjenige, der auch nach außen drängte, der Gedichte aus dem Kreis veröffentlichen wollte. Aber das war ja kaum möglich. Deswegen spielte im Hintergrund schon früh die Überlegung eine Rolle: Wie könnten wir etwas in westlichen Verlagen unterbringen?
Es kamen auch Gäste. Eine der Lesungen, die mich am meisten beeindruckte, war die von Jürgen Fuchs. Das könnte 1973 gewesen sein. Ich ging immer mit großen Erwartungen und mit Spannung in den Zirkel. So sind im Grunde die Jahre 73, 74 und 75 verlaufen.

Für Jürgen Fuchs' Berührung mit Greiz und seine spätere enge Freundschaft mit Günter Ullmann spielt Jürgen Kornatz, Tontechniker und Gittarist, später Flötist bei „media nox", eine wesentliche Rolle. „Bürgerschreck Natz", wie Günter Ullmann ihn gern nannte, wächst wie Rubi, Schotte und Charly auf dem Greizer Hainberg auf. 1973 arbeitet er im Kombinat Carl Zeiss Jena als Entwicklungsingenieur. Etwas später wird er wieder nach Greiz ziehen und als Hilfspfleger und Hausmeister in einem Behindertenheim arbeiten. 1976 schreibt er zusammen mit Rudolf Kuhl, Harald Seidel und Günter Ullmann Protestbriefe an das Zentralkomitee, das Ministerium für Kultur und den Schriftstellerverband der DDR gegen die Biermann-Ausbürgerung und Kunzes Ausschluss aus dem Schriftstellerverband und gerät damit dauerhaft ins Visier der Staatsicherheit. In den 1980er Jahren verhindert das MfS seine berufliche Entwicklung als Tonassistent bei der DEFA. Im September 1988 erhalten Jürgen Kornatz und seine Frau ihre Ausreisegenehmigung aus der DDR. Sie ziehen nach Westberlin, wo Jürgen Fuchs sie nach ihrer Ankunft unterstützt.

Im Jahr 1973 besucht Jürgen Kornatz die erste Personalausstellung des neunzehnjährigen Malers Gerd Sonntag im Jenaer Kunstpavillon am Thälmannring. Ihm gefällt die großflächige Malerei in der Manier des frühen impressionistischen Picasso. Sie kommen ins Gespräch und er besucht den jungen Maler in seinem zugigen Dachbodenatelier. Durch Sonntag und seinen Schwager, den Holzplastiker Lutz Leibner, lernt er mehrere Leute aus der Jenaer kulturoppositionellen Szene kennen, unter ihnen Jürgen Fuchs und auch den öfter zu Besuch kommenden verbotenen Liedermacher Wolf Biermann.

Günter Ullmann, der in dieser Zeit in Gera auf dem Bau arbeitet, hört von ihm von einer Fuchs-Lesung im Jenaer Arbeitskreis Literatur. Er fährt hin und ihm imponiert, wie Jürgen Fuchs die weit über Hundert Besucher im kleinen Saal des Kulturhauses Neulobeda in seinen Bann zieht. In ihrem anschließenden kurzen Gespräch ist sofort Vertrautheit da, was bei Jürgen Fuchs keine Selbstverständlichkeit ist. Denn angesichts seiner Erfahrungen mit der „Firma" ist er Fremden gegenüber häufig misstrauisch und mitunter auch rigoros abweisend. Nicht so bei Günter Ullmann, er gibt ihm eigene Gedichte mit und Jürgen Kornatz bringt von einem Wochenendbesuch aus Greiz ein Heft mit Ullmanns Gedichten zu Fuchs. Es sind Gedichte wie dieses, die Fuchs stark beeindrucken:

NEHMT UNS NICHT DIE
HOFFNUNG

diese ungewissheit die
noch halt gibt

legt uns nicht den
horizont

um
den Hals[50]

Das Eingeschlossensein, die räumliche und geistige Enge in diesem Land kennen viele, aber sie so in ein Bild zu setzen, als Horizont, der zum Halsband, gar zur Schlinge wird, das ist die wahre Kunst des Wortes.

Durch Jürgen Kornatz erfährt Jürgen Fuchs mehr vom Greizer Freundeskreis, von ihrer Musik, den Treffs im Club der Intelligenz, für sie ein ähnlicher Treffpunkt wie es für junge Leute in Jena die Junge Gemeinde Stadtmitte ist oder auch der Arbeitskreis Literatur um Lutz Rathenow. Fuchs ist neugierig, was da in Greiz, gerade mal zehn Kilometer von seiner Heimatstadt Reichenbach entfernt, abläuft.

Ullmann lädt ihn mit Böhmes Zustimmung noch 1973 zu einer Lesung in die Villa des Kulturbundes ein. Kornatz bringt Fuchs auf dem Sozius seines Motorrads in die abgelegene Stadt. Bei der ersten Begegnung mit der verwegen wirkenden Truppe mit langen Haaren und Bärten, alle ungefähr so alt wie er, bleibt er zunächst zurückhaltend, wie man das von ihm kennt. Er beobachtet das Auftreten der Typen von „media nox", deren Ruf weit über das Vogtland hinaus reicht. Sie sind ihm sympathisch, nicht nur äußerlich, und nicht nur in ihrem Musikgeschmack: Bob Dylan, Rolling Stones, Miles Davis … Ihm gefällt ihre Offenheit, auch im Umgang untereinander.

WIE WIR JÜRGEN FUCHS KENNEN LERNTEN

Jürgen Fuchs war in aller Munde.
Da hat sich doch einer was getraut.
Er sprach aus,
was viele von uns dachten.
Da war ein junger Schriftsteller,
der gegen die Allmächtigen aufbegehrte
und der nicht wegsah
wie viele andere.
Unsere Freunde und ich waren begeistert.
Wir lasen heimlich seine Gedichte.
Natz, der Bürgerschreck, sagte:
„Nächstes Wochenende stelle ich Euch
meinen neuen Freund vor."
Wir waren erstaunt und rätselten, (…)
Natz kam wie immer aus Jena und sagte:

„Ich habe Euch meinen Freund mitgebracht,
er heißt Jürgen Fuchs
und ist schon ganz wild darauf,
euch kennen zu lernen.“ (…)[51]

Selbstbewusst, groß und schlank, in Manchesterhose, damals Kult, ebenfalls schulterlanges schwarzes Haar, voller, an den Seiten ausrasierter Kinnbart, steht Jürgen Fuchs in diesem Kreis und sieht ein wenig aus wie Jesus und Lenin in einem. Und er genießt den Ruf, der ihm vorauseilt. Man weiß, der ist befreundet mit Robert Havemann und Wolf Biermann. Student der Sozialpsychologie, ein Dichter, der zum Zentralen Poetenseminar nach Schwerin eingeladen wird, dessen Textabschriften von Hand zu Hand gehen. Wenn er etwas sagt, hat das Hand und Fuß.

Bei der Lesung lernt Jürgen Fuchs auch Manfred Böhme kennen, bleibt jedoch auf Distanz. Er hat schon einiges gehört von diesem Kreissekretär mit dem Ruf eines Revolutionärs – oder doch eher ein Revoluzzer? Erst mal sehen, was ist denn das für einer? Ist der echt? Oder wer ist dieser Böhme in seinem abgewetzten Konfektionsanzug und Schlips wirklich? Fuchs bleibt misstrauisch, auch als Günter Ullmann ihm versichert, Böhme sei einer von ihnen, der schlage die Bonzen mit ihren eigenen Waffen.

Jürgen Fuchs trägt wie bei seinen illegalen privaten Wohnungslesungen in Jena Gedichte aus seinem Zyklus *Straßenzustandsbericht* vor und aus dem Zyklus *Schriftprobe*, aus dem elf Gedichte soeben in der Anthologie *Offene Fenster 4* erschienen sind. Darunter auch:

DAS FACH SCHÖNSCHREIBEN // Aber gewiß doch: / Nach Schablone / Und in Schönschrift / Tanzt kein Buchstabe / Aus der Reihe /Liegt kein Wort / Schief / Halten alle / Den Rand / Ein / Und erhalten / Ein Lob / Nur die Wahrheit / Fällt immer auf / als sehr schwer / Erziehbar.

Und er liest, ohne es zu kommentieren, jene Gedichte, die der Herausgeber und Freund Edwin Kratschmer, um ihn zu schützen, nicht in den Band aufgenommen hat:

PAPIER, WIR HABEN FEINDE // Sie blättern nur / Flüchtig / Aber ihre Fingernägel / Graben sich tief ein / In dein Gesicht / Und sie erstatten / Anzeige / Gegen meine Worte / Wegen / Feindlicher Gruppen-

bildung / In Form von Gedichten / Papier / Wen auch immer sie / Anklagen: / Ich bezeuge deine Unschuld / Unter Eid.[52]

Dazu stellt er kurze Prosatexte vor wie das *Fußballspiel*, in dem ein junger Rekrut der Nationalen Volksarme auf Wache Suizid begeht. Der Ich-Erzähler spielt zwanzig Meter entfernt Fußball und bekommt danach zu hören, dieser Selbstmord sei ein Einzelfall gewesen.

Die Zuhörer spüren, hier wird ein Tabu der DDR-Literatur gebrochen. Was offiziell zum „Ehrendienst" im „Ehrenkleid" unter dem „Ehrenbanner" erklärt wird, steht in krassem Widerspruch zur Wirklichkeit. Dieser Fuchs traut sich was. Der spricht aus, was sich sonst keiner traut. Und er weiß um die möglichen Konsequenzen:

ABER VOR ALLEM / Möchte ich arbeiten / Wenn sie kommen // OFFEN UND EHRLICH // Und meinen Stift / Weglegen // ENTSCHEIDEN SIE SICH // Wie ein Arbeiter überrascht, doch / ohne Hast // WIR STELLEN DIE FRAGEN // Seinen Hammer / Neben das eingespannte Werkstück legt // WIR WISSEN ALLES // Wenn er vor Arbeitsschluss / Ins Büro gerufen wird. [53]

Nach der Lesung gibt es begeisterten Applaus, Fragen aus dem Publikum, danach weiter Diskussion im kleinen Kreis. Fuchs verficht den Auftrag des Dichters, auch in der Lyrik Klartext zu schreiben, so wie er ihn in den Gedichten von Helga M. Novak findet. Den Schutz der Metapher, das Metapherngeklingel, wie er es nennt, lehnt er ab. Das sei Sklavensprache. In der Prosa plädiert er für einen authentischen dokumentarliterarischen Stil wie bei Günter Wallraff. Sein Anspruch lautet: „Sagen, was ist!"

Manfred Böhme fällt, wie schon mehrfach, wenn er sich einer Situation nicht mehr gewachsen sieht, vom Stuhl, er spielt die Rolle des Ohnmächtigen und erstattet seinem Führungsoffizier umgehend Bericht.

Seine insgesamt zehn Berichtsbände als IMS „August Drempker" und IMV „Paul Bonkarz" aus den Jahren 1969 bis Anfang 1978 wurden im Zuge der „Aktenbereinigung" 1989 durch die Staatssicherheit vernichtet. Übrig geblieben sind aus Böhmes Greizer Zeit einzig Berichtskopien in Operativen Vorgängen, unter anderem in dem von Reiner Kunze (OV „Lyrik"), Arnold Vaatz (OV „Primus") und „media nox" (OV „Medium") sowie der Untersuchungsvorgang des MfS gegen Böhme während seiner viermonatigen U-Haft 1978. Über seine Vernehmungsaussagen hinaus verfasst er in der Zelle auf eigenen Wunsch eine Reihe belastender Niederschriften. Zur Veranstaltung mit Jürgen Fuchs schreibt er in einem dieser Dossiers:

Zu dieser Zeit lernte Ullmann ... Sonntag, (geschwärzt), Rathenow und vor allem Fuchs näher kennen. Diese Bekanntschaft, mit der er hausieren ging, erhöhte den Stellenwert Ullmanns. Er machte dann 1973 und 1974 mit Jürgen Fuchs und Richard Pietraß (Berlin) Veranstaltungen in dem Sinne öffentlicher Lesungen, zu denen ich meine Einwilligung gab. Gegen die offiziellen Lesungen war in keiner Weise etwas einzuwenden. Die Diskussionen anschließend im kleinen Kreise aber gestalteten sich so, dass ich bereits 1973 erstmals dem MfS zu Jürgen Fuchs umfassend Bericht erstatten musste.[54]

Günter Ullmann findet den aufklärerischen und gesellschaftskritischen Anspruch, den Jürgen Fuchs an sich und andere stellt, übertrieben. Er würde so weit nicht gehen. Böhme gegenüber nennt er Fuchs einen rigorosen Moralisten, und auch das trägt der seinem Führungsoffizier zu.

Angesichts der nahezu grenzenlos erscheinenden Informations- und Orientierungsmöglichkeiten heute und der permanenten Reizüberflutung mag es überraschen, welcher Bedeutungsmehrwert der Lyrik in der DDR und in allen sozialistischen Diktaturen zukam. Gedichte waren nicht nur – wie in anderen Zeiten auch – Mittel individueller Selbst- und Sinnfindung: Wer bin ich? Wo stehe ich im Koordinatensystem des Lebens? In ihrer dichten, expressiven Sprache boten sie ein hervorragendes Medium, eigene Haltungen zu existentiellen Fragen der Gesellschaft, zu gemachten Erfahrungen und Forderungen an die Herrschenden zu artikulieren.

Professor Dr. Edwin Kratschmer, privater Mentor unzähliger junger Schreibender in der DDR, legte zwischen 1964 und 1990 eine Sammlung mit 100.000 Gedichten von 15.000 jungen Poeten an. Dieses Archiv ist heute im Besitz der Universität Jena und stellt einen einmaligen Fundus zur Mentalitätsgeschichte ganzer Generationen

DDR-Jugendlicher dar. In seiner *Poetologie des Jugendgedichtes* analysiert er das Besondere dieser intimen Zwiesprache im geschützten Raum des eigenen Ichs. Laut Kratschmer reflektiert etwa ein Drittel der Jugendgedichte in der DDR überwiegend Liebe und Lebenssinn, darunter in geringem Maß (5 %) auch Verzweiflung und Neigung zum Suizid.

Ein weiteres Drittel ist geprägt durch ideologische Indoktrination. Die Gedichte plagiieren die Größe und leuchtende Zukunft des Sozialismus und singen häufig euphorische Hymnen nach. Diese Art der Dichtung kann im Zuge eigener Bewusstwerdung durchaus in harsche Systemkritik umschlagen.

Überaus bemerkenswert setzt sich nach Kratschmers Analyse aber auch fast jedes dritte Jugendgedicht in der DDR kritisch mit der umgebenden Welt und Umwelt auseinander. Je nach Milieu und Erfahrung wird es zum Ventil für die Reibung mit Spießern, Bonzen und der wahrgenommenen Diskrepanz zwischen sozialistischen Visionen und der vorgefundenen Wirklichkeit. Im Ergebnis solch rigoroser Selbstbefragungen kommt ein beachtlicher Teil junger Lyriker in der DDR zu dem Schluss, er will kein fröhlicher Sklave sein, sondern ein selbstbestimmtes Leben führen.

Die Wirkung solcher Lyrik ist beachtlich, sie stört und stört auf. In seiner Büchner-Preis-Rede 1977 *Sind Gedichte Luxus* sagt Reiner Kunze: *Auch für manchen Leser ist das Gedicht kein Luxus. Nicht nur in Staaten, in denen Gedichte mitunter wie Kassiber weiter gegeben werden.*

Die besondere Brisanz des literarischen „Kassibers" ist dem SED-Apparat sehr wohl bewusst. Um eigenständige Literatur möglichst zu verhindern, lässt die Parteiführung bis Anfang der 1970er Jahre republikweit Zirkel schreibender Schüler, schreibender Arbeiter und schreibender Studenten einrichten. Auch durch Manfred Böhme im Kulturbund Greiz. Für die Förderwürdigsten und zur „Rückgewinnung" kritischer Köpfe werden zudem Arbeitsgemeinschaften Junger Autoren in den Bezirksverbänden des Schriftstellerverbandes und Zentren Junger Autoren in allen Bezirken geschaffen. Als besonderer Anreiz winken Delegierungen zu den jährlichen Bezirkspoetenseminaren oder zum Zentralen Poetenseminar in Schwerin, dazu gibt es überwachte und gesteuerte Veröffentlichungsmöglichkeiten in der SED-Presse, in Anthologien und Literaturzeitschriften. In den Abteilungen Kultur der Räte der Bezirke, in der FDJ, dem Kulturbund und im Schriftstellerverband wird ein immenser Aufwand getrieben, um die Gegenwartsauseinandersetzung junger Autoren zu kontrollieren und zu kanalisieren. Doch dieses aufwendige System funktionierte nur bedingt, denn für Lyrik, Prosa und Satiren, wie Reiner Kunze, Jürgen Fuchs, Lutz Rathenow, Günter Ullmann und viele andere sie schreiben, besteht nie das Problem, dass sie zur Privatsache verkümmern könnten. Diese Gedichte kursieren auch in Abschriften unter der Hand.

Lutz Rathenow beginnt 1973 sein Studium als Lehrer für Geschichte und Deutsch an der Universität Jena. 1977, kurz vor Abschluss seines Diploms wird er exmatrikuliert wegen „Zweifels an den ideologischen Grundpositionen". Er zieht mit seiner Frau nach Berlin und lebt ein recht gefährliches Leben als ungenehmigter freischaffender Schriftsteller und Oppositioneller. Er veröffentlicht fast ausnahmslos in der Bundesrepublik, was ihm 1980 eine mehrtägige Untersuchungshaft einbringt. Bis 1989 arbeitet er konspirativ unter anderem mit Jürgen Fuchs in Westberlin zur Unterstützung der DDR-Opposition und politischer Gefangener zusammen, und er lanciert immer wieder eigene und Texte anderer verbotener Autoren in die Westöffentlichkeit. Seine operative Bearbeitung durch die Staatssicherheit umfasst in diesen zwölf Jahren 15.000 Blatt. Im Jahr 2011 tauscht er seine freiberufliche Tätigkeit gegen die des Sächsischen Landesbeauftragten für die Unterlagen des Staatssicherheitsdienstes der ehemaligen DDR. An seine erste Begegnung mit Günter Ullmann erinnert er sich so:
Das erste Mal begegnet sind wir uns beim Bezirkspoetenseminar in Greiz. Das war wohl im April 1973. Er kam einfach in das Obere Schloss, wo das Seminar stattfand und zeigte uns seine Gedichte. Ich kannte, vermittelt durch Gerd Sonntag, schon einiges von ihm. Seine kurzen, handgeschriebenen Gedichte beeindruckten mich und ich nahm mehrere in die beiden Arbeitsblätter unseres Arbeitskreises Literatur in Jena auf, die mein Vater in seinem Betrieb illegal 300 Mal hektografiert hatte.

Günter Ullmann war für mich faszinierend und sehr belesen. Ich schaute zu ihm auf. Außerdem entsprach er durchaus dem Ideal aus meinen linksradikalen Zeiten. Nicht dass er radikal gewesen wäre, im Gegenteil. Aber er war Arbeiter, er verkörperte das Bild des Arbeiters, der neben seiner Beschäftigung auf dem Bau nicht nur liest, sondern auch Gedichte schreibt. Er bewies, dass es möglich war, geistige und körperliche Tätigkeit zusammenzubringen. Für mich hatte ich so ein Leben zwar nie vorgesehen, aber als Ideal für die Gesellschaft fand ich das gut.
Während des Poetenseminars machte er ziemlichen Eindruck. Er wurde von allen akzeptiert. Immerhin war er kein geladener Gast, er hielt sich einfach dort mit auf, las auch einiges vor, nahm aber nicht an allen Veranstaltungen teil.

Im Februar 1975 ermöglicht der Kulturbundsekretär Dr. Hans-Peter Jacobson Gerd Sonntag eine Gemäldeausstellung in der Kleinen Galerie „Die Gucke“ in Bad Köstritz. Um den Interessentenkreis zu erweitern, kommt ihm die Idee, die Eröffnung „literarisch-musikalisch zu umrahmen“. Dabei geht er ahnungslos auf Sonntags Vorschlag ein, den Studenten und jungen Literaten Jürgen Fuchs einzuladen und mit ihm die Berliner Liedermacherin Bettina Wegner und aus Leipzig Gerulf Pannach, Liedermacher und Texter der Renft Combo.
Manfred Böhme erfährt von der geplanten Ausstellungseröffnung. Er erfasst die Dimension und begeht seine bis zu diesem Zeitpunkt folgenschwerste Denunziation. Er informiert seinen Führungsoffizier des MfS und in Absprache mit ihm *„am 15. Januar 1975 anlässlich einer Zusammenkunft aller KB-Funktionäre des Bezirkes (geschwärzt) (1. Bezirkssekretär), (geschwärzt) (2. Bezirkssekretär) und Dr. Werner Kahle (Bezirksvorsitzender) von der Gefährlichkeit des Unterfangens.“*[55]

Was Böhme nicht weiß, Werner Kahle, der frisch gewählte Vorsitzende des Kulturbundes und Dozent der Sektion Marxismus-Leninismus an der Jenaer Universität, ist ebenfalls als Inoffizieller Mitarbeiter „Fritz Weiß“ vom MfS verpflichtet.

Auf diese Weise doppelt informiert sorgen die SED-Bezirksleitung und die Bezirksverwaltung des MfS dafür, dass Funktionäre und hauptamtlicher Stasi-Mitarbeiter am 7. Februar in der „Gucke" nahezu alle Plätze besetzen. Sie erhalten den Auftrag, sich ein Bild zu machen über diese kulturpolitischen Staatsfeinde. An diesem Abend finden die aus Jena und Greiz Angereisten, unter ihnen Günter und Angelika Ullmann, keinen Platz. Sie werden auf die Wiederholung am nächsten Tag vertröstet. Doch da wird das Programm „aus technischen Gründen" abgesagt.

Bettina Wegner, 1968 wegen ihres Protests gegen den Einmarsch in Prag schon einmal zu einer Bewährungsstrafe verurteilt, singt überwiegend jiddische Lieder, Gerulf Pannach, der zwischen befristeten Spielerlaubnissen und zeitweiligen Auftrittsverboten pendelt, singt provokativ seine frechen Balladen und Jürgen Fuchs liest dazwischen kurze Prosa. Er liest *Das Fußballspiel* über den Suizid eines Rekruten, *Das Interesse,* über einen Stasi-Anwerbeversuch, womit er ein weiteres literarisches Tabu bricht, und er liest *Die Vorladung.* In dieser Geschichte erleben die Gäste die kafkaeske Situation und die Verunsicherung eines Vorgeladenen, dem kein Grund für seine Einbestellung mitgeteilt wurde.

In einer Vernehmung während seiner U-Haft 1977 erklärt Jürgen Fuchs zu seiner Lesung in der „Gucke":

Ich hatte meine Prosaarbeiten bis zu diesem Zeitpunkt nur hin und wieder im kleinen Kreis vorgestellt und war aus diesem Grund sehr interessiert an der Meinung gerade der Vertreter des öffentlichen Lebens in der DDR. Die Reaktion des Publikums bestand aus Beifallsbekundungen. Als ich mehrfach zur Diskussion aufrief, meldete sich jedoch keiner.[56]

Als Konsequenz aus diesem Abend verfügt die Parteileitung, dass der Kulturbundsekretär Dr. Hans-Peter Jacobson für seine Eigenmächtigkeit seiner Funktion enthoben wird. Über Bettina Wegner und Gerulf Pannach werden einmal mehr Auftrittsverbote verhängt, und an der Universität Jena läuft auf Hinweis des SED-Bezirkssekretärs Gustl Paczulla ein Exmatrikulationsverfahren gegen Jürgen Fuchs an. Exmatrikuliert wird der Psychologiestudent am 17. Juni 1975 wegen „Schädigung des Ansehens unserer sozialistischen Universität in der Öffentlichkeit", also wegen seiner literarischen Arbeiten. Seine Diplomarbeit hat er da bereits mit „Sehr gut" verteidigt.

Im Jenaer und Greizer Freundeskreis liest fast jeder Fuchs' ungeheuerlich anmutende Gedächtnisprotokolle über die inszenierten Ausschlusstribunale, seinen Ausschluss zunächst aus der Partei, dann aus der FDJ und danach vom Studium. Beruhte die Beziehung zwischen Günter Ullmann und Jürgen Fuchs bislang vor allem auf gegenseitigem Respekt und dem Interesse an der literarischen Arbeit des anderen, möchte er Jürgen Fuchs und seiner jungen Familie jetzt unbedingt helfen. Sie treffen sich in Jena und Greiz. Fuchs versucht den fürsorglichen Freund zu beruhigen, er erzählt ihm vertraulich, sie bereiten ihren Umzug zu Havemanns nach Grünheide vor: „Dort kriegen sie mich nicht so schnell." Die Stasi könne mit ihrer demonstrativen Dauerüberwachung dann sehen, wen sie nervt.

Sehr wichtig für ihn, sagt Fuchs, wäre es, wenn er den Bericht des Kulturbundes zu den Ereignissen um die „Gucke" lesen könnte. Vielleicht finde sich ja etwas zu den Hintergründen. Und er fragt Ullmann, ob er da vielleicht etwas machen könne.

In der Ermittlungsakte während Böhmes U-Haft 1978 werden auch verschiedenste Widersprüche in dessen Stasi-Berichten untersucht und der Untersuchungsführer vermerkt:

Laut Information des Kulturbund-Bezirkssekretärs (geschwärzt) habe der Fuchs, Jürgen geäußert, daß ihn der IM „Bonkarz" in die KB-internen Materialien bezüglich der Auswertung der im Jahre 1975 stattgefundenen Veranstaltung in der „Gucke" Einsicht hat nehmen lassen. Der IM streitet das ab.[57]

Tatsächlich versucht Böhme, jede Möglichkeit zu nutzen, um Fuchs' Vertrauen zu gewinnen. Durch ihn hofft er, für die Staatssicherheit interessante Informationen über Reiner Kunze zu erlangen. Mit zusätzlichen Berichten über den Staatsfeind Fuchs könnte er sich bei den Genossen von der Sicherheit noch unentbehrlicher machen. Seine Verbindungen zu dem exmatrikulierten Havemannfreund spielt er in seinen Berichten schon längere Zeit hoch. Er berichtet, was ihm zu Ohren kommt und was er glaubwürdig dazu erfinden kann. Gleichzeitig erzählt er Jürgen Fuchs mit Verschwörermiene von einem im Kulturbund beschlossenen Auftrittsverbot.

Manfred Böhme ist fast krankhaft darauf fixiert, als unentbehrlich zu erscheinen, als ausgezeichnet informiert und mit außerordentlichen Kontakten.

Aus taktischem Kalkül gewährt er dem nach wie vor misstrauischen Fuchs Einblick in die geheimen Kulturbundunterlagen. Sie bestätigen Dr. Jacobsons eigenmächtige Einladung der drei und einen nicht näher ausgeführten Hinweis, dass die feindlich negativen Kunstschaffenden während der Ausstellungseröffnung in der „Gucke" zu überwachen seien.

Und Böhme geht noch weiter. Er bietet dem inzwischen verbotenen Autor zum zweiten Mal ein Podium in Greiz. Harald Seidel erinnert sich:

Das muss Anfang 76 gewesen sein. Jürgen Fuchs war exmatrikuliert und auch hier brannte schon die Luft. Da machte Böhme noch eine Ausstellung mit der außerhalb der Kirche boykottierten Holzbildnerin Elly-Viola Nahmmacher und er holte Jürgen Fuchs zu einer Lesung in den Kulturbund. Wir sagten: „Mensch, der Böhme macht ja Sachen!"

Jürgen Fuchs liest in Böhmes Beisein *Das Interesse,* die literarische Dekonspiration seines Stasianwerbeversuchs, und er liest sein Stück *Der Mustermai.* In dieser bissigen Persiflage auf 1.-Mai-Demonstrationen probt das Volk schon im Februar, eben am „Mustermai", frierend und zu Begeisterungsrufen zwangsverpflichtet, den Vorbeimarsch an der Ehrentribüne.

Nach der Lesung erklärt Günter Ullmann: „Wir müssen mit unseren Gedichten eine Wirksamkeit schaffen, die den Menschen ihre Ängstlichkeit nimmt." Von dieser Überzeugung ist er nicht mehr abzubringen. Er versucht, Gedichte von sich, von Volker Müller, Klaus Rohleder, Arnold Vaatz und anderen, wenn möglich auch von Jürgen Fuchs, zu veröffentlichen. Er bedrängt Böhme, eine Lyrikanthologie über den Kulturbund herauszugeben. Böhme hält ihn und die anderen im Lyrikzirkel zunächst hin mit einzelnen Gedichtveröffentlichungen im *Heimatboten*, einem Greizer Monatsblättchen.

In seinem Dossier über Günter Ullmann schildert er dem Stasi-Vernehmer seine Taktik so:
In diesem ganzen Jahr 1975 bis gegen Mitte 1976 zog sich Günter Ullmann menschlich noch mehr von mir zurück, verlangte aber nicht nur die bruchstückhafte Veröffentlichung einzelner Greizer Lyriker im „Heimatbote", sondern die Herausgabe einer ganzen Anthologie. Ich stimmte dem Unterfangen im Prinzip, aber mit dem Vorbehalt zu, dass mir alle Gedichte vorgelegt würden und ich die Auswahl bestimme, da ich sie ideologisch rechtfertigen müsse. Eine Durchschrift aller Gedichte spielte ich dem MfS zu. (…)
Es war dann im Zirkel „Junger Lyriker" schwer, den Gedanken an die Anthologie zu hintertreiben. Zugeständnisse an andere Zirkelmitglieder hinsichtlich des Abdrucks im „Heimatbote", für dessen Herausgabe ich bis Dezember 1976 verantwortlich war, halfen. Manchmal hatte ich den Eindruck, Ullmann durchschaue meine Taktik.[58]

Je mehr Günter Ullmann ahnt, dass Böhme hier ein Spiel mit ihm treibt, umso energischer besteht er auf der Anthologie. Und er setzt noch eins drauf, indem er verlangt, dass Bettina Wegner, Jürgen Fuchs und Gerulf Pannach als Wiedergutmachung zu einer Veranstaltung nach Greiz eingeladen werden. Bestärkt durch die Mitglieder im Lyrikzirkel bedrängt er den Kulturbundsekretär regelrecht. Während seiner U-Haft 1978 gibt Böhme zu Protokoll, wie er sich dagegen wehrt:
Den Zirkel „Junger Lyriker" in Greiz habe ich im Jahre 1971 mit Wissen des MfS ins Leben gerufen, um zahlreiche im Bezirk Gera ohne Kontrolle existierende Interessenkreise zur Lyrik zu sammeln. Es war bis 1973 gelungen, einen so progressiven Gehalt zu entwickeln, dass die Bezirkspoetenseminare gemeinsam mit der FDJ-Bezirksleitung einige Jahre bei uns in Greiz durchgeführt wurden.
Ab 1974 verstärkte sich der Einfluß der „Jenaer Kreise"… Erst im Jahr 1976 gelang es mir, nach Auswertung der Bad Köstritzer Ereignisse Günter Ullmann von seiner Vorsitzfunktion im Zirkel „Junger Lyriker" unter Ausschaltung des demokratischen Zentralismus zu entbinden … Ein unmittelbarer Anlaß war einmal die von Günter Ullmann getroffene Auswahl einer Lyrikanthologie, und zum anderen das mir zur

Günter Ullmann um 1970

Die Welt ein Fisch. Das Herz ein Clown

Von Günter Ullmann gestaltetes und verbotenes Veranstaltungsplakat und Auftritt der Beatgruppe „media nox“ 1966, Ullmann am Schlagzeug

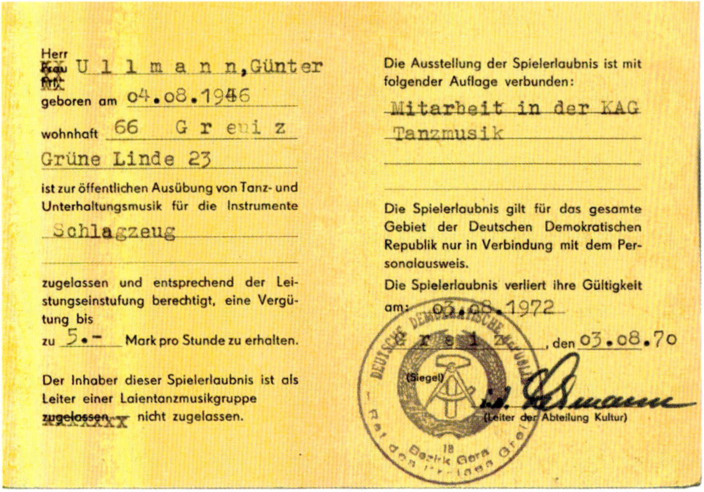

Herr
~~Frau~~
~~Frl.~~ U l l m a n n, Günter

geboren am 04.08.1946

wohnhaft 66 G r e i z

Grüne Linde 23

ist zur öffentlichen Ausübung von Tanz- und Unterhaltungsmusik für die Instrumente

Schlagzeug

zugelassen und entsprechend der Leistungseinstufung berechtigt, eine Vergütung bis

zu 5.– Mark pro Stunde zu erhalten.

Der Inhaber dieser Spielerlaubnis ist als Leiter einer Laientanzmusikgruppe ~~zugelassen~~ nicht zugelassen.

Die Ausstellung der Spielerlaubnis ist mit folgender Auflage verbunden:

Mitarbeit in der KAG

Tanzmusik

Die Spielerlaubnis gilt für das gesamte Gebiet der Deutschen Demokratischen Republik nur in Verbindung mit dem Personalausweis.

Die Spielerlaubnis verliert ihre Gültigkeit

am: 03.08.1972

G r e i z, den 03.08.70

(Siegel)

i.A. Ullmann

(Leiter der Abteilung Kultur)

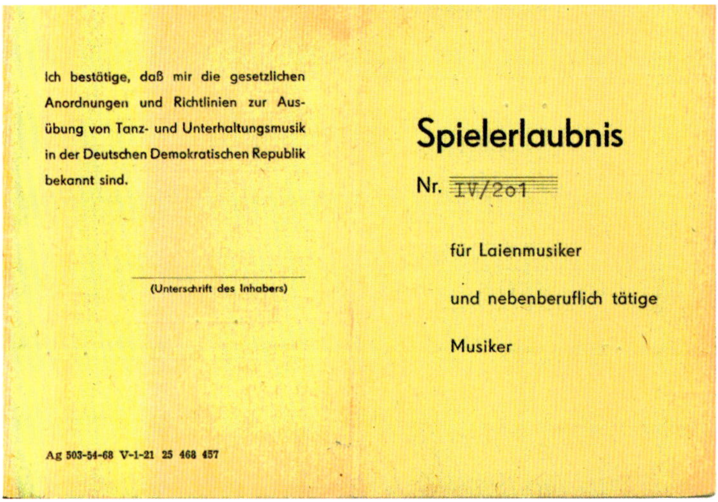

Ich bestätige, daß mir die gesetzlichen Anordnungen und Richtlinien zur Ausübung von Tanz- und Unterhaltungsmusik in der Deutschen Demokratischen Republik bekannt sind.

(Unterschrift des Inhabers)

Ag 503-54-68 V-1-21 25 468 457

Spielerlaubnis

Nr. IV/201

für Laienmusiker

und nebenberuflich tätige

Musiker

Voraussetzung für öffentliche Auftritte als Amateurmusiker war die Erteilung einer Spielerlaubnis.

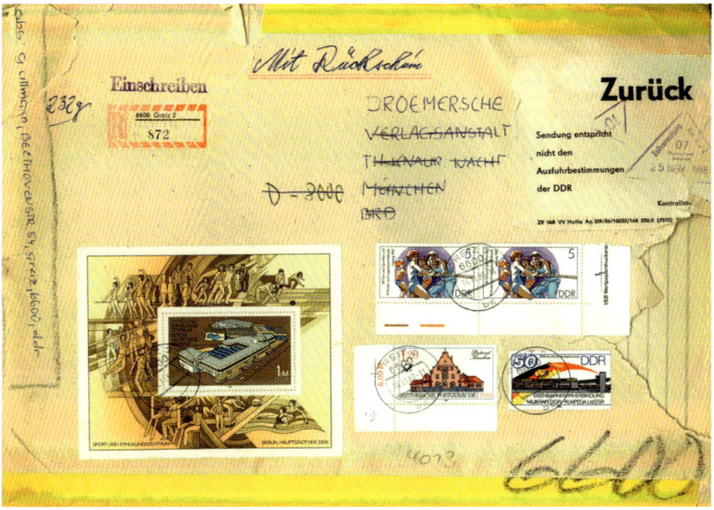

Von der Abteilung M/Postkontrolle des MfS geöffnete und zurückgeschickte Gedichtsendung

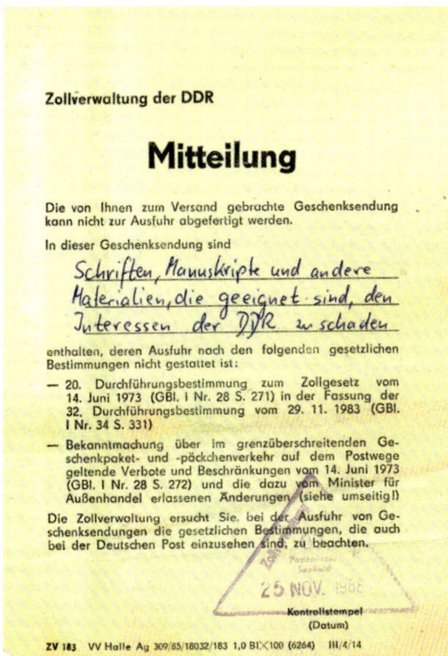

Zollverwaltung der DDR

Mitteilung

Die von Ihnen zum Versand gebrachte Geschenksendung kann nicht zur Ausfuhr abgefertigt werden.

In dieser Geschenksendung sind

Schriften, Manuskripte und andere Materialien, die geeignet sind, den Interessen der DDR zu schaden

enthalten, deren Ausfuhr nach den folgenden gesetzlichen Bestimmungen nicht gestattet ist:

— 20. Durchführungsbestimmung zum Zollgesetz vom 14. Juni 1973 (GBl. I Nr. 28 S. 271) in der Fassung der 32. Durchführungsbestimmung vom 29. 11. 1983 (GBl. I Nr. 34 S. 331)

— Bekanntmachung über im grenzüberschreitenden Geschenkpaket- und -päckchenverkehr auf dem Postwege geltende Verbote und Beschränkungen vom 14. Juni 1973 (GBl. I Nr. 28 S. 272) und die dazu vom Minister für Außenhandel erlassenen Änderungen (siehe umseitig!)

Die Zollverwaltung ersucht Sie, bei der Ausfuhr von Geschenksendungen die gesetzlichen Bestimmungen, die auch bei der Deutschen Post einzusehen sind, zu beachten.

25 NOV. 1988

Kontrollstempel (Datum)

ZV 183 VV Halle Ag 309/85/18032/183 1,0 Bl×100 (6264) III/4/14

Die erste Sonnabenddemonstration in Greiz am 28. Oktober 1989 und eine weitere der wöchentlichen Demonstrationen mit Günter Ullmann in der ersten Reihe

Reiner Kunze kommt auf Einladung Günter Ullmanns am 26. Januar 1990 zur Lesung nach Greiz.

Manfred Böhme erscheint am 9. März 1990 zur Lesung von Jürgen Fuchs in Greiz.

Manfred Böhme nutzt die von Wolfgang Templin moderierte Fuchs-Lesung im Greizer Kino für seinen Wahlkampf (oben v. l. n. r.: Jürgen Fuchs, Manfred Böhme, Wolfgang Templin).

Treffen ausgebürgerter oder in der DDR mit Veröffentlichungsverbot belegter Autoren (v.l.n.r.: Gabriele Stötzer, Lutz Rathenow, Jürgen Fuchs, Günter Ullmann, Udo Scheer)

Lesung 1991 in Fürth mit musikalischer Begleitung durch Rudolf Kuhl (Saxophon), Harald Seidel (Bass) und Ulrich Blumenstein (Schlagzeug) von „media nox“

Neujahrsempfang 1993 beim Bundespräsidenten Richard von Weizsäcker in der Villa Hammerschmidt

Im Gespräch mit Winfried Arenhövel (links) und Reiner Kunze zu dessen Lesung 1999 im Unteren Schloss in Greiz

Lesung 2004 im Festgewölbe der Weimarer Stadtbibliothek anlässlich der Auszeichnung durch die Deutsche Schillerstiftung Weimar

Angelika und Günter Ullmann

Das Arbeitszimmer des Künstlers – oben mit Blick auf den von ihm geliebten Kirschbaum

Lesung mit Kindern 1993 aus „Warum der Elefant so große Ohren hat“ in der Greizer Stadtbibliothek

Teddyausstellung Weihnachten 2002 im Greizer Stadtmuseum

Ein Lieblingsplatz seit Kindertagen – der Landschaftspark auf dem Greizer Hainberg

Günter Ullmann um 2006

Kenntnis gebrachte offen reaktionäre Auftreten zu VAATZ-Gedichten. (...) Dieses Vorgehen erwies sich, wie ich später feststellen musste, als nicht voll gelungen, denn nun trafen sich (geschwärzt), VAATZ und (geschwärzt) mit anderen Personen in der Wohnung ULLMANNS und ohne jegliche Einsicht für mich.[59]

Böhme entzieht Günter Ullmann die Leitung des Lyrikzirkels, damit der, wie er seinem Führungsoffizier erklärt, „seine und die Gedichte ihm Nahestehender" schlechter „an den Mann bringen" könne.
Das Erscheinen der lange versprochenen Anthologie, die Ullmann überaus wichtig ist, verzögert und verhindert er auf raffinierte Weise. Dem Vernehmer gibt er zu Protokoll:
Frage: Sagen Sie über den Inhalt der für Ende des Jahres 1976 geplanten Lyrikanthologie aus!
Antwort: Der Gedanke der Lyrikanthologie wurde von mir der Kreisleitung des Kulturbundes bereits 1973 offeriert und fand Zustimmung. (...) 1974 wurde als Richtzeitraum für die Herausgabe IV. Quartal 1976 geplant. In die Arbeitsgruppe der Auswahl kamen nur (geschwärzt) und ich als Vertreter einer progressiven, vor allem optimistischen Lyrikzusammenstellung hinein. Personen um Ullmann, (geschwärzt), und (geschwärzt) wählten nihilistische Gedichte aus. Da ich eine Herausgabe der Zusammenstellung nicht verantworten konnte, übergab ich die vollständige Abschrift dem MfS in Greiz im Zuge meiner inoffiziellen Tätigkeit. Für Ullmann und andere nicht durchschaubar, hintertrieb ich dann die Satz- und Druckbearbeitung bis zu meinem Ausscheiden aus der Organisation des Kulturbundes der DDR in Greiz im Mai 1977.[60]

Die aus sechsundsechzig Gedichten bestehende Auswahl wird von den Genossen in Greiz an die Stasi-Bezirksverwaltung und von dort an einen ihrer zuverlässigen Gutachterprofessoren an der Sektion Literatur/Kunstwissenschaft der Jenaer Universität übergegeben. Der attestiert den Gedichten, wie von ihm erwartet:
Sie sind vom künstlerischen Standpunkt in den meisten Fällen ohne Belang, verdienen jedoch unter ideologisch-politischen Gesichtspunkten unsere Beachtung, weil die in vielen Texten enthaltenen Positionen

von sozialismusfremden oder gar staatsfeindlichen Haltungen zu zeugen scheinen.

In seiner Analyse ordnet der Literaturprofessor die Texte ein in Natur- und Weltgedichte mit einer „zweifelhaften philosophischen Konzeption", in Alltagsimpressionen und dem „Versuch einer kritischen Auseinandersetzung mit Erscheinungen der DDR-Wirklichkeit" und in Gedichte, die politische Haltungen ihrer Verfasser wiedergeben. Als Resümee liefert er der Staatssicherheit die Handhabe für eine strafrechtliche Verfolgung der jungen Dichter, und insbesondere für Günter Ullmann:

Diese Texte sind so abgefasst, daß sie ihrem Gehalt nach staatsfeindlichen Charakter tragen. Sie suggerieren dem Leser – meistens auf aktuelle Vorgänge anspielend (Biermann, Pfarrer Brüsewitz, 1968 u. a.), die DDR sei ein Staat des Unrechts, der brutalen Gewalt, der rigorosen Unterdrückung und der raffinierten Meinungsmanipulation. Die Gesellschaft erziehe ihre Bürger zu Unehrlichkeit, Heuchelei u. a. m. Einzelne Texte verleumden die sozialistische Ordnung, ihre sittlichen Werte und geistigen Ideale. (…) Texte dieser Art sind geeignet, die politische Atmosphäre in unserer Gesellschaft zu vergiften sowie Ordnung und Sicherheit zu stören.[61]

Im Sommer 1975 ziehen Jürgen Fuchs und seine Familie zu Katja und Robert Havemann nach Grünheide bei Berlin. Die Prominenz Havemanns bedeutet für ihn einen gewissen Schutz.

In den Bezirken der DDR sind alle Baukombinate verpflichtet, ihren Beitrag für das Wohnungsbauprogramm der Hauptstadt zu leisten, auch das Hochbau-Kombinat Gera, in dem Günter Ullmann als Bauschreiber und Bauökonom arbeitet. Günter Ullmann nutzt jetzt seine Chance, bewirbt sich und geht auf Montage nach Berlin. So, rechnet er sich aus, kann er mit Jürgen Fuchs in engerem Kontakt bleiben. Das bedeutet zwar die Woche über Trennung von seiner Frau und den beiden Söhnen, aber Geli weiß, wenn ihr Mann sich einmal etwas in den Kopf gesetzt hat, ist er davon schwer abzubringen, und auch ihr kommt der Montagezuschlag im schmalen Haushaltsbudget gelegen.

In Berlin obliegen ihm die anfallenden Buchführungen und Materialbestellungen, er arbeitet in einem Baucontainer, der ihm zeitweilig auch als Wohn- und Schlafraum dient. Die Bedingungen sind primitiv, aber es bleibt Zeit zu lesen und zu schreiben. Manchmal kommen Geli, der Bruder Dieter oder Freunde aus Greiz in die Hauptstadt zu Besuch und zum Einkaufen von Dingen, die man in der Provinz vergeblich sucht. Jürgen Fuchs und er sehen sich zwar seltener als erhofft. Mit der S-Bahn bis Endstation Erkner und weiter mit dem Bus nach Grünheide und zurück, ist es nach der Arbeit kaum zu schaffen, aber die wenigen, gesprächsintensiven Besuche sind ihm dafür umso wichtiger. Sie sitzen im kleinen Holzbungalow am See inmitten hoher Bäume, rauchen, reden, trinken Kaffee, Lilo bringt Kuchen, die kleine Tochter spielt. Wolf Biermann schaut vorbei. Es sind herzliche Begegnungen.

DIE BEGRÜSSUNG

Bevor Jürgen Fuchs inhaftiert wurde,
besuchte ich ihn in Berlin-Grünheide.
Als mich mein Freund bei Wolf Biermann vorstellte,
sagte der Liedermacher:
„HaveMANN, BierMANN, UllMANN, FuchsMANN –
Alles klar …“[62]

Wenn Jürgen Fuchs ihn in seinem Baustellenbüro besucht, bringt er verbotene Bücher, Gedichtbände und westliche Literaturzeitschriften mit, sie trinken Kaffee, rauchen, reden über ihre Texte und über Lyrik, über Gespräche mit Biermann und Havemann, über die Hoffnung auf Reformen und mehr Freiheit auch in der DDR, seit Erich Honecker vor einem Jahr die KSZE-Akte von Helsinki unterzeichnete und nun Ende Juni 1976 die Konferenz der kommunistischen und Arbeiterparteien nach Berlin geholt hat. Jürgen Fuchs sieht im Abdruck der Reden der italienischen, französischen und spanischen KP-Führer Berlinguer, Marchais und Carrillo und ihrer eurokommunistischen Zukunftsvorstellungen im *Neuen Deutschland* eine Sensation. Er ist überzeugt, nun kann es auch in der DDR nicht mehr bleiben, wie es ist. Es muss Veränderungen geben.

Auch Lutz Rathenow besucht Ullmann in seinem Baucontainer:
Dieser Mensch in Arbeitskleidung, mit dem wir Kaffe tranken und Gespräche führten, war für mich eine überaus interessante Erscheinung, von der auch Jürgen Fuchs große Stücke hielt.
Seine Gedichte, lakonisch knapp, fand ich ähnlich beeindruckend wie die von Reiner Kunze.

Die Idee einer Lyrikanthologie hat Günter Ullmann in Berlin keineswegs aufgegeben.
Es stellt weiter eigene Gedichte, Gedichte der Freunde aus dem Greizer Lyrikzirkel, von Jürgen Fuchs und Arnold Vaatz, der inzwischen in Dresden studiert, zusammen, gibt Durchschläge auch an Bekannte in Berlin und wird von Böhme weiter hingehalten.

Der 16. November 1976 verändert alles. An diesem Tag melden der Allgemeine Deutsche Nachrichtendienst der DDR, die Aktuelle Kamera und die Nachrichtensprecher aller DDR-Rundfunksender:
Die zuständigen Behörden der DDR haben Wolf Biermann, der 1953 aus Hamburg in die DDR übersiedelte, das Recht auf weiteren Aufenthalt in der DDR entzogen. (...) Mit seinem feindseligen Auftreten gegenüber der Deutschen Demokratischen Republik hat er sich selbst den Boden für die weitere Gewährung der Staatsbürgerschaft der DDR entzogen.
Nach elf Jahren Berufsverbot in der DDR hatte der Liedermacher die Erlaubnis für eine Konzerttournee in den Kölner Raum erhalten, wie sich herausstellt, ein hinterhältiger Coup, um den unliebsamen Liedermacher abzuschieben. Am 19. November strahlt die ARD Biermanns Kölner Konzert aus und viele in der DDR hören seinen Namen zum ersten Mal.
Harald Seidel erinnert sich:
Am selben Tag, als spät abends das Biermann-Konzert in Köln als Aufzeichnung gesendet wurde, hatte vorher Reiner Kunze seine letzte Lesung in der katholischen Kirche in Greiz. Wir waren alle dort, waren begeistert. Danach sahen wir uns das Konzert an. Ich war eigentlich kein Biermann-Fan, aber wie andere auch habe ich danach gesagt, so geht das nicht. Solschenizyn aus der Sowjetunion ausgewiesen, jetzt

Kunzes Verbot, Biermanns Ausbürgerung und Havemanns Hausarrest. Damit haben sie den Bogen überspannt.

Bereits Ende Oktober ist Reiner Kunze für seinen in der Bundesrepublik erschienenen Prosaband *Die wunderbaren Jahre* aus dem DDR-Schriftstellerverband ausgeschlossen worden. Für seine authentische Darstellung der Erziehung Jugendlicher zu Anpassung und Gehorsam distanzieren sich die ehemaligen Verbandskollegen nun endgültig vom dem „Nestbeschmutzer". Der Schriftstellerverbandsvorsitzende Hermann Kant schreibt im Auftrag des ZK einen Artikel im Zentralorgan *Neues Deutschland* und versteigt sich darin, Kunzes Literatur sei „Unrat".

„Das war meine Situation, lieber Udo Scheer", *s*agt Reiner Kunze und er zitiert ein Interview, das Karl Corino vom Hessischen Rundfunk unmittelbar nach der Biermann-Ausbürgerung mit ihm führte:
(…) *Corino: Waren Sie der einzige, Ihres Wissens, der zum Beispiel ein Junktim eingegangen ist bei der Publikation eines Buches? Sie haben ja damals, als Ihr „Brief mit blauem Siegel" bei Reclam in Leipzig gemacht werden sollte, darauf bestanden, dass Ihrem Buch eine Auswahl aus Biermanns Versen und Liedern folgen müsse.*
Kunze: Ich weiß nicht, ob ich der einzige war, aber was Sie sagen, stimmt.
Corino: Herr Kunze, deswegen ist es jetzt erstaunlich, dass Sie nicht zu den Unterzeichnern der Berliner Erklärung gehören, die sich mit Wolf Biermann ausdrücklich solidarisieren. Warum fehlt Ihre Unterschrift?
Kunze: Ich habe von dem Brief, den einige Künstler und Schriftsteller an die Regierung geschrieben haben, aus dem Radio erfahren, obwohl ich Tag und Nacht in Greiz war und das Telefon intakt gewesen ist.
Corino: Steht also ein bisschen dahinter, dass man sich mit Ihnen als dem reaktionären schwarzen oder wie auch immer gefärbten Schaf nicht gerne gemeinsam zeigt?
Kunze: Ich weiß nicht. Ich will es niemandem unterstellen. Aber ich muß zumindest bedenken, dass dieser oder jener Kollege es nicht gern gesehen hätte, wenn mein Name neben dem seinen gestanden hätte.
Und Reiner Kunze fügt hinzu: „Natürlich bin ich den Freunden aus Greiz für ihre Solidarität noch heute dankbar."

Bei Kunzes Abschiedslesung in Greiz am 19. November 1976 sind auch Günter Ullmann und seine Frau Angelika in der überfüllten katholischen Kirche dabei. Wie bei anderen Kirchenlesungen gibt der auf jede Formulierung bedachte Dichter im anschließenden Gespräch geduldig Auskunft, dass die Erzählungen in *Die wunderbaren Jahre* auf Tatsachen beruhen, dass ihm nach diesem Buch jegliche Verbreitung seiner Gedichte und Erzählungen untersagt worden sei, dass er in der DDR nicht einmal mehr Nachdichtungen veröffentlichen könne, dass sie nun vom Verdienst seiner Frau leben müssten ... An diesem Abend gehen sehr viele sehr nachdenklich, betroffen und auch zornig nach Hause.
Zwei Jahre später wird Günter Ullmann in einer Vernehmung durch die Staatsicherheit den Ahnungslosen spielen: Von der Lesung habe ihm sein Schwiegervater erzählt. Er habe nichts Außergewöhnliches daran gefunden, dass sie in einer Kirche stattfand.
Zum Inhalt konnte er keine Angaben machen, außer dem Vortrag des Gedichtes „Orgelkonzert". Kunze hätte sehr leise gelesen, so dass er nicht alles verstanden hat ... Es wären auch eine ganze Anzahl bekannter Personen anwesend gewesen. U. konnte aber angeblich keine Namen nennen, da er ein schlechtes Zeit- und Personengedächtnis habe.[63]

Während man von Reiner Kunzes Ausschluss aus dem Schriftstellerverband und seiner durchaus drohenden Verhaftung in der DDR kaum Notiz nimmt, kommt es nach der Biermann-Ausbürgerung zu einer für die SED-Führung völlig überraschenden Protestwelle. Namhafte Schriftsteller und Künstler der DDR richten eine Petition an die Regierung, sie bitten, die beschlossene Maßnahme der Ausbürgerung zu überdenken. DDR-weit werden mehr als dreißig, meist jüngere und weniger bekannte Personen nach ihren Protesten bis zu neun Monaten in Untersuchungshaft gesperrt oder zu noch längeren Zuchthausstrafen verurteilt.
Am Sonnabend, einen Tag nach Kunzes Abschiedslesung, hört Günter Ullmann in der Tagesschau, dass Jürgen Fuchs aus dem Auto von Robert Havemann heraus verhaftet wurde. In einem Interview für die westdeutsche Nachrichtenagentur dpa hatte er erklärt: „Die Ausbürgerung ist eine Waffe der Nazis. Ich fordere die sofortige Wie-

dereinreise für Wolf Biermann und die Ächtung der Waffe der Ausbürgerung weltweit."
Günter Ullmann fasst den Entschluss, so schnell wie möglich nach Grünheide zu fahren. Vielleicht braucht Lilo, Jürgens Frau, Unterstützung, vielleicht kann er helfen, belastendes Material wegzubringen? Er bespricht sich mit Geli: Für den Fall, dass er festgenommen werde, habe er nur nach Fuchs' Familie sehen wollen. Am Montag fährt er direkt nach der Arbeit von Berlin-Friedrichshain nach Grünheide. Sicherheitshalber sagt er zuvor noch seinem Meister Bescheid.
Als er zur Burgwallstraße kommt, sieht er, Havemanns Grundstück ist abgeriegelt. Überall Streifenpolizisten und Einsatzkräfte in Zivil. Polizeiwagen, Stasi-Autos und braungrüne Kastenwagen bestimmen das Straßenbild. Er geht energisch auf die Absperrung zu: Mit welchem Recht! Ein Polizist verlangt seinen Personalausweis, fragt, was er hier zu suchen habe? Lilo Fuchs besuchen, das ist doch nicht verboten, oder? Er wird in ein bereitstehendes Auto geführt, zwei Polizisten nehmen ihm den Ausweis ab, notieren seine Personalien, unterziehen ihn einer ersten Befragung. Günter Ullmann sagt, er habe von Freunden gehört, Jürgen Fuchs sei verhaftet, er wollte sehen, ob das stimmt. Dann folgt eine zweite Vernehmung, jetzt durch Zivile.
Manfred Böhme berichtet seinem Führungsoffizier beim nächsten Treff, dass Ullmann im Greizer Freundeskreis recht amüsiert über diese Vernehmung erzählt habe, … *wie die Genossen der Staatssicherheit von ihm an der Nase herumgeführt wurden. Auf die Frage beispielsweise, seit wann er Jürgen Fuchs kenne und wie er ihn kennen gelernt habe, antwortete G. Ullmann sehr lapidar und allgemein …, vor etwa zehn Jahren. (…) Die vernehmenden Genossen hätten gefragt, ob er von den geistigen Dingen um Jürgen Fuchs etwas wisse, was er verneint habe. (…) Auf die Frage, ob und was er lese, sagte er, daß er bestimmt weniger lese, als die Leute, die ihn gerade vernommen hatten.*[64]

Noch sieht Günter Ullmann sich als Spieler in einem Spiel, dass er beherrscht. Nichts sagen, womit er sich oder andere belastet, etwas

frech sein, sich dumm stellen, dass sind Rollen, die seit seiner Schulzeit funktionieren.
Das Vernehmungsprotokoll ist sachlich abgefasst. Auf provozierende Äußerungen des Befragten geht es nicht ein. Die teilweise Unkenntnis der nach Grünheide ankommandierten Mitarbeiter der MfS-Hauptabteilung Strafermittlung sollte jedoch nicht täuschen.

Hauptabteilung IX *Grünheide, den 22.11.1976*

Vermerk

Die in der Zeit von 19.45 Uhr bis 22.00 Uhr durchgeführte Befragung des DDR-Bürgers

ULLMANN, Günter
geb. am 4.8.1946 in Greiz
Beruf: Maurer
zuletzt: Ökonom beim Ingenieurhochbaukombinat Gera, z. Zt. Baustelle der Kaufhalle
in Berlin-Friedrichshain
wh.:, Greiz …
Nebenwohnung: Berlin Karlshorst, …
PA der DDR Nr. X …

ergab folgenden Sachverhalt:
Am 19. oder 20.11.1976 verfolgte er einen von der Tagesschau des westdeutschen Fernsehens ausgestrahlten Kommentar über die Festnahme des Jürgen FUCHS, der aufgefordert worden ist, aus dem Personenkraftwagen des HAVEMANN auszusteigen und in einem anderen Fahrzeug Platz zu nehmen. Seit diesem Zeitpunkt hat er nichts weiter über Jürgen Fuchs gehört. Um festzustellen, was eigentlich los ist, fuhr er in den heutigen Abendstunden zunächst mit der S-Bahn nach Erkner und von dort mit dem Bus nach Grünheide. Mit seiner Frau hatte er abgesprochen, sich bei Lilo FUCHS konkret zu erkundigen, was mit deren Mann passiert ist. Gleichzeitig wollte er sich überzeugen, wie es dem ein- oder zweijährigen Kind der Familie geht und diese evtl. finanziell unterstützen. Zu diesem Zweck führte er 50.- Mark bei sich. Lilo FUCHS lernte er vor etwa fünf oder zehn Jahren über … eine

gewisse Frau SONNTAG kennen. Es handelt sich bei ihr um eine Berufskollegin seiner Frau. Beide sind Kindergärtnerinnen. (...)
Ullmann kam dieses Jahr einmal kurz vor oder nach den Wahlen mit Jürgen und Lilo FUCHS zusammen.
Nach den bei sich geführten Fotos befragt, brachte ULLMANN zum Ausdruck, dass er bis zum Tode seiner Tochter der Kapelle Medionon angehörte. Weitere Mitglieder dieser Kapelle seien Rudolf Kuhl, Jürgen Kornatz, Karl Seidel sowie eine Sängerin mit dem Spitznamen „Wachtel".
Neben HAVEMANN ist dem ULLMANN der BIERMANN bekannt. Seiner Kenntnis zufolge bestanden zwischen BIERMANN und FUCHS Kontakte. Ebenfalls kennt ULLMANN den Schriftsteller Reinhard KUNZE flüchtig. Seines Wissens nach ist der KUNZE vor einiger Zeit aus dem Schriftstellerverband ausgeschlossen worden.

F. d. R. d. A.
Winter gez. Denier
Ltn. Hauptmann[65]

Das Corpus Delicti

Die Krankheit

Nach dem Verhör am späten Montagabend lässt Günter Ullmann die Baustelle in Berlin Baustelle sein und fährt eiligst nach Greiz. Er erzählt den Freunden von Havemanns Hausarrest und wie er glaubt, die Vernehmer an der Nase herumgeführt zu haben. Jetzt komme es darauf an, weitere Zeichen zu setzen. Sie diskutieren aufs Höchste empört. Im *Neuen Deutschland* und den SED-Bezirkszeitungen werden in diesen Tagen seitenlang peinlichste Beifallsbekundungen zur Ausbürgerung Biermanns und Ergebenheitsadressen von Staatskünstlern abgedruckt.
Jürgen Kornatz, Rudolf Kuhl, Harald Seidel und Günter Ullmann sind sich einig – das Maß ist voll. Sie haben gesehen, wie der Liedermacher in seinem Konzert die DDR im Grunde sogar verteidigt hat. In seiner Kritik blieb er weit vorsichtiger, als sie erwartet hätten. Sie setzen Protestschreiben auf. Als Erster hatte schon Rudolf Kuhl gleich am Sonnabend, dem 20.11. spontan reagiert:

An das Zentralkomitee der SED

Werte Genossen!
Auf Grund des im „Neuen Deutschland" veröffentlichten Artikels über die Aberkennung der Staatsbürgerschaft für Wolf Biermann verfolgte ich den konkreten Ablauf der Veranstaltung in der Kölner Sporthalle im Fernsehen. Dabei mußte ich zu dem Schluß kommen, daß meiner Meinung nach der Auftritt W. Biermanns zwar als kritisch aber keinesfalls als staatsfeindlich zu bezeichnen ist. Er hat offen gezeigt und geäußert … daß er sich klar zum Sozialismus und zur DDR bekennt. (…) *Ich finde es bedauerlich, daß ich erst durch die Maßnahme gegen ihn auf ihn aufmerksam wurde und daß solche großartigen Lieder wie das Lied vom Kameramann in Chile bei uns nicht veröffentlicht wurden. Ich bin der Meinung, daß Kritik im Klassenkampf und in der*

Kunst eine entscheidende Rolle spielt und habe durchaus nicht das Gefühl, W. Biermann sei bei seinem Auftritt in Köln „zu weit" gegangen. Darum ersuche ich Sie aus oben genannten Gründen, die Aberkennung der Staatsbürgerschaft Wolf Biermanns zurückzuziehen.[66]

Er setzt nicht die übliche „Mit sozialistischem Gruß"-Floskel darunter, sondern nur Name, Adresse und Unterschrift.
Den Freunden, Achim Ernst, Kraftfahrer und in seiner Freizeit Fahrer der „media nox", Jürgen Kornatz, Harald Seidel und Günter Ullmann ist dieses Schreiben zu nüchtern. Sie machen ihrer Empörung energischer Luft und schreiben am 23. November 1976 an das ZK der SED, mit Durchschlag an den Schriftstellerverband der DDR und das Ministerium für Kultur. Die übliche Anrede und Grußformel sparen auch sie sich. Günter Ullmanns Empörung und Diktion ist deutlich herauszulesen:

Der Sozialismus ist nicht aufzuhalten!
Weder durch Völkermord, Rassen- und Gewissensterror, Berufsverbote ..., die braune Pest im Westen, und schon gar nicht durch die rostroten Pickel auf den preußisch gesitteten Gesichtern einiger unserer verkanteten Sozialisten.
Der Irrzug dieser Blind- und Bücklinge in die Bereiche von Kunst und Literatur, Philosophie und Politik muß von jedem marxistischen Marxisten und fortschrittlichen, humanistischen, ehrlichen Menschen wie jeder hysterische Machtrausch abgelehnt werden.
Wir lassen unserer sozialistischen Weltkultur nicht unseren Bertolt Brecht stehlen ..., wir lassen unseren Reiner Kunze und unseren Wolf Biermann nicht in die Gosse des Klassenfeindes werfen.
Ihre Werke sind unser und werden sein.
Um die unverantwortliche Grenze, die man zwischen unseren bewußtesten, sensibelsten und aufrechtesten Menschen geschlagen hat, niederzureißen ..., fordern wir hiermit einen Dialog auf dem Boden der Deutschen Demokratischen Republik, der nur offen sein kann, wenn auch Wolf Biermann, wir und alle Menschen unserer Republik sich daran beteiligen können.
Wer jetzt schweigt, kann kein Marxist mehr sein![67]

Die vier unterschreiben und setzen ihre Adressen dazu.
Dieser Protest hat Folgen. Ein vertraglich vereinbarter Auftritt der Gruppe „media nox“ am 27. November 1976 bei den Jenaer Jazz-Tagen, einem der großen jährlichen Jazz-Festivals in der DDR, wird dem Veranstalter untersagt. Eine Eingabe des Bandleaders Rudolf Kuhl an das Ministerium für Kultur führt im Dezember zu einer Aussprache in der SED-Bezirksleitung und zur formalen Rücknahme des Auftrittsverbotes. Danach werden der Band in der Folgezeit mehrere Auftritte aus technischen oder gebäudetechnischen Gründen abgesagt.
Auf ein weiteres Protestschreiben des Arbeiters und SED-Mitglieds Harald Seidel an seinen SED-Kreissekretär reagieren die Genossen mit Seidels umgehenden Parteiausschluss am 13. Dezember.
Für Manfred Böhme bieten die Ereignisse die Gelegenheit, nach Günter Ullmanns Ablösung den in Teilen weiterhin subversiven Lyrikzirkel nun endgültig aufzulösen.
Was die Protestbriefschreiber nicht ahnen, bereits nach wenigen Wochen eröffnet die MfS-Kreisdienststelle Greiz in Abstimmung mit der MfS-Bezirksverwaltung Gera gegen den Freundeskreis den Operativen Vorgang „Medium“. Zur „Bearbeitung“ wird eine siebenköpfige Vorgangsgruppe mit IMV „Paul Bonkarz“ als wichtigster inoffizieller Quelle gebildet. Ziel ist es, bei den „Vorgangspersonen durch Zersetzungsmaßnahmen“ einen „hohen Grad an Verunsicherung zu erreichen“ und die „strafrechtliche Relevanz“ zu erhärten:
Die Hauptperson, und nach dem gegenwärtigen Stand der Bearbeitung erwiesen, ist eindeutig die Vorgangsperson U., von dem aus operativ relevante Aktivitäten ausgehen und bei dem auch die Voraussetzungen durch seine Verbindungen zu operativ bedeutsamen Personen bestehen.[68]

Als Günter Ullmann ihren Protestbrief noch einmal durchgelesen hatte, fühlte er sich etwas besser in seiner Wut. Aber als der abgeschickt ist, glaubt er schon nicht mehr, dass sie mit ihm etwas erreichen werden. Er will mehr tun. Und so kommt ihm die Idee, warum nicht die seit gut zwei Jahren vakante Anthologie, die er für Böhme zusammengestellt hat, im Westen veröffentlichen, aber jetzt

erweitert um ihre Protestschreiben und literarische Zeugnisse über Kunzes Verbandsauschluss, Biermanns Ausbürgerung und Fuchs' Verhaftung!
Er will wachrütteln, das Unrecht dokumentieren, ähnlich wie Jürgen Fuchs es ihnen in den Gedächtnisprotokollen über seine Exmatrikulation vorgemacht hat. Dazu muss das Manuskript konspirativ zu einem Verlag in der Bundesrepublik. Vielleicht über Robert Havemann? Oder ein unverdächtiger Dritter könnte die Sendung über eine Deckadresse in der Bundesrepublik an Bernd Jentzsch schicken? Den Lyriker und Herausgeber des *Poesiealbums* hatte er vor zwei Jahren in ihren Lyrikzirkel nach Greiz eingeladen. Jentzsch, der nach seinem Protest gegen die Biermann-Ausbürgerung angesichts seiner drohenden Verhaftung nicht von einer Recherchereise aus der Schweiz zurückgekehrt ist, würde sicher helfen.
Je mehr er sich in das Vorhaben hineindenkt, umso schwieriger erscheint ihm die Ausführung. Wenn einer helfen kann, dann ist das Manfred Böhme. Auch der sieht die Ausbürgerung Biermanns als großen Fehler.
Günter Ullmann geht zu ihm, um ihn für die Idee der Westanthologie zu gewinnen: Er könnte auch das Vorwort schreiben und die Texte zusammen mit ihm redigieren. Und, nachdem die Stasi wegen Grünheide seine Personalien hat, wäre es vielleicht besser, wenn er eine unverdächtige Westadresse beschaffte.
Böhme lässt sich das vorläufige Manuskript geben und verspricht, über Möglichkeiten nachzudenken. Zugleich mahnt er zur Vorsicht, jeder von ihnen müsse jetzt damit rechnen, von der Staatssicherheit observiert zu werden.
Noch in derselben Woche übergibt er eine Abschrift der ihm vertraulich übergebenen Gedichte an die MfS-Kreisdienststelle Greiz, und bei seinem nächsten Berichtstermin in der Bezirksverwaltung spricht er seinen Führungsoffizieren Oberleutnant Knoll und Oberstleutnant Müller auf Band:
Am 22.11.76 (richtig ist 23.11.1976, d. Verf.) *war es mir gelungen, Günter U. von der Jentzsch-Variante abzuraten, da mir ja klar war, daß bei den derzeitigen Verhältnissen eine Veröffentlichung über Robert Havemann gar nicht möglich ist. Diese gewünschte und gewollte Antho-*

logie bezieht sowohl besagten Brief an Reiner Kunze von Arnold Vaatz ein, als auch die dem Genossen des MfS überantwortete Sammlung von eigenen Gedichten, die am Freitag, den 26.11. überantwortet wurden.
In diesem Zusammenhang gelang es mir, Günter Ullmann von übereilten Schritten in der nächsten Zeit abzuraten. Günter U. war zu dem Kompromiß bereit, auf jeden Fall bis einige Wochen nach Weihnachten ... nichts in dieser Art zu unternehmen.
Da ich über die labile Beeinflussungsmöglichkeit Günter U. informiert bin, vereinbarte ich mit Günter U. einen losen Kontakt in den nächsten Wochen, sich ab und an zu treffen und auszusprechen.[69]

In diesem Treffbericht informiert Böhme auch darüber, dass er von einem Brief gehört habe, in dem Arnold Vaatz Günter Ullmann einlädt, am 30. Dezember unbedingt nach Dresden zu kommen. Allerdings habe er nicht herausfinden können, worum es sich bei dieser Zusammenkunft handele.
Die Art, wie er versucht, den Inhalt des Briefes zu erfahren, zeigt einmal mehr Böhmes Janusgesichtigkeit. Am ersten Weihnachtsfeiertag schreibt er an „meine liebe Familie Ullmann! Liebe Geli! Lieber Günter!" In seinen Brief baut er, wie zu anderen Gelegenheiten auch, eigene Verse ein. Heute kann man sie durchaus als Warnung lesen: *Steine brechen aus dem Walle, / die wir einst fest eingefügt. / Haben wir den Sturm gerufen, / daß das Wasser aufbegehrt?*
Und als besonderen Kick fügt er Verse hinzu, in denen er mit seiner zweiten Identität spielt: *Heute doch schon hebt die Pflicht mich / in den Reigen dieses Tages. / Heut' schon möchte ich mich bekennen, / heut' schon meinen Namen nennen!*
Dann, nach „lieben Grüßen zum Weihnachtsfest 1976" kommt er auf den Punkt: *Ich muß mich bemühen, Euch aus dringenden Gründen in den nächsten Tagen zu besuchen ... Wenn es geht, lieber Günter, besuche mich nicht in der Dienststelle. Ich kann wohl besser zu Dir kommen. Arnold* (Vaatz, d. Verf.) *habe ich auch geschrieben. Er muss sich aber wohl noch etwas vorsehen wegen seiner Gesundheit.*

Bei seinem Besuch bringt Böhme das Gespräch wie nebenbei auf den Inhalt des Briefes. Doch Ullmann sagt in seiner bisweilen kurz

angebundenen Art nur: Das kann ich Dir nicht sagen, der liegt in Berlin.
So erfährt Böhme nicht, dass Vaatz für den 30. und 31. Dezember in der Jungen Gemeinde eine Art erweiterte Rüstzeit im größeren Freundeskreis plant. Seine Absicht ist es, sich gegenseitig über die Geschehnisse der letzten Zeit zu informieren und zu diskutieren, was sie machen könnten, auch um Reiner Kunze zu unterstützen. Allerdings kommt dieses Treffen letztlich nicht zustande, weil die meisten Silvester an ihren Wohnorten verbringen wollen. Über seine Beweggründe, Kunze unterstützen zu wollen, erzählt Arnold Vaatz:
Während meiner Armeezeit hatte Reiner Kunze – was wir nur zum Teil wussten – auch in unserem Umfeld Geschichten für „Die wunderbaren Jahre" gesammelt. Das interessierte mich natürlich brennend. Ich hatte damals recht intensive Kontakte zu ihm. Mit Günter habe ich mich über Kunzes Pläne zu dem Buch unterhalten, wobei Kunze nie sehr konkret geworden ist, auch weil er eine Sache nie publik macht, bevor sie fertig ist.
Während der Armeezeit bin ich prinzipiell in jedem Urlaub nach Greiz gefahren und habe Günter besucht und ich habe, wenn Reiner Kunze da war, auch ihn besucht. Das waren meine zwei Wege in Greiz.
Die beiden kommunizierten meines Erachtens kaum miteinander. Sie kannten sich, aber es gab keine direkte Verbindung. Kunze war sehr sparsam mit Kontakten, auch mit seinen Gesprächen und Ratschlägen über unsere Gedichte. Es war nicht so, dass er ein beflissener Kommunikator gewesen wäre.
Günter und ich haben damals unsere Freundeskreise miteinander verbunden. Ich brachte ab und zu jemanden mit, und wir sind mit Rubi, Natz und den Leuten, die damals das künstlerisch intellektuelle Potential in Greiz verkörperte, zusammengekommen. Auf diese Weise konnte ich faszinierende Persönlichkeiten kennenlernen, mit denen ich mich gern unterhielt und die in ihren politischen Auffassungen völlig unabhängig waren, die nicht die geringsten Disziplinierungen akzeptierten. Dazu gehörte Stefan Schüch mit seinen frechen Karikaturen, Harald Seidel, der viel Interesse daran hatte, dass es Gespräche gab, dass wir Literatur in die Hände bekamen. Die Klassiker wie Dostojewski und auch die Expressionisten, die Ausgabe von „Menschheits-

dämmerung", Georg Trakl, Georg Heym, Walter Hasenclever, Jacob van Hoddis, Gottfried Benn, das waren die Gesprächsgegenstände damals. Wir verehrten zum Beispiel Reiner Kunze, Wolf Biermann oder Bernd Jentzsch. Und dann kam das Jahr 1976.
Gerhard Ullmann, Günters jüngerer Bruder und ich, wir kehrten beide von der Armee zurück. Ich arbeitete danach in der LPG als Traktorist. Kunze besuchte mich in Steinsdorf. Er fragte mich, ob er meinen Namen als Beispiel für neue Lyrik aus der DDR nennen dürfe, wenn westliche Journalisten mit ihm sprechen. Ich habe gesagt, das könne er machen.
Im Spätsommer 76 kamen dann „Die wunderbaren Jahre" heraus. Ich fing gerade in Dresden mein Mathematikstudium an. Den Greizer Lyrikzirkel besuchte ich von Dresden aus nur noch sehr sporadisch, auch weil neben Reinhard Hilbert, Klaus Rohleder, Günter Ullmann jetzt auch anderen Personen dazugekommen waren, die mich weniger anzogen.
Dann kam im November die Biermann-Ausbürgerung und Kunze las in mehren Kirchen in der DDR aus „Die wunderbaren Jahre". In Rathen bei Dresden las er für die evangelische Studentengemeinde. In dieses Heim wurde ich nicht hineingelassen, weil schon alle Plätze besetzt waren. Man wollte kein Risiko eingehen, dass es aus formalen Gründen – Gewährleistung der Sicherheit – Probleme geben könnte. Nach der Lesung fragte ich Kunze, ob er bereit wäre, noch einmal nach Dresden zu kommen. Er sagte zu. Daraufhin hat Pfarrer Köhl, er war Pfarrer der damals kriegszerstörten Drei-Königs-Kirche – das Kirchenschiff hatte einen Bombenvolltreffer abbekommen und das Gemeindeleben spielte sich im Turm ab – diesen Turm als Lesungssaal für uns bereitgestellt. Im Vorfeld bin ich mehrfach von Steinsdorf nach Greiz gefahren, um Kunze die Wasserstandsmeldungen zu überbringen und Günter den aktuellen Stand zu erzählen.

Der Gemeinderaum ist überfüllt, Pfarrer Köhl lässt die Besucher durch den Hintereingang hinein, die Fenster sind vorsorglich verdunkelt, um nicht den Eindruck einer Veranstaltung zu erwecken. Im Vorfeld hatte Arnold Vaatz von jedem, der einen Freund mitbringen wollte, verlangt, für ihn zu bürgen. Doch auch diese Vorsichtsmaßnahme kann nicht verhindern, dass mindestens ein Spitzel anwesend ist und berichtet, was Kunze liest und was er auf die Fragen im anschließenden 45-minütigen Gespräch antwortet.

In Greiz verschärft die Staatsicherheit in diesen Tagen ihre Aktivitäten, auch gegenüber Arnold Vaatz:
Es war das erste Mal, dass ich richtig erlebte, wie es ist, wenn man von der Stasi eskortiert wird. Ich hatte in Steinsdorf eine kleine Wohnung zur Untermiete bezogen. Meine Eltern hatten nicht den Platz für ein eigenes Zimmer und ich wollte, als ich von der Armee kam, nicht mehr mit ihnen in einem Raum schlafen. Durch Vermittlung eines Bekannten konnte ich, bis ich zum Studium kam und auch zwischendurch, bei einem achtzigjährigen Mann wohnen. Wenn ich dort war, stand die Stasi mit einem Wartburg rund um die Uhr vor dem Haus. Sie wechselten sich ab. Das war eine unangenehme Situation. Ich habe den Ofen angeheizt und alle Briefe und alle Adressen verbrannt. Wenn ich nach Greiz fuhr, kam noch ein zweiter Wartburg dazu. Sie nahmen mich mit meinem Trabi in ihre Mitte und machten zur Einschüchterung verwirrende Fahrmanöver: Überholen, kurz vor mir einscheren, bremsen und solche Sachen. Einmal bin ich plötzlich zu einem Dorf hin abgebogen, habe dort gewendet und bin wieder hinaus. Sie kamen mir entgegen, aber ich konnte sie abschütteln.
Als ich dann bei Kunzes klingelte, standen sie schon vor der Wohnung. Angelika Ullmann hat sich damals die Autonummern aufgeschrieben.

Anfang Dezember stehen Mitarbeiter der Staatssicherheit auch demonstrativ bei Ullmanns. Ein dreitägiges Beobachtungsprotokoll vom 3. bis 5. Dezember vermerkt minutiös, wer das Haus betritt. Wer es verlässt, wird von einem Stasi-Fahrzeug eskortiert. Günter Ullmann erhält in diesem Protokoll den Decknamen „Medium 2".

> *Sonnabend, den 4.12.1976 von 08.00 Uhr bis 19.00 Uhr*
> (…)
> *10.05 Uhr verließ eine männliche Person das Wohnhaus und ging durch die Sportschule zur Kaufhalle Franz-Feustel-Straße, welche er*

10.12 Uhr betrat. Bei dieser Person handelt es sich um den Bruder von „Medium 2". Diese Person tätigte größere Einkäufe.

10.33 Uhr verließ er die Kaufhalle. Zu dieser Zeit fuhr der Trabant Kombi poliz. Kennzeichen NK 17 – 50 vor die Kaufhalle. Eine weibliche Person und ein Kind stiegen aus, begrüßten den Bruder und unterhielten sich. (…)

11.37 Uhr verließ Dr. THOMAS das Wohnhaus und ging zum Pförtner der Sportschule. Nach ca. 10 Minuten ging er zum Wohnhaus zurück und betrat dieses.

(…)

Sonntag, den 05.12. von 8.00 Uhr bis 18.00 Uhr

(…)

11.54 Uhr kam eine männliche Person die Beethovenstraße abwärts und klingelte am Wohnhaus von „Medium 2". Eine männliche Person verließ das Wohnhaus und hatte einen Block Din A5 in der Hand. Diese ging zu der anderen Person. Beide unterhielten sich angeregt, wobei die männliche Person vom Haus etwas aufschrieb und zeigte. Den Zettel erhielt die männliche Person, die klingelte.

11.58 Uhr verabschiedeten sich beide … Die männliche Person erhält im weitern Bericht den Decknamen „Medium 15". „M 15" wurde weiter beobachtet. (…)[70]

Die Überwachung soll nicht nur Günter Ullmann, sondern auch dessen Familie, Freunde und Bekannte einschüchtern. Als erwünschter Nebeneffekt sollen sie Einfluss auf den Observierten nehmen, weitere Aktivitäten zu unterlassen: Wir wollen keinen Ärger durch dich!

Bei Günter Ullmann funktioniert diese Strategie nicht. Zwar bekommt er von seinem älteren Bruder und Schwager schon mal zu hören, sie hätten studiert, und er? Was wolle er denn mit seinen spleenigen Gedichten? Aber in schwierigen Situationen kann er sich auf die Familie und auf wirkliche Freunde verlassen.
Harald Seidel erzählt:
Zu dieser Stasi-Geschichte erinnere ich mich, wir waren gerade bei Charly, wir rauchten vor der Haustür und gegenüber im Haus baute die Stasi Kameras auf. Da haben wir Grimmassen gezogen, Verrenkungen und uns über sie lustig gemacht.

KLÖSSE FÜR DIE STAATSSICHERHEIT

Im Haus gegenüber saßen sie
und registrierten jeden,
der unser Haus betrat oder verließ.
Sie fuhren jedem Fahrzeug hinterher
und reagierten auf jede Veränderung.
Als ich ihnen an einem Sonntag
einen Teller mit Klößen „zeigte"
reagierten sie nicht.[71]

In dieser angespannten Situation sucht Böhme ein bis zwei Mal die Woche Kontakt zu Ullmann. Nicht um ihn, wie er geheimnistuerisch andeutet, mit seinen Möglichkeiten besser schützen zu können, sondern um möglichst genau über seine Pläne und eventuelle weitere subversive Aktionen informiert zu sein. Er muss Ergebnisse liefern. Der Zugang zu Kunze war ihm keinesfalls zufriedenstellend gelungen. Das Manuskript der *Wunderbaren Jahre* konnte er nicht beschaffen, obwohl er es dem MfS und der Greizer Parteispitze mehrfach in Aussicht gestellt hatte. Inzwischen lassen ihn seine Führungsoffiziere auch ihren Unmut spüren, weil sie bei Nachprüfungen wiederholt feststellen, dass Böhme in seinen Berichten und Lageeinschätzungen Fakten und Fiktionen vermischt und von ihm als dringlich eingestufte Überwachungsvorschläge häufig weit über-

trieben sind. Er spürt, wie seine Bedeutung für die Genossen an der unsichtbaren Front schwindet. Das Schlimmste für ihn wäre, keine Aufträge und keine Anerkennung mehr von denen zu erhalten, denen er unbedingt zugehören will. Seine Führungsoffiziere nehmen Böhme in diesen Tagen energisch ins Gebet, verlangen von ihrem IM, dass er „das Springen auf andere Verbindungen" unterlasse und sich künftig auf Ullmann, die Hauptperson im Operativen Vorgang „Medium", konzentriere. Und Manfred Böhme will beweisen, dass er das Vertrauen der Genossen verdient.
Am Donnerstag, dem 2. Dezember, an seinem verlängerten Wochenende in Greiz, geht Günter Ullmann zu Manfred Böhme, bringt ihm weitere Texte für die Anthologie und versucht ihn zu einer raschen Veröffentlichung zu bewegen. Böhme hat inzwischen mit seinen Führungsoffizieren die Taktik abgestimmt, Ullmann so lange wie möglich hinzuhalten, ohne dass der Verdacht schöpfen soll. Böhme sagt ihm, dass er vom 5. bis 7. Dezember in der Hauptstadt eine Tagung des Bundesvorstandes des Kulturbundes im Interhotel „Stadt Berlin" besuche. Falls er irgendwelche dringenden Probleme habe, solle er am Abend des 6. Dezember zu ihm ins Hotel am Alex kommen. Auch wolle er in Berlin ein paar Kontakte spielen lassen.
Am 6.12.76 gegen 19.30 Uhr rief die Rezeption in meinem Hotelzimmer 14/02 an, daß ein Kollege Ullmann mich gern sprechen möchte. Ich bat darum, ihn in der Hotelhalle auf mich warten zu lassen. Etwa gegen 20.00 Uhr ging ich in die Hotelhalle, forderte Ullmann zu einem Gespräch in der Hotelbar auf und vermerkte, daß ich nur eine Viertelstunde Zeit habe, da dann die Konferenz weiter ginge.
Günter Ullmann bestätigte mir eingangs unseres Gespräches, daß ich mit meinem Hinweis, man solle die Mitarbeiter nicht unterschätzen, Recht gehabt hätte.[72]

Günter Ullmann bestellt sich nervös ein Kännchen Kaffe, zündet eine Zigarette an und berichtet Böhme, dass am Freitag vor einer Woche, als er schon in Greiz war, die Stasi auf seine Baustelle gekommen sei und sich beim Bauleiter eingehend über ihn erkundigt

habe. Ein Brigadier hätte ihm das gesteckt. Böhme fragt nach, wer dieser Brigadier sei, Ullmann argwöhnt nichts und fügt hinzu, sein Bauleiter sei ihm mit seinen merkwürdigen Fragen schon vorher suspekt vorgekommen.
Er erzählt, wie er Kollegen in ihrer Gemeinschaftsunterkunft gefragt habe, ob die Stasi auch sie ausgefragt habe. Die Bauarbeiter sind raue Kerle, die mit dem vergleichsweise schmächtigen Büromann gern ihre Späße machen. Wenn er sich hinreißen lässt, über Gerechtigkeit, Staat und Lyrik zu diskutieren, prallen Welten aufeinander. Auch jetzt machen sie sich lustig. Er spinne doch wieder nur rum – Nachstellungen der „Firma"! Er solle sich nicht so wichtig nehmen. Für den Fall einer Verhaftung bittet er Böhme als seinen Freund, das hier unbedingt aufzubewahren, und er schiebt ihm unauffällig eine Riesaer Streichholzschachtel zu. Sie enthalte ihm sehr wichtige Epigramme, die unbedingt mit in die Anthologie müssten. Als Manfred Böhme in seinem Zimmer den doppelten Boden der Schachtel abhebt, liest er in kleinstmöglicher Tintenschrift: „Für meinen Freund M." Und er liest Epigramme wie diese:

dialek-
tik
„Die Lehre von Karl Marx ist allmächtig,
weil sie wahr ist."[73]

DEFINITION
(Nach der Verhaftung
Von Jürgen Fuchs)

als sozialistische länder
werden meist diejenigen
bezeichnet
in denen sozialisten
in gefängnissen
leben müssen[74]

SOLSCHENIZYN

wenn sie lager hören
werden sie rot

und beschuldigen
die nazis[75]

Das fotografierte Corpus Delicti ist Günter Ullmanns Stasi-Akten als Beweisstück beigefügt. Während seiner U-Haft 1978 vermerkt Böhme in einer seiner Niederschriften:
Er händigte mir am Ende unseres Gesprächs eine Sammlung zum Teil literarisch fragwürdiger Manuskripte aus. Diese Sammlung war so klein geschrieben, dass man sie zum Teil kaum lesen konnte. Etwa zwanzig kleine Zettelchen waren paßgerecht in den doppelten Boden einer Streichholzschachtel eingelegt. Ich erinnere mich noch genau daran, weil wir, als ich dem MfS die Sammlung übergab, herzhaft lachen mussten über den oft primitiv gezwungenen Inhalt, aber vor allem über die primitive „Klausulierung einer Konspiration".[76]

Bevor Böhme die Streichholzschachtel als weiteres belastendes Indiz für die konspirative „Feindtätigkeit" Ullmann übergibt, kommt es zu einer denkwürdigen Episode.
Am Tag nach ihrem Treffen im Hotel „Stadt Berlin" taucht Böhme spät abends überraschend in Ullmanns Baubüro auf, wo der im Nebenraum eine Schlafgelegenheit hat. Er habe den Zug verpasst, ob er bei ihm übernachten könne. Günter Ullmann ist nicht begeistert, und er hat ein merkwürdiges Gefühl. Die Art, wie Manfred seine Hand berührt, ihm den Arm streichelt, ist ihm unangenehm. Das hat er schon früher beobachtet, nicht nur Frauen gegenüber. Andererseits, Manfred ist seit einem Jahr verheiratet, hat eine Tochter …
In seinen hinterlassenen Notizen schreibt Günter Ullmann viele Jahre später über diese Nacht:
Manfred wollte niemals mein Baubüro betreten. Eines Abends war er einfach da. Manfred und ich legten uns in mein Bett. Beim Schlafen berührte er mich. Ich musste danach ständig raus und austreten. Ich

legte mich auf die Stühle. Danach hat er meine Streichholzschachtel mit den Epigrammen bei der Firma abgegeben. Er musste doch einen glaubwürdigen Grund angeben, warum er bei mir war.

Ullmanns Irritation über die Berührung ist auch lange Zeit später größer als die über den Verrat des vorgeblichen Freundes. Mehr noch, er versucht sich Böhmes Verrat mit dessen sexuellem Verhalten zu erklären und ihn damit in Schutz zu nehmen. Trotz Akteneinsicht nach 1990, trotz Gesprächen mit Freunden, mit Birgit Lahann und Christiane Baumann, die Böhmes Doppelleben öffentlich machen und trotz permanenter Ausflüchte Böhmes in ihrem späten Briefwechsel, verzeiht Günter Ullmann ihm und nimmt ihn in Schutz. Das ist ein Phänomen, auf das noch eingegangen werden soll.
Was an diesem Abend tatsächlich in Böhme vorgegangen ist, bleibt im Dunkeln. Während einer Vernehmung 1978 stellt er ihre Beziehung so dar:
Vorausschicken möchte ich, daß meine Bekanntschaft zu Günter Ullmann nie zu einer Freundschaft wurde, wie zu anderen im Bekanntenkreis Kuhl/Ullmann. Ich gestehe, daß ich das in der Zeit bis 1974 manchmal bedauert habe. Das brachte andererseits in unsere Beziehungen 1976/77 ein hohes Maß an Sachlichkeit ein, die mir in meiner Einschätzung hilfreich wurde.[77]

Ende 1976 ist eine Zeit sich überschlagender Ereignisse. Günter Ullmann findet sich mittendrin, er lebt in permanenter Anspannung. Er, der schon seit Jahren ein starker Kaffeetrinker ist, trinkt jetzt noch mehr. Kaffee putscht ihn auf, und er raucht, merkt nur noch an den vollen Aschenbechern und leeren Schachteln, wie auch diese Sucht nach ihm greift. Manchmal tritt er neben sich, wundert sich über die Hyperaktivität, die ihn erfasst. Und er wundert sich selbst über Gedichte und Epigramme, die jetzt aus ihm hervorbrechen. Wenn er sie liest, kann er kaum fassen, dass sie seiner Feder entstammen. Es sind in einem Zug geschriebene, fertige Verse, die das zu Sagende auf den Punkt bringen. Dazu spürt er den unwiderstehlichen Drang, Menschen zu überzeugen, auch Böhme. Böhme ist eine Autorität, doch bei ihm greift er wie in Watte.

Günter Ullmann befindet sich in dieser Zeit psychisch in einer äußersten angespannten Situation, die Biermann-Ausbürgerung, Kunzes Verbandsauschluss, Fuchs verhaftet, ihr Protestschreiben, die Anthologie, Stasi-Nachstellungen in Berlin und Überwachung in Greiz ... Kürzlich hatte er auf RIAS Berlin eine sechsteilige Folge des *Archipel GULAG* von Alexander Solschenizyn gehört. Er ist entsetzt über die Fratze hinter den Verheißungen des Kommunismus. Rubi und Schotte diskutierten danach am radikalsten, das System sei nicht mehr reformierbar. Der Sozialismus als Alternative für eine bessere Welt, gegen Hunger und Elend in der Dritten Welt, das Traumbild seit Günter Ullmanns Kindheit, stürzt nach dieser Sendereihe in sich zusammen. Sein Idealismus war auf ein Trugbild gebaut. Er weiß nicht, wie er die Ereignisse der letzten Wochen und Tage bewältigen soll. Ohnmacht schlägt sich auf die Seele.

Anfang des Jahres 1977 bringt ihn ein Arbeitskollege aus Berlin nach Hause. Der Kollege erzählt Angelika, Günter wäre orientierungslos in Berlin aufgegriffen und in ein Krankenhaus gebracht worden. Auch während der Fahrt nach Greiz sei er während einer Fahrpause plötzlich über die Autobahn gelaufen. Geli kann sich das sonderbare Verhalten ihres Mannes nicht erklären. Weder sie noch die Familie oder Freunde haben bisher Anzeichen einer Psychose an ihm bemerkt.
Arnold Vaatz erinnert sich:
Günter hatte in Berlin einen schizophrenen Anfall. Mir hat er die Geschichte so geschildert:
In Berlin hätten sie ihn zur Stasi bestellt und gefragt, ob er Herrn Havemann kenne. Günter: „Hafermann kenne ich nicht.“ Er habe den Namen bewusst verfremdet, sich dumm gestellt.
Dort hätte er auch einen Kaffee getrunken. Danach wäre er durch die Stadt gelaufen, und konnte sich an fast nichts mehr erinnern. Er wisse nur noch, er wollte den König Salomo suchen und hätte irgendwann tatsächlich vor einem Klingelschild mit dem Namen Salomo gestanden. Danach hätten sie ihn in ein Krankenhaus eingeliefert.

Über eine zweite Vernehmung Günter Ullmanns durch die Staatssicherheit in Berlin existiert kein Protokoll in den vorliegenden Akten. Das muss jedoch nicht bedeuten, dass keine Vorladung stattgefunden hat, zumal Mitarbeiter der Berliner Staatssicherheit sich vorab auf seiner Baustelle über ihn sachkundig gemacht hatten. Es gibt mehrere zeitnah geschriebene Texte, in denen Günter Ullmann ein solches Verhör und seine Folgen reflektiert.

DAS VERHÖR

Jürgen Fuchs wohnte in Berlin-
Grünheide bei Robert Havemann.
Der Vernehmer wollte wissen,
bei wem Jürgen Fuchs wohnt.
Ich sagte: „Bei einem alten Mann,
ich glaube, er heißt Hafermann oder so ähnlich."
Auf die Frage, wo ich Jürgen Fuchs
kennen gelernt hätte,
antwortete ich: „Beim Fußball …"
Aus meiner Akte ist ersichtlich,
dass sie erst später mitgekriegt haben,
dass ich sie hochgenommen habe.[78]

Er glaubt einmal mehr, er könne sie täuschen, sich aus der Schlinge ziehen, wenn er sich naiv stellt. Doch da unterschätzt er die Staatsicherheit.

**DREI FRAGEN AN ALLE TEILE
EINER MASCHINE**

wie schwarz mischt man
diesen kaffee

wer will wem
was weiß machen

warum würfelst du mit
diesem zucker
(Berlin, Gera, Greiz, 77–79)[79]

Die Vermutung, die Vernehmer hätten ihm möglicherweise ein „Mittelchen", eine Wahrheitsdroge oder was auch immer, in den Kaffee gemischt, äußert Günter Ullmann später in mehreren Gesprächen. Anders kann er sich die plötzlichen Veränderungen an seiner Psyche nicht erklären.
Eindeutige Nachweise, dass die Staatsicherheit Psychopharmaka zum Erreichen ihrer Ziele einsetzte, sind bis heute nicht erbracht. Es gibt Aussagen politisch Verfolgter, die in Vernehmungen von einer unerklärlichen Redseeligkeit befallen wurden oder an ihrer Persönlichkeit und in ihrem Verhalten anormale Veränderungen bemerkten. Der Schriftsteller und Psychologe Jürgen Fuchs berichtete, dass er vor Besuchen seines Anwalts oder seiner Frau in der U-Haft den Einfluss dämpfender Mittel an sich feststellte. Da ist die Frage erlaubt, warum sollte ein Geheimdienst – zumal der Sicherheitsapparat einer Diktatur – die ihm verfügbaren Mittel nicht einsetzen, wenn er es für zweckmäßig erachtet? In dem von Klaus Behnke und Jürgen Fuchs 1995 herausgegebenen Buch *Zersetzung der Seele* schreibt Prof. Herbert Loos, der frühere Oberarzt am Fachkrankenhaus für Neurologie und Psychiatrie in Berlin-Herzberg und Kommissionsmitglied zur Aufklärung des Missbrauchs der Psychiatrie durch die Staatsicherheit:
Es gab 1990 eine zeitlang Gerüchte, daß der Kollege (IM „Karl Heinz", d. Verf.) *auch außerhalb des Krankenhauses seine psychiatrischen Kenntnisse der Staatsicherheit zur Verfügung gestellt hätte. Von Befragungen unter Psychopharmaka-Beeinflußung war die Rede.* [80]

Nachfragen in der Abteilung Bildung und Forschung des Bundesbeauftragten für die Unterlagen des Staatsicherheitsdienstes der ehemaligen DDR über den Einsatz von Psychopharmaka bei Vernehmungen ergaben, dass man dort bisher keine Hinweise auf den Einsatz solcher Mittel durch die Staatsicherheit gefunden habe. Behördenintern wird jedoch auch festgestellt, es bestehen große Forschungsdefizite, auch was die Nutzung des medizinischen Bereichs und seines Umfeldes durch die Staatssicherheit betrifft. Hier bleiben Fragen offen und es muss weiter gefragt werden.

Allerdings schränken anerkannte Hirnforscher, wie der emeritierte Professor Gerald Wolf von der Medizinischen Akademie Magdeburg, klar ein: Psychopharmaka, mit denen sich gezielt eine Schizophrenie auslösen lässt, sind bisher nicht bekannt.
Ursachen für Depressionen und ihr teilweises Münden in Wahnvorstellungen bleiben noch immer ein Rätsel. Unter Fachleuten ist man sich sicher, dass die genetische Disposition, die unterschiedliche Sensibilität und die Empfänglichkeit für seelische Erschütterungen ebenso eine Rolle spielen wie die Prägungen durch individuelle Lebensgeschichten. Zum Auslöser werden, für den Betroffenen selbst überraschend, oftmals extreme, nicht bewältigte Stresssituationen.

Günter Ullmann, kann sich, nachdem ihn der Kollege nach Hause gebracht hatte, nur bruchstückhaft erinnern, was ihm zuletzt widerfahren war. Auch später, wenn das Gespräch darauf kommt, kann er nur sagen: „Nachdem ich in Berlin zur Stasi bestellt wurde, musste ich den König Salomo suchen."

ICH SUCHE DEN KÖNIG SALOMO

Er antwortete ihr, als er mitten am Tage das
Berliner Baubüro verließ:
„Ich suche den König Salomo."
Er folgte den Zeichen des Augenblicks:
Bei Rot lief er weiter.
Da wo Arbeiter Striche auf die Straße malten,
wechselte er die Seite.
Die Richtungspfeile vorbeifahrender
Fahrzeuge führten ihn weiter …
Als vor einem Abrißhaus die Straßenlaterne
aufleuchtete, öffnete er die Haustür.
Auf dem Namensschild vor der Wohnungstür
stand:
„Salomo"[81]

Und er macht an sich weitere merkwürdige Beobachtungen:

Es war auf dem Leipziger Hauptbahnhof.
Damals war ich psychisch schlecht drauf.
Ich wartete auf dem Bahnsteig auf den Zug,
und der Zug kam nicht.
Es kam aber eine Taube,
die landete vor meinen Füßen
und tippelte vor mir her.
Ich folgte der Taube auf einen anderen Bahnsteig,
auf dem auch schon „mein" Zug stand.

Im gesunden Zustand wäre ich
nie einer Taube gefolgt.[82]

Eine Begebenheit, einige Jahre später, stimmt Arnold Vaatz im Zusammenhang mit Günter Ullmanns plötzlicher psychischer Erkrankung überaus nachdenklich:
Ich habe in Dresden gearbeitet und kam 1985 nach Leuna. Dort bin ich oft in Merseburg in die Buchhandlung Stollberg gegangen. Der Buchhändler hieß Thomas Heinemann. Und mit ihm hat es folgende Bewandtnis, und da sehe ich deutliche Parallelen zu Günter Ullmann. Thomas Heinemann war eigentlich Mathematiker und hatte mich einmal, wohl im Juni 1978, in Dresden besucht. Wir sprachen über ein mathematisches Kernproblem der Digitalisierungstechnik, die Berechnung einer Kurve aus diskreten Punkten. Als er auf einem Briefkopf auf meinem Schreibtisch meinen Namen las, fragte er mich, ob ich derjenige sei, dessen Namen Reiner Kunze bei seiner letzten Lesung in Merseburg genannt hatte. Dabei stellte sich heraus, dass Thomas Heinemann einer der Hauptorganisatoren dieser Kunze-Lesung gewesen war.
Jetzt, etwa neun Jahre später, traf ich ihn in besagter Buchhandlung wieder.
Von meinem Praktikumsbetreuer hatte ich schon 1979 gehört, dass der Herr Heinemann schwer krank sei, etwas Psychisches. Als ich nun Jahre später in Merseburg Heinemann selbst danach fragte, meinte er, dazu könne er hier nichts sagen: „Aber kommen Sie mich doch einmal besuchen." Also saß ich einige Tage später bei ihm und seiner Frau in der Wohnung.

Dort erzählte er mir, in Berlin sei er von der Stasi vorgeladen worden. Man hätte ihm eine Tasse Kaffe gegeben. Danach wüsste er nicht mehr, was passiert sei, bis er viele Kilometer entfernt, bei Teupitz, zu sich gekommen sei. Er sei orientierungslos auf der Straße herumgeirrt. Jemand hätte eine Ambulanz gerufen, die ihn nach Berlin-Buch gebracht habe, wo sie festgestellt hätten, er habe eine lebensgefährliche psychische Erkrankung. Er hätte danach mehrere Jahre in der Psychiatrie zugebracht, wäre inzwischen aber wieder soweit hergestellt, dass er zwar nicht mehr in seinem Beruf als Mathematiker, aber in der Buchhandlung arbeiten könne.
Das ähnelte Günters Erzählung frappierend. Mir ist es eiskalt den Rücken runtergelaufen. Das war der Moment, von dem an ich nicht mehr geglaubt habe, dass Charlys Geschichte eine Erfindung gewesen sein könnte. Es stand ja immer die Frage im Raum: Ist das eine Krankheit aufgrund von Veranlagung oder ist das möglicherweise eine herbeigeführte Sache durch die Stasi.
Aber es kommt noch dicker. Vielleicht ein Jahr später kam ich wieder in die Buchhandlung. Da bediente mich der Eigentümer selbst, ein alter Herr. Als ich sagte, ich würde gern Thomas Heinemann sehen, sagt er, Thomas Heinemann sei tot. Selbstmord.

In tiefster Bedrängnis

Den politischen Störfaktor Ullmann ausschalten

Günter Ullmanns psychische Erkrankung fällt der Familie, auch Dieter, dem älteren Bruder und Arzt, erstmals auf, als er zur unüblichen Zeit von einem Kollegen aus Berlin gebracht wird:

Der Auslöser lag in Berlin. Vorher habe ich überhaupt nichts gemerkt. Ich habe ihn ein halbes Jahr zuvor in Berlin noch besucht. Da gab es bei Günter keinerlei Zeichen einer Krankheit. Im Gegenteil, er war ganz locker, selbstbewusst, auch euphorisch, er hat mir viel gezeigt.

Nach dem Abklingen des schizophrenen Anfalls arbeitet er weiter auf der Baustelle in Berlin, wo er für Materialbestellungen und Abrechnungen zuständig ist. Und er stellt weiterhin Texte für die geplante Anthologie zusammen, er drängt Manfred Böhme zur Veröffentlichung und treibt ihn in immer neue Versprechen und Ausflüchte.

Anfang des neuen Jahres schreibt ihm Lilo Fuchs in einem Brief, sie könne nicht sagen, wie lange Jürgen noch im Gefängnis bleiben müsse und was auf ihn und auf sie zukomme. Sobald sie das Grundstück verlasse, habe sie ständige Begleiter. Aber im Februar werde sie für einige Tage ihre Mutter und ihre Schwester in Jena besuchen.

Günter Ullmann will sie unbedingt unterstützen, auch als ein Zeichen. Lilo könne nach der Verhaftung ihres Mannes und der Abriegelung von Havemanns Anwesen weiter auf Freunde zählen. Er weiht Jürgen Kornatz ein und bittet ihn, beim Geldsammeln zu helfen. Mit Lilo verabreden sie für den 20. Februar ein Treffen in Jena. Kornatz schlägt Böhme vor mitzukommen, immerhin hatte der Jürgen Fuchs, als der bereits verboten war, zur Lesung eingeladen.

Ich sagte, daß ich sehr gern mit fahren würde, daß ich in diesem Zeitraum aber vorrausichtlich im Ausland sein würde. Bis jetzt hätten sie 2.100,– Mark beisammen. J. Kornatz erwähnte nur, daß die Beträge vor allem durch G. Ullmann in Berlin „eingezogen" worden wären.

Meine Frage, warum überhaupt Geld für Lilo Fuchs, sie wäre doch vermutlich nicht auf das Geld von Kornatz und dergleichen angewiesen, äußerte J. Kornatz, daß es … eher um die Geste gegenüber Lilo Fuchs geht, daß sie merkt, sie werde nicht allein gelassen, man hat sie nicht vergessen.[83]

Nach dieser Information des IMV „Bonkarz" wird der Sicherheitsapparat im Hintergrund noch aktiver. Wenn die junge Frau zu ihren Eltern und ihrer Schwester nach Jena fährt, zu denen sie vorübergehend ihre kleine Tochter gegeben hat, sitzen die Stasi-Schatten bereits im Waggon. Auf dem Saalbahnhof werden sie von einem Jenaer Stasi-Mitarbeiter abgelöst. Der fordert Lilo Fuchs auf, mit ihm zum Volkspolizei-Kreisamt zu kommen. Dort wird sie nach dem Grund ihres Aufenthalts befragt und belehrt, dass ihr jeder Umgang außerhalb der Familie verboten sei. Die Genossen gehen mit ihr zur elterlichen Wohnung und kontrollieren, ob sich „unbefugte Personen" darin aufhalten. In der Stadt folgen ihr demonstrativ dicht zwei oder mehr Mitarbeiter in Zivil. Dieses Bedrängen ist, wie auf ihrem Weg zur Arbeit oder beim Einkaufen in Grünheide, Bestandteil einer gezielten Verunsicherungs- und Zersetzungsstrategie.
Jürgen Kornatz und Günter Ullmann finden keine Gelegenheit, mit Lilo Fuchs zu reden und ihr das gesammelte Geld zu übergeben. Das gelingt Günter Ullmann erst drei Monate später, als sie ihren Stasi-Verfolger austricksen kann, und sie sich auf dem Bahnhof Fürstenwalde treffen. Sie reden über Jürgen Fuchs' Situation in der U-Haft. Die Solidarität aus dem Westen für seine Freilassung ist groß, hilfreich sei auch, dass im Februar die *Gedächtnisprotokolle* bei Rowohlt erschienen, in denen er die Politfarce seiner Exmatrikulation dokumentiert. Die angedrohte Höchststrafe für „ungesetzliche Verbindungsaufnahme" und „staatsfeindliche Hetze" liege bei zehn Jahren. Nein, falls es das Angebot geben sollte: In den Westen gehen wolle Jürgen und wolle auch sie nicht. Ihre Familien und ihre Freunde leben doch hier. Sie umarmen sich zum Abschied. Lilo kann auf Freunde zählen.

Als Manfred Krug am 20. Juni 1977 der DDR den Rücken kehrt, hat der beliebte Schauspieler die Sympathie vieler. Es macht die Runde: Krug sei von seinem Protest gegen die Biermann-Ausbürgerung nicht abzubringen gewesen, er habe sogar einen Stasi-Kerl niedergeschlagen, weil der ihn übel verleumdet habe. Auf das über ihn verhängte Berufsverbot reagiert Krug mit Ausreiseantrag, und dem wird innerhalb von nur zwei Monaten stattgegeben.

Günter Ullmann hört von den Krug-Diskussionen in der Berliner Szene durch Lutz Rathenow und Bettina Wegner und deren Mann Klaus Schlesinger, die er besucht. Er will nicht nur reden. Gut wäre eine Untergrundzeitschrift als kritische Gegenöffentlichkeit. Der Titel kommt ihm angesichts des Films, der in diesem Land abläuft, wie eine Eingebung: „Filmspiegel"! Mit dem Namen, angelehnt an die Kinozeitschrift *DEFA-Filmspiegel*, verspricht er sich zugleich einen gewissen Tarneffekt. Für die erste Nummer plant er einen Artikel über die Ausreise von Manfred Krug, Informationen über politisch Inhaftierte und Hinweise, wie man sich gegen den bürokratischen Apparat wehren kann. Er will der Allmachtsbürokratie, wie er sie nennt, die Stirn bieten. Dazu braucht er Mitstreiter. Als einen der Ersten zieht er Manfred Böhme ins Vertrauen und schlägt ihm vor, einen Beitrag über die Verfassung der DDR zu schreiben, besonders wichtig ist ihm Artikel 27:

Jeder Bürger der Deutschen Demokratischen Republik hat das Recht, den Grundsätzen dieser Verfassung gemäß seine Meinung frei und öffentlich zu äußern. Dieses Recht wird durch kein Dienst- oder Arbeitsverhältnis beschränkt. Niemand darf benachteiligt werden, wenn er von diesem Recht Gebrauch macht.

Die Freiheit der Presse, des Rundfunks und des Fernsehens ist gewährleistet.[84]

Böhme macht, was er gewöhnlich macht, wenn Ullmann brisante Ideen hat, er hält ihn hin und verlangt zunächst die anderen am „Filmspiegel" Beteiligten kennenzulernen. Die kann Ullmann nicht nennen, sucht Ausflüchte und Böhme durchschaut schnell, wie vage dieser Plan noch ist. Und so spottet er: Wen habe er nach Fuchs' Verhaftung für so ein Vorhaben denn noch um sich? Solche kleinen Geister wie Rathenow und Vaatz. Da suche er in ihm wohl einen Dummen, mit dem er sich schmücken könne?

Beim nächsten Treff berichtet Böhme seinem Führungsoffizier, dass Ullmann mithilfe seiner Berliner Kontakte die illegale Veröffentlichung einer Zeitschrift „Filmspiegel“ vorbereite. Dazu, wie er sich das Ganze vorstelle, habe Ullmann ihm eine hektografierte vierseitige Schrift gezeigt, an deren Inhalt er sich jedoch nicht mehr erinnern könne. Böhme ist sich sicher, die Genossen sehen die Gefahr im Verzug.

Tatsächlich trägt IMV „Paul Bonkarz“ mit seinen Berichten entscheidend dazu bei, dass der Bauarbeiter und Lyriker als gefährlichste Person im OV „Medium“ eingestuft wird:

In persönlichen Gesprächen, die der IMV („Bonkarz“, d. Verf.) *mit Ullmann führte, wurde erarbeitet, daß dieser ein potentieller Gegner der gesellschaftlichen Entwicklung der DDR ist. (...) Es geht dem Kreis um Ullmann, wie er wörtlich zum Ausdruck brachte, darum, eine solche Wirksamkeit zu erzielen, die „den Menschen die aktuelle Ängstlichkeit nimmt, sich auf die in der DDR verbrieften Rechte und Gesetze zu berufen“. Ullmann versteht diese Zielstellung im weiteren Sinne als „eine Art Menschenrechtsbewegung“.*[85]

Um den politischen Störfaktor Ullmann auszuschalten und seine Kontakte in Berlin zu unterbinden, veranlassen die Vorgangsbearbeiter in der MfS-Kreisdienststelle Greiz in einer verdeckten Maßnahme seine „Rückführung“. Ullmann soll keinen Verdacht schöpfen, vor allem nicht gegen Böhme.

Deshalb wird der für Personalfragen zuständige Kaderleiter seines Betriebes eingeschaltet. Wie in jedem DDR-Betrieb ist er zugleich Verbindungsperson der Staatssicherheit und gewöhnlich Inoffizieller Mitarbeiter oder Gesellschaftlicher Mitarbeiter Sicherheit. Im IHK, dem Ingenieurhochbaukombinat Gera, trägt er den Decknamen GMS „E. Mayer“.

Damit Günter Ullmann sich nicht gegen seine Abschiebung aus Berlin sperrt, braucht der Kaderleiter eine plausible Begründung. Auch ihm ist bekannt, in buchhalterischen Dingen ist dieser Materialdisponent überaus korrekt. Angelika Ullmann erzählt:

Im Betrieb war mein Mann auch für Kulturarbeit verantwortlich. Einmal kam er nach Hause und erzählte aufgeregt: „Ich hab eine Un-

terschlagung begangen." Aber das war gar nicht der Fall. Offenbar wollte ihm jemand einen Strick drehen. Er hatte seinen Kulturfonds um 20 Mark überzogen. Das wurde als unglaubliches Fehlverhalten aufgebauscht. Er habe sich nicht an seinen Etat gehalten. Damit sei er nicht mehr tragbar.
Das war in der Zeit, als er schon psychische Probleme hatte. Er hat sich das mit der Unterschlagung eingeredet und ist einfach nicht darüber hinweggekommen.
Später, als er in psychiatrischer Behandlung ist, versucht ihm der Arzt zu erklären, diese Art Selbstvorwürfe gehören zu seinem Krankheitsbild. Aber Günter Ullmann wird noch viele Jahre später überzeugt sein, er habe sich mit dem Geld schuldig gemacht.

Seit die Staatssicherheit bei seinem Bauleiter Erkundigungen eingezogen hat, grenzt Ullmanns Misstrauen den Kollegen gegenüber an Verfolgungswahn. In seinem hypersensibilisierten Zustand misstraut er auch Böhme, der auftragsgemäß weiter Kontakt zu ihm hält. Hoch erregt fordert er, Manfred solle ihm schwören, dass er sauber sei. Er arbeite doch für die Firma. Nein? Dann soll er ihm erklären, wieso er beim „Filmspiegel" nicht mitmache. Und was war das in Gera, als Schotte und er an der Stasi vorbeikamen? Er sei danach doch nur durch Gera gehastet und habe behauptet, sie würden verfolgt, um von seiner Verbindung abzulenken. Und überhaupt, wo ist die Streichholzschachtel mit den Epigrammen, die er ihm im Vertrauen zum Aufbewahren übergeben hat? Damit habe er ihn geprüft! Böhme versucht abzuwiegeln, die Verdächtigungen ins Lächerliche zu ziehen. Die Schachtel hätte er versucht, ihm bei ihrer Silvesterparty in Greiz zurückzugeben, aber Günter sei ja erst nach Mitternacht aufgetaucht und danach wäre er nie allein gewesen. Er habe sie am nächsten Tag verbrannt, sie aufzuheben, wäre zu gefährlich geworden.
Arnold Vaatz erzählt, Günter Ullmann habe ihn damals gewarnt, der Manfred treibe seine Spielchen mit ihnen:
Zum Beispiel eine Sache, die mir Charly ungefähr so erzählt hat: Einmal habe Böhme den Harald Seidel auf Arbeit angerufen, er müsste unbedingt sofort in den Club der Intelligenz kommen, es gäbe eine

ganz wichtige Sache, die er mit ihm besprechen müsste. Schotte sei in aller Eile zu Böhme gekommen und dann habe dieser längere Zeit überhaupt keine Notiz von ihm genommen. Er machte seinen Schreibkram, telefonierte, und irgendwann habe er gesagt, sie müssten zum Stefan Schüch, der wolle einen Ausreiseantrag schreiben und Böhme wolle ihm den Text diktieren. Vor dem Haus, in dem Schüchs wohnten, habe er gesagt, Schotte solle unten warten, und falls jemand komme, sofort klingeln, damit sie nicht ertappt würden. Also habe Schotte sich zwei oder drei Stunden lang hingestellt. Dann sei Böhme wieder heruntergekommen und habe gesagt, alles sei bestens. Einige Zeit später habe Harald Seidel Stefan Schüch gefragt, was sie so lange gemacht hätten. Stefan Schüch sagte, der Manfred sei gekommen, und habe gesagt, er sei sehr müde, ob er sich nicht einen Moment hinlegen könne. Also habe er etwa zwei Stunden geschlafen und dann sei er wieder gegangen.
Die Sache hatte folgende Konsequenz: Schüch fragte sich jetzt, was stellt denn der Seidel für Fragen? Und Harald fragt sich: Warum sagt der mir nicht die Wahrheit. Auf diese Weise hat Böhme versucht, die Freunde einander verdächtig zu machen und auseinanderzubringen.

Auch wenn Günter Ullmann sich in seiner psychischen Ausnahmesituation zunehmend in Verdächtigungen ergeht, reichen seine Ahnungen bei Weitem nicht an Böhmes tatsächlichen Verrat heran.
In diesem Zeitraum (Juni/Juli 1977, d. Verf.) *spürte ich, (schon bei meinem letzten Besuch in Berlin), wie weit Günter Ullmann nervlich fertig war. Er war tatsächlich nur noch ein Nervenbündel und litt an ausgesprochenem Verfolgungswahn. Bei seinem letzten Besuch bei mir Mitte Juli 1977 riet ich ihm, sich krank schreiben zu lassen durch seinen Schwager. Er tat das auch. Mittlerweile war er zwei Mal schwer krank (August und dann später noch).* (…) *Auf die Krankengeschichte habe ich Ullmann aus Gründen mir aufkommender Skrupel gebracht.*[86]

Böhme kommt Ullmanns nervlicher Zustand gerade recht. Er rät ihm, sich in den Schutz der Krankheit zu flüchten. Im Juni 1977 befindet er sich selbst an einem Tiefpunkt seiner Karriere. Von seinen Führungsoffizieren wird er wegen erfundener Informationen und

Ich-Überhöhung streng gerügt. Die Greizer Parteispitze enthebt ihn seiner Funktion als Kulturbundsekretär, parteiintern wegen Veruntreuung – hat er doch eigenmächtig einen wertvollen Steinway-Flügel des Kulturbundes weit unter Wert an die Musikschule verkauft. Der eigentliche Grund ist jedoch, die Genossen sehen in ihm durch sein provokantes Auftreten, seinen Umgang mit Kunze, Ullmann und dem Kreis um „media nox" einen Abtrünnigen. Über sein Doppelleben als IM wissen die Funktionäre nichts, und das MfS lässt sie in ihrem Glauben. Böhme soll einen Denkzettel bekommen. Offiziell scheidet er „auf eigenen Wunsch zwecks anderer Betätigung aus dieser Funktion" im Kulturbund aus, wie Günter Ullmann im *Heimatboten* liest. Er weiß nicht mehr, was er von Böhme halten soll, glaubt, ihn zu Unrecht verdächtigt zu haben, vermutet Parallelen zum „Wegekeln" Reiner Kunzes und fügt handschriftlich zu dem Artikel im *Heimatboten* hinzu: „Auch Böhme geht."

Der wirkliche Grund für Böhmes Weggang aus Greiz ist simpel. In der MfS-Bezirksverwaltung will man ihn künftig besser unter Kontrolle halten. Deshalb wird intern seine Umsetzung in die Puschkin-Bibliothek Gera angeordnet. Die zentrale Wissenschaftliche Allgemeinbibliothek der Bezirksstadt verfügt dafür über einen ausreichenden IM-Besatz. Dort wird er als entbehrlichster Mitarbeiter allerdings zunächst für zwei Monate zur „Hilfeleistung in der sozialistischen Produktion" in die Konservenfabrik Greiz geschickt, eine in der DDR-Wirtschaft übliche Maßnahme, um in Stoßzeiten akuten Arbeitskräftemangel zu kompensieren. Böhme baut daraus später seine Legende eines Oppositionellen, der Hilfsarbeiten in der Produktion verrichten musste.

Im Frühsommer 1977 wird Günter Ullmann zum Kadergespräch bestellt. Er soll zu unentschuldigten Fehlzeiten, zu seiner mutwilligen Überziehung des Kulturfonds Stellung nehmen. Er fühlt sich schuldig, jedenfalls was das Geld betrifft, akzeptiert notgedrungen seine Rückversetzung nach Gera.

Das Ganze greift ihn so an, dass sein älterer Bruder ihn an den leitenden Facharzt für Neuropsychiatrie in der Poliklinik Reichenbach überweist. Dort unterzieht er sich einer ambulanten Behandlung,

wird bis Mitte August und dann noch einmal bis zum 18. September krankgeschrieben. Deshalb kann Leutnant Reißmann, einer der Vorgangsbearbeiter des OV „Medium“, den Erfolg erst später als geplant melden:
Zur weiteren offensiven operativen Bearbeitung und Kontrolle der Vorgangsperson U. sowie zur Entlastung des operativen Schwerpunktes in der Hauptstadt der DDR – Berlin – wurde die geplante Rückdelegierung des U. von Berlin nach Gera bis 19.09.1977 abgeschlossen. U. arbeitet seit dem vorgenannten Zeitpunkt im VEB IHK Gera als Materialdisponent im Direktionsbereich Ökonomie. Die Rückdelegierung des U. erfolgte reibungslos und ohne Komplikationen. Da die Rückdelegierung in erster Linie über Schlüsselpositionen des IHK erfolgte, hat U. keine Kenntnis vom Wirksamwerden unseres Organs.[87]

Erst als Günter Ullmann Anfang der 1990er Jahre Einsicht in seine Stasi-Akten erhält, durchschaut er die Zusammenhänge. Bei der „Schlüsselposition“ handelt es sich um seinen damaligen Kaderleiter:

SEKT

Fünfzehn Jahre lang fuhr ich jeden Tag
Von Greiz nach Gera zur Arbeit.
Ein und ein halb Jahre arbeitete ich in Berlin.
In den Stasi-Akten fand ich die Kopie einer Quittung
über eine Flasche Sekt,
die der Kaderleiter von der „Firma“
dafür bekommen hat,
dass ihm meine Rückversetzung von Berlin nach Gera
so gut gelungen war.[88]

Es ist nicht die einzige Prämie, die der Kaderleiter für seine Kooperation erhält. Am 6. Dezember 1978 quittiert er als „E. Mayer“ gegenüber Reißmann den Erhalt einer Flasche Whisky im Wert von 80,– Mark.
Anderthalb Jahre arbeitet Günter Ullmann im Verwaltungsgebäude des IHK am Geraer Südbahnhof. Er fühlt sich im neuen Arbeits-

kollektiv so unwohl wie noch nie. An seinem Arbeitsplatz wähnt er sich permanent von Spitzeln umgeben und mehrfach bedroht. Und auch Manfred Böhme hat seinen Anteil daran. Unter der Legende, ihn warnen zu wollen, treibt er im Vorfeld einen makaberen Spaß. In einem handschriftlichen Manuskript, das auch seine Psychose widerspiegelt, notiert Günter Ullmann:

Die Abteilung der Materialdisponenten im Geraer Verwaltungsgebäude war vorbereitet. Manfred hatte mir auf dem Berliner Bahnhof einmal ein Foto gezeigt und mich gewarnt. Wenn ich mich nicht irre, waren darauf A und B (Namen anonymisiert, d. Verf.) *abgelichtet. Mir gegenüber saß Frau C. A saß mit Frau D im Nebenzimmer. Später wurde auch E. aus Neustadt in mein Zimmer gesetzt. Er brachte ein technisches Gerät mit. Davor hatte ich Angst. (…) Frau E sagte einmal: „Der F, (abstrakter Maler aus Berga), der auch im Verwaltungsgebäude arbeitete, hat nur mal am Papier gerochen und ist tot umgefallen. Passen Sie auf, daß es Ihnen nicht genau so geht. (…) Einmal mußte ich zum Kaderleiter, und er überführte mich der Staatssicherheit. Die Verhöre begannen. Aber vor den Stasileuten hatte ich weniger Angst, als vor dieser Abteilung.*[89]

Einige Kollegen machen sich lustig über diesen Ullmann, treiben ihre Späße mit seinen Ängsten. Er will weg, beantragt seine Versetzung. Ohne Erfolg.

Bald vermutet er, seine Versetzung nach Gera war eine abgekartete Sache. Im Rückblick auf das entscheidende Gespräch notiert Günter Ullmann dieses Epigramm:

KADER-
GESPRÄCH

schreiben sie nur wir
sind zu dritt[90]

Sein psychischer Zustand verschlechtert sich so dramatisch, dass die Familie einer stationären Aufnahme in das Sächsische Krankenhaus für Psychiatrie und Neurologie in Rodewisch zustimmt.

Von Ende Mai bis Anfang Juli 1978 erlebt er das Krankenhaus mit seinen alten, erdrückenden Backsteinbauten als Quälstube. Dabei gilt Rodewisch als eine der besten Psychiatrien in der DDR, mit teilweise offenen, unvergitterten Stationen und mit weniger Zwangsmaßnahmen als in anderen Anstalten. Doch selbst hier gibt es für Günter Ullmann keine kreative Beschäftigung. Malen, Zeichnen, das er sich wünscht, um die stupide Sterilität des Ortes zu durchbrechen, wird ihm verwehrt. Sein Radio nimmt man ihm weg, weil er mit Mitpatienten Westsender hört. Die angeordnete Bewegungstherapie ödet ihn an, er protestiert, wird mit Tabletten ruhiggestellt. Zeit findet anderswo statt. Immer wieder gibt es die volle Dröhnung. In klaren Momenten ist er verzweifelt, fühlt sich seines Willens beraubt. Angelika Ullmann erzählt:
Das war die schlimmste Zeit für Günter. Einmal sagte er bei unserem Besuch, er wisse nicht mehr, ob er sitze, stehe oder liege. Er war wie in Trance. Die Medikamente müssen ganz schlimm gewesen sein. Ich frage mich, ob er da nicht auf Lebenszeit geschädigt worden ist. Er hat sich eingeredet, die Stasi habe ihm auch andere Sachen untergemischt, deshalb ginge es ihm so schlecht.
Der Patient bietet der Familie einen bestürzenden Anblick, ein von Tabletten aufgedunsenes Gesicht, lethargische, gestörte Motorik, auch seine Sprache ist verändert. Sie versuchen, ihn so schnell wie möglich nach Hause zu bekommen. Sein Schwager Frank Thomas meint:
Die wenigen Schwestern, das wenige Fachpersonal damals in der Psychiatrie, was sollten die machen? Meistens konnten sie die Patienten nur „zudecken". Wobei man auch sagen muss, die Medikamente waren im Vergleich zu den heutigen oft sehr schlecht.

Es stellt sich heraus, Günter Ullmann ist manisch depressiv. Während Depressionen meist nach einigen Monaten, manchmal auch Jahren wieder verschwinden, so als hätte ein seelischer Schutzmechanismus in eine Art Winterschlaf zurückgeschaltet, kann Günter Ullmann bei seinem Krankheitsbild damit nicht rechnen. Seine Depressionen werden in Intervallen wiederkehren und auch mit Wahnvorstellungen verbunden sein. Dabei erlebt ihn jeder Außenstehende meist so wie immer, vielleicht etwas in sich gekehrter, aber

dann auch wieder heiter oder regelrecht euphorisiert, vor Ideen und Tatkraft sprühend. Nur die Familie und die engsten Freunde wissen, dass ist das Alarmsignal. Nach dieser Phase drohen quälende Niedergeschlagenheit, Apathie und Schlaflosigkeit. Damit diese Zustände möglichst nicht eintreten, muss er Medikamente nehmen.
Volker Müller, mit dem er sich weiterhin über Literatur austauscht, sagt:
Die Familie hat seine Krankheit nach außen weitgehend abgeschirmt. In vollem Umfang habe ich erst nach 1990 begriffen, was er durchmachen musste. Die Anfänge seiner Verwirrtheit Ende 76, nachdem er in Berlin verhört wurde, haben wir nicht mitbekommen. In dem Jahr arbeiteten meine Frau und ich als Lehrer im Kreis Potsdam-Land.
Wir erfuhren erst von seinem Zustand, als wir Geli und Günter auf den Hainberg besuchen wollten und er in der Klinik war. Später hat er über diese Dinge nicht gesprochen.
Sein älterer Bruder erzählte mir, in den Phasen, in denen die Krankheit sich wieder meldete, sei er sehr produktiv gewesen.
Wenn ein „gewöhnlicher" Mensch mit dieser Krankheit lebt, wird er mit der Zeit begreifen, er muss bestimmte Anzeichen beachten und Medikamente nehmen. Dann lässt sie sich einigermaßen beherrschen. Ein künstlerisch begabter, ein philosophisch veranlagter Mensch ist anfälliger – auch gegenüber jenen Theorien, die besagen, einen Wahn müsse man ausleben, das sei keine Krankheit, sondern eine bestimmte Form des Schöpfertums. Darüber haben wir, Günter und ich, uns in späterer Zeit manchmal unterhalten.
Die Medikamente, die er nehmen musste, hatten eine stark beruhigende Komponente. Es hat ihn bedrückt, dass er häufig so müde war. Sie haben ihn bei seiner künstlerischen Arbeit behindert.

Es gibt Phasen, in denen Günter Ullmann sich zurückzieht, malt und schreibt. Er trinkt jetzt noch mehr Kaffee als bisher, und stark muss er sein. Die Überdosis Koffein wird zu einem Aufputschmittel und wirkt ähnlich wie Antidepressiva. Und er raucht nicht nur eine Schachtel am Tag, auch das ist eine Stimulanz, von der er nicht mehr lassen kann. Psychologen und Psychiater kennen diese Sucht, durch die das Gehirn die abgesunkenen Transmittermengen in den

Synapsen zu kompensieren versucht. Doch mit dieser Stimulierung beginnt zugleich ein Raubbau an der Gesundheit.
Für seine Frau Angelika ist es eine schwere Zeit. Der Haushalt, die Beschäftigung mit den beiden kleinen Söhnen, Clemens, der jetzt in die erste Klasse geht, und dem drei Jahre jüngeren Kyrill, lasten fast vollständig auf ihr. Die Arbeit als Kindergärtnerin kostet Kraft. Dazu kommt die Krankheit ihres Mannes, mit dem normale Gespräche in seinen depressiven Phasen kaum mehr möglich sind. Angelika Ullmann sagt:
Ich hatte ständig Angst um ihn. Er versank in sich und war nicht mehr erreichbar.

DEPRESSION

mir ist so,
als ob ich
nie mehr
lachen könnte …[91]

Mitteilen kann er sich oft nur noch dem Papier. Sein Seelenzustand gerinnt zu Versen. Die schreiben sich besonders in manischen Phasen aus dem Unterbewussten heraus. Später, wenn Günter Ullmann diese Gedichte liest oder Freunden zeigt, ist er selbst überrascht, dass er das geschrieben hat.

BEGRÄBT EIN FRISCHER SCHNEE

die langeweile meiner
gesichter

erheben sich vögel in
mir

ausgestopft
singen[92]

TORSO

jeden morgen hunger
nach wahrheit

jeden tag etwas
sterben

und am abend laichen die
schwarzen sonnen[93]

ELEGIE II

Die rose schreit
in der nacht

die krähen zerhacken
den traum

sie haben eure
gesichter

die rose weint
in der nacht

die krähen zerhacken
den traum

ich tanze[94]

Diese Gedichte sind innere Zustandsberichte. Die bedrängende, das Innere aushöhlende Finsternis in *TORSO* und besonders *Elegie II,* die hier noch einmal zitiert werden soll, fassen den Aberwitz, der sich unter dem Namen Sozialismus feiert, so erschütternd in Worte, wie es nur wenige literarische Zeugnisse vermögen. Diese Elegie ist

ein Aufschrei, der gepresst aus der Kehle dringt. Selbst das „ich", das „die rose", ein Sinnbild für das Gute, Schöne, Edle, schützen will, wird gezwungen, wie eine Marionette an Fäden zu tanzen.
Nach der Betrachtung von Edvard Munchs Hauptwerk *Der Schrei* schleudert er der Willkür entgegen:

Zu
Der Schrei
von E. Munch
(1893)

haltet ihr mich
auf
der brücke
gefangen

werden eure schiffe
versinken
in einem einzigen
schrei

SEHT MICH
AN
wenn ihr nicht
hört[95]

Abgeholt

Sie wussten, was niemand wissen konnte

In dieser Zeit tiefster Bedrängnis stellt Günter Ullmann sich besonders intensive Fragen nach Gott. Wie schon einmal nach dem tragischen Tod seiner Tochter Xandra 1972 fragt er sich, wenn es einen Gott gibt, warum ist die Welt dann wie sie ist? Die Antworten der Amtskirche reichen ihm nicht.

Er sucht Antworten im religiös-philosophischen Raum. Für ihn sind das angrenzende Felder. Auch wenn es den eindeutigen Gottesbeweis vielleicht nicht gibt, lässt sich das Göttliche dennoch als Wesen erkennen? Was ist Gott? Wie fassbar oder unfassbar ist er? Hat er eine Erscheinungsform, oder existiert er nur in uns Menschen? Ist er in jedem Ding? Es geht ihm hier um eine der existentiellen Fragen, die der Magdeburger Prof. Gerald Wolf so auf den Punkt bringt: „Ist Gott eine Meisterleistung unseres Gehirns, oder ist unser Gehirn eine Meisterleistung Gottes?"

Auf diesem Gebiet ist Harald Seidel ihm seit ihrer Schulzeit ein wichtiger Gesprächspartner:

Es war wohl wie bei mir ein naives Hinterfragen: Was ist Materie und was ist nur eine Erscheinung, ein Abbild im Kopf? Was wissen wir denn, inwieweit Materie besteht? Wenn du etwas wahrnimmst oder etwas darstellst, ist das immer nur ein Abbild. Darin waren Charly und ich einer Meinung.

Man kann durchaus einen Schnitt ziehen zwischen der Welt der physikalischen Dinge und Prozesse und der Metaphysik. Dieser Schnitt hat sich über 200 Jahre in der Naturwissenschaft und Technik bewährt, aber er wird nur einem Teil gerecht.

Die Fragestellung – was existiert neben dem Materiellen, was ist hinter den Dingen – hat für Charly immer eine Rolle gespielt. Er hat dieses Denken, auch unter anthroposophischen Gesichtspunkten weiter getrieben als ich.

Da hat auch Frau Stadtmann, die Greizer Grand Dame unter den Anthroposophen, die auch von Reiner Kunze sehr geschätzt wurde, einen gewissen Einfluss auf ihn ausgeübt.

Ihre erste Begegnung mit Charlotte Stadtmann geht auf Manfred Böhme zurück, der Harald Seidel und Günter Ullmann einlädt, die ältere Dame zusammen mit ihm zu besuchen. Da ist sofort Sympathie und der Lyriker entdeckt seine Nähe zum anthroposophischen Selbstverständnis. Die Erforschung des Spirituellen im Sein, wie es von Goethe, Troxler, Zimmermann und Steiner, dem Begründer der Anthroposophischen Gesellschaft und der Waldorfschule, betrieben wurde, interessiert ihn sehr. Er besucht die alte Dame über Jahre, bis sie im hohen Alter zu ihrer Tochter zieht, und fühlt sich in den Gesprächen mit ihr überaus wohl. Bei ihr findet er Literatur, die er sonst nirgends findet, dazu eine besondere Kunst und Kultur. Er schwärmte: „Charlotte Stadtmann liebte die Musik aus ihrer Weimarer Zeit über alles. Sie war gebildet, belesen und unterhielt sich gern. Sie war Anthroposophin und stellte Goethe über alles."
In seiner *Erinnerung an Charlotte Stadtmann* schreibt er:
Sie sagte: Entweder man liest die Bücher oder man wischt Staub. Für beides hat man keine Zeit. (…) Als sie sich von Greiz verabschiedete, sagte sie: „Du warst immer gut zu mir. Aber wie warst Du zu Deiner Frau? Sie wird einmal dafür belohnt werden, daß sie Dich nicht verlassen hat." Einmal, als ich ihr von meiner Krankheit erzählte, sagte sie: „Es gibt keinen Zufall. Wer wirft Dir den Zufall zu? Das ist Gott."[96]

Ihre Ratschläge, besonders auch der, Bücher zu lesen, statt die Zeit mit profanen Tätigkeiten zu verschwenden, gefallen ihm sehr. Harald Seidel erzählt weiter:
Trotz oder vielleicht gerade wegen seines religiösen und spirituellen Denkens hat Günter sich von der Kirche als Institution getrennt. Sie ist für ihn wie eine Partei gewesen, die an ihren Dogmen festhält. Hier war er Tolstoi durchaus ähnlich, der auch aus der Kirche ausgetreten ist und zugleich seine eigene Religiosität vertiefte.

Die Wurzeln führen zurück bis in die Zeit als kleine Jungs, als wir zu den Sternen schauten und fragten: Was ist dahinter? Das war ein erstes naiv philosophisches Hinterfragen des Ursprungs allen Seins. Dieses Hinterfragen spielt eine große Rolle in seiner literarischen Arbeit. Auch als Gegenpol zur materialistisch vereinfachenden Weltanschauung in der DDR. Charly wollte eigentlich nie vordergründig politisch sein. Aber indem er eigenständig dachte und seine Schlussfolgerungen zog, wurde er politisch.

Günter Ullmann liest jedes ihm erreichbare Buch, das sich mit dem Verhältnis von Wissenschaft und Erkenntnisfähigkeit auseinandersetzt. Es sind meist Bücher, die in der DDR nicht verlegt werden. Beim Beschaffen ist Harald Seidel besonders kreativ. Auf der Leipziger Buchmesse lässt er vom Stand des Fischer-Verlages ein Buch von Sigmund Freud mitgehen. In der Leopoldina verschafft er sich einen Überblick über Bücher, die Schnittstellen zwischen Naturwissenschaft Religion und Philosophie behandeln. Er schreibt westdeutsche Verlage an, bittet um Werke von Carl Friedrich von Weizsäcker und anderen. Die meisten Bücher werden vom Zoll beschlagnahmt, sie widersprächen den Einfuhrbestimmungen der DDR.
In einem seiner Essays setzt Günter Ullmann sich mit der Frage unserer Erkenntnisfähigkeit auseinander, und es ist bemerkenswert, auf welche Quellen er sich dabei bezieht:
Die „Positivisten" des vorigen Jahrhunderts erklärten die Welt als eine Maschine, die sich selbst geschaffen hat. Im Siegeszug der Aufklärung und wachsender Vernunft hatte jedes Ding und jede Erscheinung seine Ursache und seine Wirkung. Die ganze Welt schien determiniert.
Die Quantenmechanik und die Relativitätstheorie der Physiker brachten am Anfang unseres Jahrhunderts die materialistischen Fundamente ins Wanken. (…) Der englische Philosoph Sir Karl Popper beschrieb unsere Welt mehr als „Wolke", nicht als „Uhr". Die Farben existieren nur in uns, weil wir die verschiedenen Frequenzen des Lichtes als solche wahrnehmen. Das Licht ist Welle und Teilchen. Ich glaube, alles ist sowohl als auch. Alles ist relativ. (…) Obwohl unsere Möglichkeiten, die Welt zu erkennen, sehr begrenzt sind, … gibt es immer wieder Propheten, die behaupten, den Stein des Weisen gefunden zu haben.

(…) Carl Friedrich von Weizsäcker stellt in seinem Werk Verbindungen her zwischen den Religionen und den Naturwissenschaften. Hoimar von Ditfurth läßt in seinen „Evolutionsgeschichten" ahnen, mit wie viel Geist, Liebe und Fantasie diese Welt „gemacht" ist. Viele moderne Naturwissenschaftler und Philosophen wie Teilhard de Chardin finden Brücken zum Transzendenten. (…) Viele gläubige Menschen trennen die Welt des Geistes von der Welt, in der sie leben. Der Geist wirkt in allen Dingen. Auch im Alltag, im Zufall, im Fehler … Von Anfang an ist die Evolution auch die Entwicklung zur Bewußtwerdung des Geistes.[97]

Aus seinen philosophischen Überlegungen heraus findet Günter Ullmann zu einer zutiefst ehrfürchtigen Faszination gegenüber dem Sein. Gott und Sein sind für ihn eins. „Angesichts des Nichts", sagt er, „ist jede Kleinigkeit, jedes unscheinbare Blatt, jeder Grashalm ein Wunder." Selbst jedes weiße Blatt Papier ist es wert, geachtet zu werden. Diese Überzeugung war ja bereits in seinem Schüleraufsatz Klasse Sieben angeklungen.
Er ist zunehmend überzeugt, die Schöpfung, die Evolution, das Sein können wir allenfalls ansatzweise verstehen, und nur, wenn wir darüber staunen können. Dabei meint er nicht jenes kindlich naive, sondern ein existentielles, im höheren Bewusstsein wiedergefundenes Staunen:

STAUNE

daß du bist
erlebe die welt
als wunder
jedes blatt hat sein
geheimnis
jeder grashalm bleibt ein
rätsel
verlerne das staunen nicht
wenn man dir eintrichtert
wie normal und
einfach alles ist[98]

ALLES SPRICHT

der mensch das tier
die pflanze
selbst der stein lächelt
wenn du ihn sanft berührst

alles spricht
der himmel die erde
das wasser das feuer
nur wir sind blind und
taub
und verstehen uns
nicht[99]

ICH BIN

also ist
gott

und sieht
sich

in meinem
spiegel[100]

Joachim Walther, der 2008 in der *Verschwiegenen Bibliothek* der Edition Büchergilde dankenswerterweise den Band *Die Wiedergeburt der Sterne nach dem Feuerwerk* mit Gedichten Günter Ullmanns herausgegeben hat, schreibt in einem Porträt über den Lyriker: „Er selbst spricht von seiner Suche nach dem Archetypischem, nach ‚metaphysischen Formeln', und er meint, zu Recht, wie auch ich meine, in seinen besten Gedichten diese ‚Zeichen der Transzendenz' zu finden."

Günter Ullmann entwickelt in einer Zeit, in der die schmalspurige materialistische Lehre zum Dogma erhoben ist, für sich nicht weniger als eine eigene Weltanschauung. Sie ist seine Insel und sie ist eine Kampfansage an die dogmatische sozialistische Philosophie. Im Zentrum seiner Glaubensphilosophie stehen die Fragen: Woher kommen wir? Wer sind wir? Wohin gehen wir? Nach dem Ende der DDR wird er seine Überzeugung in diese Betrachtung fassen:

DAS STAUNEN
Sollten wir nicht mit Erstaunen feststellen, daß es die Erde gibt, die Sonne, den Mond, die Sterne, die Planeten, das Universum, Licht, Luft, Feuer, Wasser, Pflanzen, Tiere und schließlich den Menschen? Komplizierte Strukturen, Systeme, Gesetze, Sprache, Musik, Liebe, Denken und Gefühle. Sollten wir nicht mit Staunen jedes Blatt und jeden Halm wahrnehmen und der Großartigkeit und Schönheit des Seins und unserer Existenz gegenüberstehen?
Wer den Zauber des Staunens erleben kann, begreift, daß die „Welt" weder materialistisch faßbar, noch erkenn- oder erklärbar ist und daß Materie nicht sein kann ohne Geist. (…)[101]

Das Jahr 1976 erlebt nicht nur mit der Biermannausbürgerung eine folgenschwere Zäsur. Schon drei Monate zuvor, im August, ist über Nacht der Name Oskar Brüsewitz in Ost wie West in aller Munde.
Das Fanal seiner öffentliche Selbstverbrennung am Vormittag des 18. Augusts 1976 vor der Michaeliskirche in der Zeitzer Fußgängerzone ist ein unüberhörbarer Aufschrei gegen die SED-Willkür, aber auch gegen die Unterwerfung der Kirchenleitung „im Interesse eines guten Verhältnisses". Bevor er sich mit Benzin übergießt, entfaltet er ein Transparent mit der Aufschrift: „Die Kirchen klagen den Kommunismus wegen Unterdrückung der Jugend an."
Über westdeutsche Rundfunk- und Fernsehsender wird auch in der DDR bekannt, wie Brüsewitz in der Vergangenheit mit kreativen Protesten den Zorn der Funktionäre auf sich zog. Als er mit vierzig seine erste Pfarrstelle im Dorf Rippicha bei Zeitz antreten konnte, errichtete er als Erstes ein bis zur Autobahn sichtbares großes Neonkreuz auf dem Kirchturm. Seine Botschaft: Trotz DDR: Die Kirche lebt!

Zu einem weiteren Dauerstreitobjekt mit regionalen Funktionären kulminierte der „Evangelischer Kinderspielplatz", seine Antwort auf die Indoktrination von Kindern und Jugendlichen durch den Staat. Als ein Pappschild am Bürgermeisteramt stolz „25 Jahre DDR" verkündete, stellte Brüsewitz auf seinem Gelände gegenüber die Tafel „2.000 Jahre Kirche Jesu Christi" dagegen. Im Frühjahr 1976 gab die Kirchenleitung dem massiven Drängen staatlicher Stellen nach und empfahl die Versetzung des renitenten Pfarrers. Für ihn ein unerträgliches Nachgeben.
Gegen diesen Mann betreibt das SED-Zentralorgan Neues Deutschland nach seinem letzten und radikalsten Protest eine ungeheuerliche Diffamierungskampagne. Die Unterstellung, er sei „anormal und geisteskrank" gewesen, machen ihn DDR-weit zu einem Symbol des Widerstands.
Trotz massiver staatlicher Gegenmaßnahmen kommt es zu einer Welle der Solidarität mit Brüsewitz' Witwe und im ganzen Land zu einem neuen Schub alternativer Jugendarbeit in den Jungen Gemeinden. Durch diesen Märtyrer erstarkt das Selbstbewusstsein in kirchlichen Umwelt- und Friedensgruppen.

In Greiz gestaltet die Holzbildnerin Elly-Viola Nahmmacher (1913–2000) 1977 eine Holzplastik als Brüsewitz-Mahnmal. Die besonders in Kirchenkreisen bekannte Holzbildhauerin hat mit christlichen und biblischen Motiven zu diesem Zeitpunkt bereits ein beeindruckendes Werk geschaffen. In ihrer Formensprache lehnt sie sich bewusst an Henry Moore und Ernst Barlach an. Und doch tragen ihre Plastiken eine ganz individuelle Handschrift. Durch Aushöhlungen und Lichtdurchbrüche, oder einfach, indem die Konturen dem natürlichen Wuchs des Holzes und seiner Maserung folgen, vermitteln sie den Eindruck von Leichtigkeit und Spiritualität.
Seit Jahren schon wird Frau Nahmmacher von Günter Ullmann und mehreren seiner Freunde gern in ihrem „Dichtergarten" besucht. Unter ihnen ist auch Manfred Böhme – und das nicht allein aus künstlerischem, literarischem, philosophischem Interesse.
1974 hatte er sich in der ihm eigenen Art in ihrem Gästebuch verewigt:

Greiz, am 27.8.74

Suchend findet nur der
    ein Haus,
der nicht fürchtet,
in der Weite
    zu sterben.
        Bö.
    Herzlichen Dank
    für vieles.[102]

Unterzeichnet ist die Seite auch mit dem Schriftzug G. Ullmann.
1977 berichtet Böhme der Staatsicherheit von Elly-Viola Nahmmachers Arbeit an einer Holzskulptur in Erinnerung an Oskar Brüsewitz.
Diese Plastik stellt eine aus Flammen wachsende Gestalt dar, deren Kopf behütet wird durch eine kuppelähnliche Umhüllung. Aus den Flammen greifen knöcherne Hände nach einer Schrift, die die Gestalt schützend vor ihre Brust presst.
Böhme, der als IM auf die Künstlerin angesetzt ist, kann seinen Führungsoffizieren berichten, dass die westdeutsche Partnerkirchgemeinde diese Plastik kaufen möchte. Nach dieser Information wird Elly-Viola Nahmmacher von Funktionären der SED-Bezirksleitung, Abteilung Kultur kurz vor Totensonntag unter Druck gesetzt, die Skulptur an das Stadtmuseum Gera zu verkaufen, andernfalls werde sie beschlagnahmt. In Gera verschwindet die aufstörende Brüsewitz-Plastik bis 1989 im Museumsdepot. Nicht nur in Greiz sind viele über diesen schikanösen Akt empört. Günter Ullmann dichtet:

NACHRUF

Für Oskar Brüsewitz

du hast die
hölle

der ddr vor-
gezogen

der krieg be-
ginnt

um deine
asche[103]

In Verehrung der Künstlerin wird Günter Ullmann in den 1990er Jahren die Serie *Lichtkreuze*, das sind zehn Gedichte von ihm zu zehn ihrer Plastiken, auf Fotopostkarten herausgeben.

Nach Böhmes erfülltem Spitzelauftrag gegen die Greizer Holzplastikerin halten die Führungsoffiziere den Kontakt zu ihrem IM nur noch zum Schein aufrecht. Gegen ihn wird eine Operative Personenkontrolle unter dem Decknamen OPK „Täuscher" eingeleitet. Zu oft hatte er in seinen Berichten übertriebene, bisweilen auch falsche Informationen geliefert. Bei den Treffs mit seinen Greizer Führungsoffizieren zeigt er zudem verstärkt Züge von Überheblichkeit. Das nehmen sie ihm übel. Dazu kommt, selbst die, über die er Berichte lieferte, stehen in einer Weise zu ihm und unterstützen ihn nach seiner Entlassung als Kulturbundsekretär in einem Maße, dass seine Führungsoffiziere vermuten, er könnte doppeltes Spiel mit ihnen treiben. Ihr Misstrauen spiegelt sich im Maßnahmeplan zur Überprüfung des IMV „Paul Bonkarz" vom 8.11.1977: Nach „operativ wertvollen Informationen", die der IM über Jahre geliefert habe, sei in letzter Zeit festzustellen, dass „strafrechtlich relevante Informationen (Beweise) nicht mehr erbracht werden und die Berichterstattung verflachte. Es besteht der Verdacht, dass der IMV die Vorgangspersonen vor strafrechtlichen Sanktionen schützt". Böhme erscheint seinen Führungsoffizieren inzwischen so fragwürdig, dass er von der „Vorgangsperson Ullmann im OV Medium zurückgezogen" wird.

Dieses Misstrauen innerhalb des MfS entgeht ihm nicht. Damit und aus seiner Persönlichkeitsspaltung heraus ist vielleicht erklärbar, weshalb er sich mehrfach anonym selbst anzuzeigen versucht, indem er mit verstellter Stimme bei der SED-Kreisleitung Leipzig und der SED-Bezirks- und Kreisleitung Gera anruft. Mit diesen Anrufen bezichtigt er einen gewissen Manfred Böhme verschiedener staatsfeindlicher Aktivitäten, darunter eine geplante Demonstration mit Jugendlichen für Reiner Kunze, denen die Genossen unbedingt nachgehen müssten.

Er wünscht seine Überprüfung, um Loyalität beweisen oder zumindest für die Zukunft versprechen zu können. Doch die erhoffte Aufmerksamkeit bleibt aus. IMV „Paul Bonkarz" wird abgeschaltet.

Im Greizer Freundeskreis weiß niemand, wo Böhme sich befindet. Gerüchte machen die Runde, er sei verhaftet worden. Arnold Vaatz erzählt:

Ich habe mich gefragt, wieso verschwindet Böhme und hinterlässt bei niemanden seine Adresse. Wieso kann niemand bestätigen, ob er eingesperrt ist …

Ich wusste, er hatte einmal einer Schulfreundin von mir in Leipzig, wo sie studieren wollte, eine Wohnung besorgt. Diese Wohnungsadresse kannte ich. Inzwischen studierte sie nicht mehr in Leipzig und ich fragte mich, was mit dieser Wohnung sei. Also bin ich mit meiner Frau – sie ist Zeugin – im Januar, Februar 78 dorthin. Ich klingelte und wer kam raus: Manfred Böhme. Im Knast war er zu der Zeit also definitiv nicht.

Ich habe ihm auf den Kopf zu gesagt, dass ich in Greiz festgestellt hatte, wie sich die Leute voreinander in Acht nahmen. Dass sie sich so misstrauten, habe mit ihm zu tun. Ich habe gesagt: „Ich kann mir das nicht anders erklären, als dass du für diesen Verein arbeitest. Alles andere hätte keine Logik, auch nicht dein Verschwinden. Logisch erscheint dagegen, als du in Greiz warst, hattest du die Aufgabe, den Lyrikzirkel von Kunze fernzuhalten und Kunze so weit wie möglich zu isolieren. Jetzt, wo er weg ist, werden deine Dienste dort nicht mehr gebraucht. Also wirfst du wie Eulenspiegel die Schuhe unter die Leute, damit sie sich streiten und verschwindest."

Daraufhin zeigte er mit dem Finger an mir vorbei und schrie: „Hier ist die Tür! Raus!" Meine Frau war auf eine solche Konfrontation überhaupt nicht gefasst, die schlotterte richtig.

Er rief noch einmal: „Raus hier!" Ich darauf: „Damit, das will ich dir nur sagen, ist unsere Beziehung zu Ende."
Draußen hat er auf dem Klingelbrett alle Leute herausgeklingelt und uns die wüstesten Verwünschungen hinterher geschrien, so als ob wir ihn beklauen wollten, oder sonst etwas.

Ende März 1978 wird Manfred Böhme verhaftet. Am Ostersonntag hatte er seine Frau und kleine Tochter in Triptis besucht, wo es vermutlich zu einem Familienstreit kam. Danach fährt er nach Leipzig und am selben Abend weiter nach Magdeburg, um Bekannte zu besuchen. Doch in seinem aufgestauten Frust beginnt er, unterwegs Losungen auf einzelne Blätter zu schreiben.
Am Ende sind es fünfunddreißig Flugblätter mit Sätzen wie diesen:
„Marx wurde von seinen Gegnern gehasst? Von seinen Freunden aber verraten."
„Sie haben Marx selbst nicht gelesen. Sonst würden sie sich schämen! GIM" (Gruppe Internationaler Marxisten, d. Verf.)
„Biermann hat recht. ‚Du, laß dich nicht verhärten in diesen harten Zeiten!'"
„Keinen Mann und keinen Pfennig mehr für dieses System, das uns für Westmark verkauft!"
„Arbeitet, schuftet, damit noch mehr Angestellte und Informierte den Honig fressen. GIM" [104]

Während der Bahnhofseinfahrt in Magdeburg wirft er die Blätter aus dem Toilettenfenster und zeigt sie, da niemand auf sie aufmerksam wird, einem Transportpolizisten an. Eine grafologische Untersuchung identifiziert ihn wenig später als Urheber, und er hat sein Ziel erreicht: Die „Organe" widmen ihm wieder ihre ganze Aufmerksamkeit.
Zunächst wird er unter dem Tatvorwurf „Staatsfeindliche Hetze" in die Stasi-U-Haft nach Gera überführt, danach kommt er für knapp vier Monate bis zum 17. Juli 1978 in die zentrale U-Haft in Berlin Hohenschönhausen. In dieser Zeit schließen ihn seine Genossen aus der SED aus. Das ist bei schwereren politischen Vergehen üblich. Gegenüber seinem Vernehmer Seidel von der Hauptabteilung Strafermitt-

lung in Gera und seinem Vernehmer Major Berndt in Hohenschönhausen bettelt er regelrecht um „Wiedergutmachung durch operative Arbeit". Er bittet und erhält Schreiberlaubnis, um zusammenhängende Einschätzungen über sich und von ihm bespitzelte Personen liefern zu können. Auf diese Weise verfasst er bereits am 2. April 1978 in der U-Haft Gera sein 20-seitiges belastendes Dossier über Günter Ullmann und schiebt am 8. Juli ein zweites in Hohenschönhausen nach. Zuvor, am 2. Juli, richtet er einen siebenseitigen, sehr persönlich gehaltenen Brief an seinen Vernehmer Berndt, in dem er seine Reue bekundet und darum bittet, das MfS möge ihn nach „Verbüßung meiner Haftzeit" nicht fallen lassen. Unter anderem schreibt er:

Sehr geehrter Herr Major!
(...) Für mich ist es die höchste Strafe, nicht mehr Genosse zu sein. Das können Sie vielleicht verstehen. Daran trage ich hart genug! (...) Glauben Sie, ich empfinde tiefe Scham, wenn ich an die Flugzettel vom Magdeburger Bahnhof denke. Ihren Inhalt möchte ich, wenn ich das könnte, vergessen machen. (...) Meine Schuld begann bereits dort, wo ich mit Unaufrichtigkeit zu kaschieren versuchte, daß mein Wollen meine physischen und psychischen Kräfte weit überstieg. (...) Vielleicht kann man doch noch überlegen, ob ich einmal wieder Ihrem Organ nützlich sein könnte (gemeint auch hier: nach dem Strafvollzug).
Gez. Manfred Böhme

Zwar attestiert ihm ein während der U-Haft erstelltes psychiatrisches Gutachten „auffällige Ich-Überhöhung", doch dieser Mann mit dieser Tarnung als Oppositioneller ist zu verlockend für das MfS. Erich Mielke persönlich bestätigt seine U-Haft-Entlassung ohne Strafprozess, um ihn nicht zu dekonspirieren. In der Folgezeit darf er sich gegen künstlerisch und kirchlich oppositionelle Kreise in Mecklenburg bewähren. Böhme erlangt das Vertrauen von Markus Meckel und Wolfgang Templin und so den Zugang zu den wichtigsten Oppositionsgruppen im Land. In Berlin taucht er 1987 in der oppositionellen Szene auf, arbeitet in der „Initiative für Frieden und Menschenrechte" mit. Als Top-IM „Maximilian" befolgt er den Auftrag: Bremsen, aber nicht blockieren. Und er liefert bändeweise

Dossiers. Bärbel Bohleys Lebenspartner Werner Fischer wird über seine Schizophrenie später sagen: „Er wollte schon zur Familie gehören. In seinem Fall zu zwei Familien."

Böhmes ausführliche Informationen während seiner viermonatigen U-Haft sind für die MfS-Kreisdienststelle Greiz und die Bezirksverwaltung Gera von hohem Interesse.

Bereits vor Böhmes Verhaftung Ostern 1978 hatte Hauptmann Knoll als Bearbeiter des OV „Medium" in der KD Greiz eine Konzeption für Vernehmungen Günter Ullmanns erarbeitet und darin belastende Aktivitäten zusammengefasst – feindliche Plattformbildung, Solidarisierung mit Biermann, Fuchs und Kunze, literarische Werke mit negativem Inhalt … Geklärt werden sollen Rolle, Zielstellung und Verbindungen Ullmanns.

Jetzt geben Böhmes belastende Aussagen den Ausschlag, dass Oberst Weigelt, der Stellvertreter Operativ aus Gera, die Konzeption am 20.4.1978 nicht nur bestätigt, sondern erweitert. Mit den Verhören Ullmanns beabsichtigen die Vernehmer gleichzeitig, den Wahrheitsgehalt, damit die Glaubwürdigkeit von Böhme zu prüfen. Unter der Legende, Böhme befinde sich nach wie vor in U-Haft, wird Günter Ullmann zu „zeugenschaftlichen Aussagen" vorgeladen. Im Greizer Freundeskreis weiß keiner, dass Böhme inzwischen am Theater in Neustrelitz und als IMS „Bernd Rohloff" aktiviert ist, weit genug weg, um seine Dekonspiration in Greiz weitgehend auszuschließen. Die erste Vernehmung wird nach längerer Krankschreibung Günter Ullmanns für den 12. Oktober 1978 im Vernehmerzimmer der Abteilung IX, Strafermittlung der Bezirksverwaltung Gera festgelegt.

Nach einem vorher abgestimmten Szenarium bestellt der Kaderleiter des Baukombinates und Gesellschaftliche Mitarbeiter der Staatssicherheit GMS „E. Mayer" Günter Ullmann um 7.30 Uhr in sein Arbeitszimmer. Dort erwarten ihn bereits zwei Mitarbeiter des MfS. Die eröffnen ihm, es lägen Informationen vor, die eine Befragung auf der Dienststelle des MfS erforderlich machen würden. Günter Ullmann fühlt sich überrumpelt, sagt: „Da muss ich erst meine Frau anrufen." Die Genossen geben sich verwundert: „Folgen Sie jetzt unseren Anweisungen und kommen Sie mit." Vor dem Gebäude des Ingenieurhochbaus wartet ihr Lada. Der im Fond neben ihm Platz nimmt, beobachtet, wie Ullmann seine Nervosität unterdrückt. Der Wagen fährt in die Fritz-Diener-Straße neben dem Amthordurchgang, jener Passage, die fast jeder, auch Günter Ullmann, wenn er von der Fußgängerzone auf der Sorge Richtung Bahnhof geht, instinktiv meidet. Zu bedrohlich wirkt die Stasi-U-Haft, dieser ehemalige Bismarksche Knastbau mit seinen vergitterten Fenstern zur Linken, mit seiner hohen betongrauen Blendmauer und dem mächtigen grauen Blechtor und zur Rechten, nicht weniger bedrückend, die Bezirksverwaltung der Staatssicherheit mit ihren Überwachungskameras und den Posten mit MPI. Dort hinein wird Günter Ullmann geführt.

Was er nicht weiß, wer hier vernommen wird, soll nicht zwangsläufig im U-Haft-Trakt landen und also auch nicht gleich von seinen Anblick irritiert werden. Hier wollen sie von ihren Opfern meist noch etwas anderes, als nur ein Schuldeingeständnis.

Im Vernehmungszimmer 106 sitzt er unversehens drei Mitarbeitern des MfS gegenüber, Hauptmann Knoll und Leutnant Reißmann, den – was er ebenso wenig weiß – OV-„Medium"-Experten aus Greiz und Major Neumeister, Abteilung Strafermittlung Gera. Sie stellen sich nicht vor, stattdessen wird Günter Ullmann belehrt, dass er auf alle Fragen wahrheitsgemäß zu antworten habe. Vier Stunden lang nehmen sie ihn ins Kreuzverhör. Sie sind über seinen Besuch der Greizer Abschiedslesung von Reiner Kunze in der katholischen Kirche im November 1976 informiert und wollen wissen, von wem er von der Lesung erfahren habe und wer noch dabei gewesen sei. Günter Ullmann versucht sich in der schützenden Rolle des Phlegmatikers, redet sich heraus: Von der Lesung habe er durch seinen Schwiegervater erfahren, an Namen von Besuchern könne er sich nicht erinnern, er habe ein schlechtes Zeit- und Namensgedächtnis. Zu den vorgelesenen Gedichten könne er nichts sagen, Kunze habe zu leise gelesen …

Konfrontiert damit, er habe den Protestbrief gegen die Ausbürgerung Biermanns und den Verbandsausschluss von Kunze organisiert, streitet er das ab. Das sei so nicht richtig, es habe mehrere

Briefe gegeben, in denen man seine eigene Formulierung treffen wollte. Als er Namen seiner Freunde nennen soll, stellt er Zwischenfragen, warum sie die wissen wollen, was gegen sie vorliege, er versucht zu verzögern. Zu Jürgen Fuchs befragt, gibt er zu, sich mit ihm „menschlich" sehr gut verstanden zu haben, deshalb sei er auch in eine „Sicherungsmaßnahme des MfS" gelaufen. Von einer Geldsammlung für Jürgen Fuchs wisse er nichts. Er habe Lilo Fuchs irgendwann fünfzig Mark gegeben … Am Ende des Verhörs verlangen die Vernehmer, über dieses „Gespräch" Stillschweigen zu bewahren, auch gegenüber Freunden und seiner Frau. Das könne er nicht zusagen, erklärt Ullmann, er müsse möglicherweise mit ihnen reden, um sich besser erinnern zu können.

Zur Einschätzung dieser ersten „Befragung" vermerkt das Protokoll: *U. machte anfänglich einen nervösen Eindruck. Er versuchte, durch verschiedene Fragen Zeit zu gewinnen. Er versuchte so wenig wie möglich Angaben zu machen und gab nur so viel zu, wie man ihm nachweisen konnte. U. betonte an verschiedenen Stellen, daß sein Herangehen an verschiedene Probleme immer von Humanismus bestimmt ist und er immer an das „Gute im Menschen" glaubt. Weiterhin betonte er, daß er alle Dinge differenziert betrachtet.*

Die Befragung ergab, daß es bisher keine Ansatzpunkte gibt, den U. für eine Unterstützung des MfS zu gewinnen.[105]

Es folgen bis zum fünften Dezember sechs weitere Vernehmungen von bis zu sechs Stunden, meist im Abstand von einer Woche und immer im Vernehmungsraum 106.

Als Günter Ullmann am Eingang seines Betriebes zur zweiten Vernehmung abgeholt wird, fährt er recht gut vorbereitet mit. Auf die Frage, ob er sich an die Auflagen aus der ersten Befragung gehalten habe, erklärt er wie selbstverständlich, er habe mit seiner Frau sprechen müssen, um zu „erfahren, daß er am 19.11.1976 nach der Kunze-Lesung gemeinsam mit dieser nach Hause ging …" Sie wechseln das Thema, er soll zu einzelnen Passagen seines Protestbriefes gegen die Biermannausbürgerung und Kunzes Verbandsausschluss Stellung nehmen. Günter Ullmann nennt Kunze „den bedeutendsten Lyriker unserer Zeit in Europa" und die Biermannausbürgerung einen Fehler, denn der habe die DDR nicht angegriffen, sondern verteidigt. Und er erklärt: „Ich zähle mich zu den ehrlichen Menschen, und ich bin der Auffassung, jeder ehrlich denkende Mensch muss sich für Biermann einsetzen." Wenn der Staat in bestimmten Dingen Fehler mache, müsse man das auch kritisieren. Im Übrigen fühle er sich als Christ mit Berührungspunkten zu Marx. Denn: „Alle Weltanschauungen, egal, ob Marxismus, Christentum oder Buddhismus haben gemeinsame Berührungspunkte. Sie können mich nicht in eine Schublade drücken. Aber wenn Sie es doch versuchen: Ich fühle mich als linker humanistischer Christ." Er versucht sie zu überzeugen, dass Sozialismus ohne Demokratie kein Sozialismus sei, dass die Reformen in Prag der richtige Weg gewesen wären, dass auch sie sich dafür einsetzen müssten.

Wieder wechseln sie das Thema, befragen ihn zu Manfred Böhme. Doch der Verhörte bietet keine Angriffspunkte, spricht nicht über Enttäuschungen und zwischenzeitliche Spannungen, er zeichnet das Bild einer freundschaftlichen Beziehung und nennt ihn einen ehrlichen Marxisten, den er schätze.

Die Vernehmer registrieren genau, dass er seine Aussagen bewusst vage hält: Es sei möglich, vielleicht, er sei sich nicht sicher … Sie durchschauen, wie er versucht, Fragen auszuweichen, indem er das Gespräch ins Philosophische zieht, seine Haltung mit Zitaten von Brecht und Becher begründet, oder Positionen von Autoren wie Johannes Bobrowski und Hanns Cibulka anführt, von denen sie noch nie gehört haben. Sie fordern Ullmann auf, seine Herumphilosophiererei zu unterlassen und sie verlangen, wie er im Gedicht „Verhört" festhält:

Verhört

hören sie auf
uns

brecht ist
tot

und kann ihnen nicht mehr
helfen[106]

Nach dieser Zurechtweisung bestreitet Günter Ullmann so glaubhaft von einer Fuchs-Geldsammlung zu wissen, dass das Protokoll vermerkt: *Es muß eingeschätzt werden, daß ein Teil der Informationen des IM „Bonkarz" zu U. bzw. dessen Aktivitäten (Geldsammlung für Lilo Fuchs) nicht den Tatsachen entsprochen haben kann.*

Zu Beginn der dritten Vernehmung wird Günter Ullmann unvermittelt gefragt, warum seine Frau während der beiden vorangegangenen Aussprachen auf seiner Arbeitsstelle angerufen und sich nach ihm erkundigt habe. Er erklärt, sie habe gewusst, wo er sich befinde und sich Sorgen um seinen psychischen Gesundheitszustand gemacht. Danach bohren die drei Stasi-Offiziere nach ihrem vorbereiteten Fragespiegel weiter zu Böhme, Fuchs, Biermann, Havemann. Günter Ullmann versucht wieder und wieder, seine Position literarisch und philosophisch zu begründen. Er hat den Eindruck, seine Gegenüber drehen sich im Kreis. Am Ende der Vernehmung meint er es ernst, als er ihnen vorschlägt, ihn vorerst nicht mehr vorzuladen. Auf die verdutzte Frage, wie er darauf käme, antwortet er: „Ich müsste sonst vermuten, Sie wollen meinen schlechten Gesundheitszustand ausnutzen, um mich zu belasten."

Nach 14 Tagen wird er erneut vorgeladen. Jetzt drehen sich die Fragen vor allem um Arnold Vaatz: Er habe ihn durch seinen jüngeren Bruder kennengelernt und: Ja, Vaatz und er vertreten eine ähnliche Lyrik.

Unvermittelt wird ihm sein Gedicht *Vogelscheuche* herübergeschoben: „Stammt das von Ihnen?" Er bejaht und versucht sich nicht anmerken zu lassen, wie es in ihm arbeitet. „Nehmen Sie Stellung dazu." Er habe die Vogelscheuche auf dem Feld stehen sehen und dazu ein Bild vor Augen gehabt, wie Kinder aus der Ferne eine Uniform sahen und kopflos davonliefen. Als sie sich herantrauten, erkannten sie die Vogelscheuche. „Verarschen Sie uns nicht, dass ist doch eine Armeeuniform!" Ullmann schaut auf das Blatt vor sich und dann zu dem Stasi-Mann: „Wie kommen Sie darauf? Das ist nur eine alte Feuerwehruniform."

Übergangslos interessieren sich die Vernehmer für seine Veröffentlichungsversuche. Ja, er habe versucht, eine Lyrikanthologie im Greizer *Heimatboten* herauszugeben, was Manfred Böhme wegen Papierknappheit abgelehnt habe. Daraufhin hätte er Gedichte an Richard Pietraß für die Lyrik-Anthologie *Auswahl 78* eingeschickt, leider zu spät. Von Pietraß habe er lange nichts mehr gehört. Ja, er habe auch Kindergedichte an den Kinderbuch-Verlag geschickt. Die seien abgelehnt worden, weshalb er vermute, er stehe nach dem Biermann-Brief auf der schwarzen Liste und die Staatssicherheit stecke dahinter. Auf die Frage, ob er weitere Veröffentlichungen plane, sagt er: „In meinem Gesundheitszustand schreibe ich jetzt nur für die Schublade. Ich möchte mich auch nicht aufdrängen."
In der fünften Vernehmung wird er aufgefordert, das nächste Mal eigene Gedichte vorzulegen, damit sie sich ein Bild machen könnten. Es ist zugleich ein Test seiner Kooperationsbereitschaft.
Bei der nächsten Vorladung am 23. November befragen die drei Vernehmer Günter Ullmann längere Zeit erneut zu Arnold Vaatz und zu ihrem Lyrikzirkel und dann unvermittelt: „Haben Sie Ihre Gedichte mit?" Er sagt ihnen ebenso direkt, dass er es sich überlegt habe und dem MfS keine unveröffentlichten Gedichte mit politischem Inhalt zur Einsicht geben werde, denn sie würden sicher versuchen, ihm daraus einen Strick zu drehen.
Günter Ullmann ist angespannt und erschöpft. In dieser Situation legen sie ihm zwei seiner Gedichte vor, *DDR-Bürger* und *Nachruf / Für Oskar Brüsewitz*, und verlangen, dass er sich äußere. Für einen Moment zeigt er sich irritiert. Wie kommen die an die Gedichte?

DDR-
BÜRGER

wenn die im westen sich anmaßen sollten
für ganz europa
zu sprechen

werden wir uns
entscheiden müssen

keine europäer
zu sein[107]

Er weiß, mit diesem Gedicht bewegt er sich auf gefährlichem Terrain. Denn es richtet sich gegen die Verfassungsänderung der DDR von 1974, in der der Begriff „deutsche Nation“ gestrichen wurde, um eine eigene DDR-deutsche Nationalität zu behaupten. Damit hat sich die SED-Führung für alle Welt sichtbar gegen die politische Position der Bundesregierung gestellt, alle Deutschen seien Angehörige einer gemeinsamen Nation und hätten damit letztlich auch das Recht, als Bundesbürger anerkannt zu werden. Spitzfindig versucht Günter Ullmann zu argumentieren, wenn die Frage der deutschen Nation nur auf die Bundesrepublik abgewälzt werde, heiße das doch, DDR-Bürger besitzen keine deutsche Nationalität mehr, oder?
Mit dieser Schlussfolgerung provoziert er ärgerlichen Widerspruch der drei, die wissen, in diesem Raum kann auch mitgehört werden. Sie überbieten sich in Begründungen einer eigenständigen DDR-Nationalität und Staatsbürgerschaft.
Unter dem Eindruck dieser verbalen Eskalation scheint es Günter Ullmann ratsamer, seinen Nachruf für Oskar Brüsewitz sehr vorsichtig zu verteidigen. Er sagt, Brüsewitz Tod sei, so wie er es sehe, ein Problem der Kirche selbst. Und Selbsttötung sei doch immer ein Sündenfall.

Über die Einzelheiten diese Vernehmungen spricht Günter Ullmann kaum, weder im Freundeskreis noch mit seiner Frau. In einem unserer späteren Gespräche sagt er rückblickend: „In den Verhören war ich, glaube ich, ziemlich stark. Zu Hause fühlte ich mich depressiv und verfolgt.“
Was Günter Ullmann nicht weiß, neben der Überprüfung Böhmes beabsichtigen die Mitarbeiter des MfS von ihm ein Schuldbekenntnis seiner „staatsfeindlichen Aktivitäten“ zu erlangen. Das eigentliche Ziel ihrer „Gespräche“ ist es, ihn zur „Wiedergutmachung“ oder unter Druck als Inoffiziellen Mitarbeiter zu verpflichten. Deshalb wenden sie auch keine aggressive Verhörtaktik an. Bereits in der ursprünglichen „Konzeption zur Befragung der Vorgangsperson“

hatte Oberstleutnant Müller, der Leiter der Kreisdienststelle Greiz handschriftlich vermerkt:
Mehrmalige Aussprachen sind auch durchzuführen, wenn der U. keine oder wenig Bereitschaft zeigt.
Der angestrebte Gewinnungsprozess kann schwierig werden, auf Unwillen des U. stoßen. Trotzdem muß „der Kampf um diese Seele" hartnäckig geführt werden, weil wir mit U. (und wenn es noch so lange dauern sollte und wir mehrmals die operative Taktik ändern sollten) in den Untergrund vorstoßen.[108]

Nach sieben Vorladungen müssen die Mitarbeiter der Staatssicherheit jedoch eingestehen: Ziel nicht erreicht. Sie entlassen Ullmann mit einer Verwarnung und der Auflage, keine Notizen oder Gedichte über die „Befragungen" zu verfassen, keine politisch, negativen Gedichte zu verbreiten oder an Jürgen Fuchs in Westberlin und andere zu schicken und *„künftig keine Aktivitäten, die gegen die DDR gerichtet sind (Biermann u. a.) mehr durchzuführen, andernfalls wird U. wieder vom MfS bestellt."*[109]

Günter Ullmann ist nach seinen Vorladungen zutiefst irritiert, und je weniger er darüber spricht, umso mehr arbeitet es in ihm: Woher wissen sie, dass er Kunzes Buch *Die wunderbaren Jahre* besitzt? Wieso konnten sie wissen, dass er vor einem Jahr Gedichte und belastendes Material bei Klaus Rohleder in Waltersdorf versteckt hat? Wieso sind sie im Besitz seiner brisanten Gedichte? Gibt es eine undichte Stelle. Er kann sich diese Fragen nicht erklären, spürt nur, wie das Unerklärliche in Schüben von ihm Besitz ergreift und ihn immer mehr zermürbt.
Er zermartert sich das Hirn. Böhme scheidet aus. Der sitzt in Haft. Deswegen wurde er ja vernommen. Manfred ist sauber, ist einer von ihnen, und keiner weiß, wie es ihm geht. Eine undichte Stelle? Je mehr er grübelt, umso fassungsloser wird er, umso mehr verdächtigt er seine Freunde, auch Rubi und Schotte.
Woher wusste die Stasi so genau über seine Gespräche mit Arnold Vaatz Bescheid? Woher hat sie ihre Informationen? Wird er abgehört? Er verdächtigt auch seine Schwester und den Schwager im

Haus. Als Arzt ist er auch Musterungsarzt für das Wehrkreiskommando. Die Verdächtigungen sind ein schleichendes Gift.

Im Februar 1979 wird Günter Ullmann für ihn völlig überraschend aus der Geraer Verwaltung nach Greiz versetzt. Eigentlich könnte er froh sein, damit ist er das Arbeitsklima und die Kollegen los, die ihn krankgemacht haben. Aber jetzt wird er als Bauarbeiter eingesetzt. Er weiß, mit seiner Konstitution ist er den körperlichen Belastungen auf Dauer nicht gewachsen, die Normen kann er nicht schaffen.
Er befürchtet zu Recht Spannungen in der Brigade und vermutet, bei seiner Versetzung war die Stasi im Spiel. Sie wollen ihn fertigmachen. In den Folgejahren beantragt er mehrfach seine Versetzung wieder auf eine Stelle als Bauschreiber. Sieben Jahre lang wird dem nicht stattgegeben. Günter Ullmann arbeitet bis 1985 als Bauarbeiter in Greiz und Umgebung. Wird der Druck zu groß, bleibt ihm als Ausweg nur die Krankschreibung.

Der Operative Vorgang „Medium" gegen den oppositionellen Kreis um „media nox" und ihre „Hauptvorgangsperson" Günter Ullmann wird im April 1979 abgeschlossen mit der Einschätzung: *Durch die eingeleiteten operativen Zersetzungs- und Förderungsmaßnahmen wurde unter den Vorgangspersonen ein hoher Grad der Verunsicherung erreicht, so dass in der Folgezeit nicht mit öffentlichkeitswirksamen feindlichen Aktivitäten zu rechnen ist.*[110]
Sie stehen jedoch weiter unter Beobachtung und werden, sobald das MfS neue „Vorkommnisse" registriert in neuen Operativen Vorgängen wie Arnold Vaatz im OV „Primus" oder in Operativen Personenkontrollen bearbeitet. Auf diese Weise wird im Februar 1981 eine OPK „Schreiber" gegen Günter Ullmann eröffnet.

Innere Emigration

Literarischer Durchbruch und die Folgen

Günter Ullmann und seine Frau leben jetzt häufig unter hoher psychischer Anspannung, sie sind immer in Furcht vor weiteren Stasi-Schikanen. Auch die körperliche Arbeit auf der Baustelle hinterlässt ihre Spuren. Zwar hat er das Glück, gleich um die Ecke, auf dem Hainberg zu arbeiten, wo 60 Wohnungseinheiten errichtet werden. Aber er muss am Betonmischer stehen. Zu Hause zieht er sich noch häufiger als früher in seine Schreibklause zurück. Oft raucht und sinniert er nur.

ABENDS
WENN ALLE WÄNDE

mir auf
die finger sehn

schreib ich vor hungriger
flamme

und jedes wort
sieht dich an

zeigt eine neue
wunde

und
hofft[111]

In dieser Situation ereilt die Familie ein weiterer schwerer Schicksalsschlag.

Gerhard, Günters zehn Jahre jüngerer Bruder, studiert in Jena Psychologie. Jeder bewundert ihn für seine Intelligenz, aber Arnold Vaatz, der

mit ihm seit ihrer Oberschulzeit befreundet ist, erinnert sich auch, wie er immer in sich gekehrter wird und seltsame Fragen stellt. Aus dem Studium heraus wird der Bruder in die Psychiatrie nach Stadtroda eingewiesen. Dieter Ullmann, der Arzt diagnostiziert rückblickend:
Es war eine endogene, eine von innen kommende depressive Psychose. Sie hatte bei Gerhard nicht so halluzinatorische Züge wie bei Günter.

Im Sommer 1979 ist Günter Ullmann mit seiner Frau und den beiden Söhnen bei Arnold Vaatz und dessen Verlobter zu Besuch. Sie wollen sich ein paar schöne Tage machen, Dresden ansehen und sich entspannen. Arnold Vaatz erzählt:
Ich wohnte außerhalb auf einem Bauernhof, da wollten wir zusammen eine Woche Urlaub verbringen. Nachdem wir am ersten Tag aus der Stadt zurückgekommen sind, stand vor dem Gehöft ein Shiguli mit Geraer Kennzeichen. Wir fuhren mit unseren Trabants auf den Hof. Ich habe noch den Kofferraum ausgeräumt. Da kam Kyrill, der kleine Sohn von Günter, und sagte: „Du, der Onkel Gerhard, der in unserem Haus wohnt, ist tot."
Das Auto gehörte seinem Schwager, der war gekommen, ihnen das mitzuteilen. Die Angelika hatte schon zusammengepackt und kam weinend die Treppe runter. Günter ging wortlos hinterher. Ohne Regung. Er hatte eine Tasche in der Hand und hat sich nur mit den Worten verabschiedet: „Wir müssen jetzt los." Sie sind sofort nach Hause gefahren. Wir waren total fertig.
Wir steckten gerade in unseren Hochzeitsvorbereitungen. Am 25. August wollten wir heiraten. Der Polterabend, alles war geplant, und dann diese Sache.

Günter Ullmann trauert in sich gekehrt um seinen Bruder. Auch später wird er nur sagen: „Seinen Tod hat wohl keiner von uns richtig begriffen."

DER STEIN

Mein jüngerer Bruder Gerhard
hat mir einmal einen Stein geschenkt.

Mit 23 Jahren beging er Selbstmord.
Jetzt suche ich den Stein.[112]

Diesen Stein hatte sein Bruder aus dem studentischen Wehrlager mitgebracht. Günter Ullmann erinnert sich, dass Arnold Vaatz gesagt hatte: „Mit diesem Stein fing alles an.“ Er sucht den Stein, kann ihn aber nirgends finden.

Seit seiner Einweisung in die Psychiatrie in Rodewisch muss er Medikamente nehmen, die machen ihn müde, dämpfen. Er spürt die Depression kommen. Mit ihr kommt die gefürchtete Schlaflosigkeit. Dann fühlt er sich kraft- und antriebslos und eine quälende Niedergeschlagenheit. Am meisten fürchtet er sich vor der inneren Leere. An solchen Tagen wird das Denken zum Grübeln, zu Selbstvorwürfen oder Vorwürfen gegenüber Geli oder dem, der gerade in der Nähe ist. Irgendwer, irgendetwas muss schließlich schuld sein. Er weiß in diesem Zustand nicht mehr, warum er sich mit den Kollegen auf dem Bau angelegt hat, warum er alle möglichen Drahtreste, Rohrstücke und Schnittabfälle von dort anschleppt.
Davor gibt es eine Phase, in der er Leichtigkeit verspürt, in der Ideen sprühen, in der auch der Schalk wieder erwacht. Diese Euphorie, in der alles möglich scheint, möchte er erhalten. Doch wenn er die Tabletten schluckt, fällt die helle Stimmung in sich zusammen. Manchmal erliegt er der Versuchung. Er setzt die Pillen ab und nimmt in Kauf, dass es ihn danach umso tiefer zieht. Doch vor dem Tief kommen ihm Gedichte, die er sich nur so erklären kann: „Ich lasse das Unterbewusstsein sprechen und lerne aus meinen eigenen Texten.“
Sie schreiben sich wie von selbst, sind fertig ausgeformt, bevor sie auf dem Papier stehen. Auf diese Weise entstehen vor allem zutiefst religiös-philosophische oder das System in seinem Innersten offenlegende Ausnahmegedichte. Die Sprache dafür ist in ihm, aber wie sie zu Bildern wird, wie Worte und Bilder miteinander in Beziehung treten und unerwartete neue Assoziationsräume schaffen, bleibt ihm selbst ein Rätsel.
Wie bei jedem Dichter sind auch nicht alle Gedichte Günter Ull-

manns von gleicher Qualität, aber es gibt einige von außerordentlicher Intensität.
In seiner Zurückgezogenheit entstehen wortmächtige, harte Zustandsberichte einer Ordnung und ihrer Ausweglosigkeit, wie sie kaum ein anderer Dichter hervorzubringen vermag.

HINTER-
HOF

der winter
bleibt klein

die sonne hat
vier ecken[113]

Zehn Worte genügen ihm, um den Aberwitz und die Perspektivlosigkeit in diesem Land DDR zu vermitteln. Sogar die Sonne wird in dieser Kleinheit und Kälte beschnitten. Es sind Bilder, die sich wie Blitze ins Gedächtnis brennen.

SCHIMMEL

puderblume

himmel im
einweckglas

marmor auf
gesicht[114]

Das lyrische Ich schaut mit einem Blick von unten hinauf und sieht das Ende. Diese Gedichte werden zum stummen Aufschrei auf dem Papier. *SCHIMMEL* ist dabei eine jener Arbeiten, die er in seine ganz persönliche, handschriftliche, mit Fotos, gezeichneten Miniaturen oder Bildreproduktionen illustrierte Auswahl aufnimmt. Über dieses Gedicht klebt er antipodisch die Ansichtskarte

„Berlin – Hauptstadt der DDR", mit dem darauf abgelichteten Stolz des Staates – Fernsehturm, Alex, Konsument-Kaufhaus, Rotes Rathaus.

Allein für diese Gedichte darf man Günter Ullmann einen wahren Dichter nennen. In seiner Lyrik findet man keine Spielereien, kein literarisches Kokettieren oder eitles Wortgeklingel. Was da aus ihm bricht, was er niederschreibt, ist Zeugnis, ist sensibel wahrgenommenes Erleben.
Volker Müller, der ihn in seiner Lyrik begleitet hat, sagt dazu:
Sein Veröffentlichungsverbot hat er als Ausdruck der Bösartigkeit des Systems betrachtet, als Verunglimpfung seines Talents. Ich sagte darauf: „Wenn du in der DDR veröffentlichen willst, kannst du kritisch schreiben, aber bestimmte Dinge musst du ausblenden, Selbstzensur betreiben. Wenn du dazu nicht bereit bist, kannst du nicht veröffentlichen."
Wobei, eine Zeit lang hat er, bei aller Unterschiedlichkeit zu ihnen, einige DDR-Schriftsteller durchaus geachtet, Christa Wolf, Volker Braun … Aber für sein eigenes Schreiben war er nie bereit, eine innere Zensur zu akzeptieren.
Ihm war das Besondere an seiner Art zu schreiben durchaus bewusst. Es gibt ja immer einen Teil Kunstverstand und einen Teil Talent. Heine hat es Naturtöne genannt. Nichts ist schlimmer, als wenn einem diese Natur fehlt, wenn einem nur der Kunstverstand, das angelernte Handwerkszeug, verfügbar ist. Bei Günter waren die Naturtöne das alles Überwiegende. Er hat eine sehr hohe Stufe der Lyrik, der poetischen Verdichtung erreicht.

Manchmal, wenn ihm die Widersprüche und Ungerechtigkeiten im Land unerträglich werden, taucht er in seiner Sehnsucht nach einer humanen Welt in die Harmonie und das Glück seiner Kindheit ab. Dann wird er ein ganz anderer. Er selbst formuliert diese Selbstbeobachtung 1979 so:

sucht die erinnerung das
paradies

findet sie die
KINDHEIT[115]

Dann schreibt er Kindergedichte, die getragen sind von einer Leichtigkeit und Lebensfreude, die seine Leser immer wieder überraschen. Wie kaum einem anderen Autor gelingt es ihm, in diesen Gedichten den kindlichen Blick zu bewahren. Oft sind sie fantasievoll verschmitzt, manchmal auch nachdenklich, immer aber spürt man eine liebevolle Wärme in ihnen.

MEINE GEDICHTE

Meine Gedichte sind meine Kinder.
Ich muß sehen, wie sie leben,
dass sie dich finden
und etwas in dir bewegen.[116]

Auch für Lutz Rathenow waren diese Gedichte in den 1980er Jahren eine Entdeckung:
Sein genial naiver Kinderblick ist eine Sondergeschichte. Wenn es ihm gelungen wäre, das auszubauen … Wobei, aus seinen Kindergedichten, klug zusammengestellt, und erstklassig illustriert – könnte man noch mehr machen, als bisher als Buch veröffentlicht worden ist. Neben James Krüss, Peter Hacks oder Reiner Kunze gehört er in die erste Reihe der deutschen Kinderlyrik. Diese Gedichte sind ein genialer Seitentreffer, den er möglicherweise selbst gar nicht so sah.

ICH HABS IM TRAUM GESEHN

Der Krieg wird nicht mehr sein.
Kein Mensch bleibt mehr allein.
Die Erde wird gesund.
Du hast zum Leben Grund.

Der Baum wird wieder grün.
Die Erde, die wird blühn.

Geben heißt Gewinn.
Das Leben, dass hat Sinn.

Ein Brot reicht aus für zwei.
Der Hunger geht vorbei.
Die Welt wird wieder schön.
Ich habs im Traum gesehn.[117]

Aus mehreren seiner Gedichte spricht die unerschütterliche Hoffnung auf eine bessere Welt.
Oftmals offenbaren sie auch die Welt der Dinge, Pflanzen, Tiere und Menschen auf ganz eigene, kindgemäße Weise. Lutz Rathenow erzählt, wie er einigen dieser Gedichte in der Bundesrepublik zur Veröffentlichung verhalf:
In der Zeit, als Hans-Joachim Gelberg mich zum Kinderbuch-Autor machen wollte, habe ich Günter mit einbezogen, weil ich Gedichte von ihm gelesen hatte, die ich für Kindergedichte hielt. In ihnen war dieser leichte, heitere Ton – es gibt ja nur selten Autoren, die direkt für Kinder schreiben. Günter hatte manchmal einen heiter, naiven Zugang, der wirklich funktionierte. Und Gelberg war eine allererste Adresse. Der hat die antiautoritäre Kinderliteratur wie Christine Nöstlinger aus Wien oder „Das große Brüllbuch", „Das Nein-Sager-Buch" und Ähnliches durchgesetzt. Er ist der Achtundsechziger im Kinderbuchbereich. Dass er Günter Ullmann in seine Anthologien aufgenommen hat, war gleichsam eine Erhebung in den Adelsstand in punkto Kinderliteratur. Es war der Eintritt in einen literarischen Markt, der bei beharrlicher Arbeit – also wäre er Willens gewesen, Kinderbücher zu schreiben – erfolgreich hätte werden können. Das hätte vielleicht sogar die Stasi geschluckt – weil es nur Kinderbücher gewesen wären.

Seit Mitte der 1980er Jahre, seit Hans-Joachim Gelberg das *Jahrbuch der Kinderliteratur* herausgibt, ist Günter Ullmann darin vertreten. Dadurch werden auch Schulbuchverlage, darunter *Cornelsen*, auf ihn aufmerksam. Mehrere seiner Gedichte finden sich seither in Lesebüchern für den Deutsch-Unterricht wieder. Sein *Herbstwind* ist dort regelrecht abonniert.

Herbstwind

Erst spielt der Wind nur Fußball
Mit Vaters bestem Hut,
dann schüttelt er die Bäume
– die Blätter riechen gut –

und lässt die Drachen leben
und wringt die Wolken aus.
Der Herbstwind lässt uns beben,
wir gehen nicht nach Haus.[118]

Als seine beiden Söhne Clemens und Kyrill gerade sieben und vier geworden sind, schreibt er für sie dieses Gedicht. Es ist gut vorstellbar, wie er die beiden auf den Schoß nimmt, die Verse vorträgt, dabei lacht und an die Streiche seiner Kindheit denkt:

Für Clemens und Kyrill

Wenn Ihr groß seid

Wenn Ihr groß seid,
werd ich euch besuchen,
auf dem Tisch tanzen
und nichts essen vom Kuchen,
mit dem Stuhl schaukeln,
auf das Sofa springen,
mich im Schrank verstecken,
freche Lieder singen,
die Wände beklecksen,
die Hände nicht waschen,
eine Stinkbombe werfen,
vom Eingeweckten naschen,
die Ohren zuhalten,
in der Nase bohren,
die Bücher verzieren

mit Eselsohren,
laut die Türen knallen,
die Gartenblumen abreißen,
auf den Baum klettern
und die Äpfel anbeißen,
mit den Schuhen
durch die Betten laufen
und mit eurer Mutter
schreien und raufen,
die volle Decke
auf den Teppich ziehn,
die Nachbarn necken,
die faulen Eier
aus dem Fenster werfen,
die Zunge herausstrecken.[119]

Eines seiner schönsten und humorvollsten Kindergedichte hat Günter Ullmann kurz nach Zusammenbruch der DDR geschrieben. Ein gewaltiger Stein ist ihm von der Brust genommen:

Mein Traumbaum

Heut Nacht pflanzte ich im Traum
einen wundersamen Baum.

Er trug in seinen Zweigen
Bananen, Kirschen, Feigen,

Erdbeeren und Apfelsinen,
Datteln, Birnen, Mandarinen.

Viele Leute reisten an,
jubelnd aus dem ganzen Land.

Doch als Melonen auf sie fielen,
zogen alle saure Mienen,

holten mich aus meinem Traum:
„Mensch, pflanz doch einen Apfelbaum.“[120]

Kindergedichte sind Günter Ullmanns innere Insel. Nach 1990 in kleineren Verlagen erschienen, werden sie meist nur am Rande wahrgenommen. Dabei zählen viele von ihnen zu den bewundernswertesten Arbeiten des Dichters.
Zum Abschluss seiner Lesungen nach 1990 las er immer gern auch einige Kindergedichte. Wohl jeder, der zuvor von seinem Schicksal in der DDR gehört hatte und der Unbedingtheit seiner Gedichte gefolgt war, war überrascht und berührt von dieser unerwarteten Seite an ihm. Auch hier genügen ihm oft nur wenige Worte, um andere an seinen Empfindungen teilhaben zu lassen.

Zauberspruch

Hokus Pokus Krokus
der Winter fällt vom Globus[121]

Seine vielleicht größte Ermunterung im Schreiben erfährt Günter Ullmann durch den ausgebürgerten Jürgen Fuchs. Die Briefe, die ihn teilweise über den Postweg, mehrfach auch demonstrativ geöffnet, teilweise konspirativ über Kuriere erreichen, dokumentieren eine warmherzige Freundschaft und immer wieder wichtigen Zuspruch.
Zum dreiunddreißigsten Geburtstag am 4. August 1979 schreibt ihm Jürgen Fuchs:
lieber günter, du schreibst so schöne, gute gedichte, laß nicht ab. verzeih uns die ferne und das buchstabenlob.
Er zitiert in dem Brief Nelly Sachs, die er hoch schätzt, die er auch seinem Freund ans Herz legt.
Längere Briefe enthalten fast immer eingeschobene eigene oder Gedichte von anderen Lyrikern, von Anna Achmatova, die Jürgen Fuchs verehrt, von Sarah Kirsch und Günter Kunert, die beide ausgereist sind. Er empfiehlt ihm mehrfach, Paul Celan zu lesen, schreibt am 9. Dezember über ein halbes Dutzend abgetippter Celan-Gedichte:

celan gefällt dir auch? kann ich mir denken. zwei „verwandte naturen". lyrik ist auch geheimnis, weil wahr und tief.

Als Jürgen Fuchs vom Suizid des Bruders Gerhard erfährt, schreibt er einen für ihn ungewöhnlich langen Brief, darin:

ich kann verstehen, daß deine gedanken um dieses tragische ereignis kreisen. eine bewältigung im vorstellbaren sinne ist unmöglich. (...) nicht grobheit, nicht desensibilisierung ist es, wenn wir „dennoch" sagen. das, was wir tun können, mit unseren freunden, kindern, in unserer arbeit – und wir beide sind schriftsteller, günter – das werden wir tun. leicht, gelassen, traurig, niedergeschlagen, aber dann doch ... und immer weiter.[122]

Trotz der Distanz, trotz der Briefe, die zum Teil ihren Adressaten nicht erreichen, trotz der oft nur möglichen Andeutungen hat Jürgen Fuchs ein sensibles Gespür dafür, dass Günter Ullmann unbedingt aus seiner Isolation heraus muss. Er will Gedichte von ihm veröffentlichen, deutet eine Rowohlt-Anthologie an, für die er Gedichte an ihn schicken soll. Doch die werden abgefangen. Im nächsten Brief informiert er kodiert darüber: *lieber günter, melde dich doch. oder gibt es gründe?*

Und einen Brief später: gute gedichte finden eine öffentlichkeit. In kürze.

In der Hoffnung, dass die Mitleser der Abteilung M des MfS, Postkontrolle, nicht erfassen, worum es ihm geht, findet sich in seinem nächsten Brief vom 15. September wie nebenbei der Satz: *habe von stefan s. Post erhalten.*

Und vier Tage später schreibt er:

lieber günter,

ich habe etwas gemacht.

Nur diese vier Zeilen. Stefan Schüch, der Freund und Karikaturist, hatte bei seiner Ausreise in einem Fotoalbum Gedichte von Günter Ullmann mitgenommen und an Fuchs geschickt. Am 18. Oktober kann er Günter Ullmann zu seinem literarischen Durchbruch gratulieren:

„L 80", eine Zeitschrift für Literatur und Politik, von Grass und Böll herausgegeben, hier bekannt und geachtet, druckt Deine Gedichte. „Wir finden sie gut", steht im Brief.

Günter Ullmann ist glücklich wie lange nicht. Im Dezember 1980 erscheint sein Gedichtzyklus *Aus meinem Bautagebuch* in dieser renommierten Literaturzeitschrift. Und Heinrich Böll und Günter Grass sind seine literarischen Taufpaten! Es werden zwei Seiten mit elf Gedichten und Epigrammen, darunter das

KADERGESPRÄCH

schreiben sie nur
wir sind zu dritt

und die doppeldeutig auslegbare

KAFFEEPAUSE

der satz in
scherben

die tassen nicht
verwechseln

Nach dieser Westveröffentlichung, mit der Günter Ullmann gegen die Auflagen der Stasi-Vernehmer in Gera verstoßen hat – keine Kontakte zu Fuchs, keine ungenehmigte Verbreitung seiner Gedichte – eröffnet die MfS-Kreisdienststelle Greiz am 4. Februar 1981 die Operative Personenkontrolle, die OPK „Schreiber" gegen ihn.
Ein Inoffizieller Mitarbeiter wird auf seiner Arbeitstelle platziert. Nach Spitzelhinweisen schaltet das MfS zur Verschleierung den Zoll ein und lässt bei einer Wohnungsdurchsuchung von Jürgen Kornatz vierzehn Gedichte Ullmanns konfiszieren. Diese Gedichte werden dem aus Leipzig in den Bezirk Gera zugezogenen Schriftsteller und Gesellschaftlichen Mitarbeiter des MfS GMS „Verlage" zur Begutachtung vorgelegt. Seine Einschätzung bestätigt ihnen einmal mehr die „negativ-feindliche Haltung" Ullmanns:
Die handwerkliche Qualität zeigt, daß ein gewisses literarisches Talent vorhanden ist … Thematisch gesehen schreibt der Verfasser Probleme

aus einer Wirklichkeit, die dem Sozialismus fremd ist ... Der Verfasser muss einen gefestigten antisozialistischen bis sozialismusfeindlichen Standpunkt vertreten, was sich deutlich in der Aussage der verwendeten Metaphern widerspiegelt.[123]

Mit diesem Urteil stehen dem MfS alle Möglichkeiten offen, auch die Eröffnung eines Strafverfahrens. Davon sehen die Vorgangsbearbeiter jedoch ab. Sie kennen Ullmanns labilen psychischen Zustand. Die Hausdurchsuchung bei Kornatz und eine erneute Vorladung Ullmanns zum MfS zeigen Wirkung. Man hatte ihm gedroht, bei weiteren Veröffentlichungsversuchen verschwinde er im Gefängnis. Der IM im Arbeitsbereich berichtet von Ullmanns Verunsicherung und dass er in seinem Verfolgungswahn überall Spitzel vermute. Die Postüberwachung des MfS registriert im Briefwechsel mit Jürgen Fuchs jetzt „unregelmäßige Abstände" und nur noch „allgemeine Inhalte". Außerdem erfahren sie von einer erneuten längeren Krankschreibung im Oktober 1981. Der OPK-Bearbeiter Oberleutnant Reißmann schätzt ein, die bisher eingeleiteten „Verunsicherungs- und Zersetzungsmaßnahmen tragen Früchte". Günter Ullmann scheint ihm als Störfaktor fürs Erste ausgeschaltet.

Hinter dieser Strategie, die in der MfS-eigenen juristischen Hochschule Potsdam-Eiche ausgedacht wurde, steckt Methode. Joachim Walther, der Autor des Standardwerkes *Sicherungsbereich Literatur* (1999) zitiert im Zusammenhang mit Ullmann MfS-internes Studienmaterial, in dem begründet wird, warum es bisweilen zweckmäßig sei, unterhalb der strafrechtlichen Grenze zu bleiben:

Der Verzicht auf strafrechtliche Sanktionen ist zugleich ein überzeugender Beweis für die politisch-ideologische Reife der sozialistischen Gesellschaft. Das zeigt sich beispielsweise darin: Feindlich tätige Personen, die einen ideologisch zersetzenden Einfluss auf Bürger der DDR ausüben, sind – zur Untätigkeit gezwungen und in Freiheit befindlich – weit weniger gefährlich als inhaftierte „Märtyrer".[124]

Um auf Nummer sicher zu gehen, entwickelt man in der MfS-Bezirksverwaltung Gera einen perfiden Plan. Zur dauerhaften Verunsicherung Ullmanns wird in der Abteilung XX festgelegt, seine Frau sei so unter Druck zu setzen, dass sie künftig alle Veröffentlichungen ihres Mannes verhindere.

Am 5. April 1982 wird Angelika Ullmann von der für Kindergärten zuständigen Referentin in die Abteilung Volksbildung im Rat des Kreises bestellt. Die Staatsicherheit bleibt im Hintergrund. Die Referentin schickt sie in einen Raum, in dem sie drei Männer erwarten. Einer von ihnen schreibt das Protokoll. Zur Eröffnung bekommt sie zu hören: „Sie arbeiten in der Volksbildung", und: Ob ihr überhaupt ihre Pflichten als sozialistische Kindererzieherin und in der Erziehung der eigenen Kinder klar seien. Sie bearbeiten sie überfallartig mit Fragen nach der politischen Haltung und staatsfeindlichen Veröffentlichungen ihres Mannes, fragen nach seiner Einstellung zur Sowjetunion und nach seiner Unterstützung der „konterrevolutionären Solidarność" in Polen. Sie drohen, wenn er weiter Schubladenlyrik produziere und seine Machwerke veröffentliche, werde er verhaftet. Wenn sie das nicht ab sofort unterbinde, sei sie nicht nur im sozialistischen Erziehungswesen nicht mehr tragbar, dann habe sie auch mit Entzug des Sorgerechts für ihre beiden Söhne zu rechnen.
Das würde Heimeinweisung bedeuten. Angelika Ullmann ist zutiefst erschrocken. Es folgen lange Gespräche zwischen den Eheleuten. Sie wirft ihrem Mann vor: „Mit deinen Gedichten bringst du dich und uns in Gefahr. Ich halte das nicht länger aus."
Günter Ullmann kann und will ihr nichts vormachen. Er sagt: „Ich muss mein Leben leben. Ich muss schreiben." In seiner Verzweiflung schlägt er ihr vor, sich scheiden zu lassen. Nur pro forma, sie könnten ja heimlich zusammenkommen. Sie verwerfen die Idee. Denn das würde sicher bekannt und hätte es noch schlimmere Folgen.
Später wird Günter Ullmann sagen: „Meine Familie hat viel mit mir durchgemacht. Aber ich konnte keine Kompromisse eingehen. Meine Frau hat das manchmal nicht verstanden. Aber sie hat zu mir gehalten." Das Ehepaar trifft die Entscheidung, er wird machen, was er machen muss, aber sie soll zu ihrem Schutz nicht mehr alles wissen.
In dieser Belastungssituation erleidet Günter Ullmann einen so schweren psychischen Rückschlag, dass er ein viertel Jahr, von Ende April bis Ende Juli 1982, krankgeschrieben wird und auch zur me-

dikamentösen Einstellung und Beobachtung wieder in die Psychiatrie nach Rodewisch muss. Seine Frau berichtet Jürgen Fuchs und Stefan Schüch in einem Brief von Günters dramatischem Gesundheitszustand und bittet beide, unbedingt von weiteren Veröffentlichungen abzusehen. Nochmalige Vernehmungen würde ihr Mann nicht überstehen. An Jürgen Fuchs schreibt sie: „Vielleicht denkt Ihr, wir sind feige. Aber was möglicherweise jetzt auf mich zukommt, übersteigt meine Kraft.“ Dieser Brief wird von der Staatssicherheit abgefangen und wieder in die Post gegeben. In der Bezirksverwaltung Gera weiß man jetzt, ihre Strategie geht auf.

Noch im Februar 1982 hat Jürgen Fuchs seine Ermutigung für Günter Ullmann in einen kurzen Brief eingebaut, in dem es ihm – auch für mögliche Mitleser – scheinbar hauptsächlich um Peter Weiss geht. Es ist die Zeit einer bis dahin nicht da gewesenen Alltagsmilitarisierung in der DDR. Als Antwort auf den NATO-Doppelbeschluss, der eine atomare Nachrüstung in der Bundesrepublik vorsieht, wenn die Sowjetunion nicht ihre Atomraketen aus der DDR abzieht, reagiert die SED-Führung mit einem neuen Wehrdienstgesetz, mit groß angelegten Reservisteneinberufungen, und sie macht in der unabhängigen Friedensbewegung einen neuen Hauptfeind aus. In diesem Spannungsfeld gilt der in Schweden lebende Schriftsteller Peter Weiss vielen DDR-Oppositionellen als intellektueller Vorkämpfer.

Lieber Günter,
Peter Weiss gehört ja vielleicht noch nicht zu den „Feinden“. Oder? Sind seine Bücher noch in den Bibliotheken? So eine Zeit! Ich bitte Dich, schreibe Gedichte, Prosa, was Du willst, gegen die Angst.

Durch Angelika Ullmanns Bitte, von weiteren Veröffentlichungen abzusehen wird Jürgen Fuchs erst richtig bewusst, in welcher Lage ihr Mann und sie sich befinden. Er antwortet ihr mit vollem Absender und per Einschreiben. Denn diese Zeilen sollen die Herren bitte mitlesen:
(…) *Günter brachte in seinen Ängsten das zum Ausdruck, was andere erfolgreich verdrängen oder nicht wahrhaben wollen.* (…) *Warum ich*

schreibe: Ich frage mich ernstlich, ob es nicht besser wäre, wenn Ihr in den Westen übersiedelt. Hier könntet Ihr leben – Anfangsschwierigkeiten wird es geben, ganz klar –, Günter könnte lesen, schreiben, studieren, ect. … Wenn er sich tatsächlich einer weiteren psychiatrischen Behandlung unterziehen muß, dann kann er das hier ebenfalls tun. (…) Meine Unterstützung ist sicher, ich würde mich an Stellen hier wenden (u. a. auch an den internationalen PEN, da die Gesundheit und das berufliche/persönliche Leben eines Kollegen gefährdet ist). Ihr müsstet … dann einen Antrag stellen, „Systemwechsel" als Versuch, Günters Gesundheit zu retten. (…)
Liebe Geli, laßt von Euch hören, redet mit Günter, holt ihn bald wieder nach Hause!
Beste Grüße! jürgen f.[125]

Er weiß, in der abgelegenen Provinzstadt Greiz ist Günter Ullmann noch ungeschützter, hat er noch weniger Chancen, mit seinem Schicksal im Westen, damit auch in der DDR-Öffentlichkeit bekannt zu werden, als in Berlin, Jena oder Leipzig. Deshalb will er die Familie in den Westen holen. Der Staatsicherheit droht er deutlich, wenn Günter Ullmann ins Gefängnis komme, werde sich die PEN-Organisation „Writers in Prison" für ihn einsetzen.
Was er nicht weiß, ist, wie schlimm es um Günter Ullmann tatsächlich steht.
Angelika Ullmann sagt rückblickend:
Ich war dafür. Ich wäre gegangen. Aber Günter wollte nicht. Er sagte: „Mein Platz ist hier."

Andererseits hat er seit der demonstrativen Stasi-Überwachung vor ihrem Haus das Gefühl, man belauere ihn rund um die Uhr und wisse über alles Bescheid. Wenn er von Panikattacken heimgesucht wird, kommt es vor, dass er halluziniert und sich in einen Verfolgungswahn steigert, der die tatsächliche Verfolgung noch übertrifft. Aus Zeitungsfotos der regionalen SED-Zeitung schneidet er Gesichter aus, die denen von Freunden ähneln. Wen er zu erkennen glaubt, der ist für ihn ein Verräter. Denn wer in einer SED-Zeitung abgelichtet ist, kann nur ein Verräter sein. Bei einer Familienfeier kriecht er unvermittelt unter den Tisch, sucht nach Abhörmikrofonen. Er geht in den Keller und durchschneidet Telefondrähte, für ihn sind das Abhördrähte. Es gibt Momente, da verdächtigte er jeden, auch seine Frau, der Stasi-Mittäterschaft. Er lässt sich seine Zähne ziehen, mit ihnen hatte er schon immer Probleme, doch jetzt glaubt er, in die Plomben habe man ihm Miniabhörgeräte implantiert. Wie sonst könnte die Staatssicherheit selbst seine geheimsten Gedanken kennen?

Zusammenbruch

Zwischen Gefängnis und Psychiatrie

Die psychischen Attacken zehren an Günter Ullmanns Gesundheit und bringen seine Familie an die Grenzen ihrer Kräfte. Wenn er in schwere Depressionen verfällt oder, wie es mehrfach geschieht, von halluzinatorischen Anfällen heimgesucht wird, schirmt die Familie ihn ab, so gut sie es vermag. Sein Bruder Dieter greift mit ein und vor allem sein ins Elternhaus zugezogener Schwager und Arzt Dr. Frank Thomas schreibt ihn krank, wenn sein Gesundheitszustand es erfordert. Als praktischer Arzt, nebenamtlich eingesetzt als Musterungsarzt und in der Jugendhaftanstalt Hohenleuben, steht der Schwager nahe am System. Dadurch eröffnen sich ihm allerdings auch Möglichkeiten, die er nutzt. Das bestätigen im Nachhinein nicht nur ehemalige Häftlinge. Während der republikweiten Reservistenmobilmachung 1981/82 sorgt er für die Ausmusterung Günter Ullmanns und auch für die der Musiker von „media nox".
In der Staatsicherheit prüft man insgeheim, ob Dr. Thomas gegen den Lyriker nutzbar ist. Verdeckt werden Informationen eingeholt und es kommt zu einem Anwerbeversuch. Er lehnt ab, er könne und verkrafte das nicht.

Günter Ullmann lebt wie andere der Zensur und dem Veröffentlichungsverbot unterworfene Autoren und Künstler der DDR in mehreren Lebenskreisen. Beinahe surreal erscheint es, wie er sich in seinem Brotberuf bemüht, den Kollegen keine größere Last zu sein. Auf den Baustellen in der Zeulenrodaer Straße in Greiz, im Chemiewerk Greiz-Dölau, danach im Kunstseidewerk Elsterberg ist er bis 1985 als Maurer eingesetzt. Er bewirbt sich mehrfach, wieder in der Verwaltung oder in der Materialbeschaffung arbeiten zu dürfen. Erfolglos. Was er nicht weiß – dahinter steckt der lange Arm der Stasi. Er ist ihr Maßnahmeobjekt und soll durch „Organisierung beruflichen Misserfolgs" zermürbt und zur Selbstaufgabe gebracht werden.

Die Normen sind für den schmächtigen Sechzig-Kilo-Mann kaum zu schaffen. Das schafft Spannungen, auch wenn einige Kollegen seine Probleme ahnen.
Auf den Baustellen herrscht für ihn ein anderes Klima, als in seiner Zeit als Bauschreiber. Da war er richtig beliebt. Probleme gab es höchstens mit den Vorgesetzten, wenn die Stunden- und Normabrechnungen für die Kollegen zu gut ausfielen. Jetzt nölt und schnauzt der eine oder andere schon mal rum oder hänselt ihn, weil er zum Frühstück einfach nach Hause oder in die Stadt geht. Andererseits haben sie ihren Spaß, wenn er an guten Tagen Episoden zum Besten gibt, etwa wie er in Berlin als Zuständiger für Kulturarbeit FDJler aus den Brigaden für eine Auszeichnung vorschlagen sollte. Auf der Versammlung seien dann feierlich die Namen aufgerufen worden: Bischuldke, Swoboda, Scheukeu … Die Kollegen hätten laut gelacht, keiner hatte einen der Namen je gehört.
So in sich gekehrt und apathisch er manchmal wirkt, so sehr verblüfft dann wieder sein Blick für die alltäglichen Absurditäten:

BRIGADIERBESPRECHUNG
Die letzte Woche im Monat war angebrochen. Die Dieselmarken waren ausgegangen, die Dumper auf der Baustelle tot. Da kam einem Brigadier der rettende Gedanke: „Wenn der Kreissekretär jeden Tag die paar Schritte von seiner Haustür in die Kreisleitung laufen würde, könnten wir den Plan doch noch packen. Die Brigadiere warten und würfeln noch immer. Denn welcher Untertan sollte das seinem Fürsten sagen![126]

WARUM UNSER PARTEISEKRETÄR GAR NICHT MEHR GERN AUF UNSERE BAUSTELLEN FUHR

Einmal verließ er unseren Neubau
mit frisch angestrichenen, roten Schuhen,
einmal packte er zu Hause
Ziegel aus seiner schweren Tasche.
Das letzte Mal, als wir ihn sahen,

überreichte ihm unser Langhaariger
eine Schachtel mit Ameisen
und bat ihn höflich,
die Tierchen aus der Sklavenhaltergesellschaft
zu befreien …[127]

Er versucht sein Bestes, aber insgesamt hat er einen schweren Stand. Letztlich sind auch die Kollegen froh, als er ab dem Sommer 1985 im Magazin arbeiten kann.

Eine Welt Günter Ullmanns, die bislang kaum wahrgenommen wird, ist seine Malerei. Malen ist für ihn ein ähnlicher Rückzugsraum wie Lyrik oder Lektüre. In der DDR kann er mit seiner Art zu malen nicht hervortreten, dafür ist sie zu auffällig. In ihrer figurativen Abstraktheit passt seine Kunst nicht in die Schablonen des Sozialistischen Realismus.
Es ist ein Phänomen: Auch wenn er sich insgeheim als Maler fühlt, spricht er kaum darüber, auch nach 1990 nicht. Möglicherweise findet er nach den Jahren der künstlerischen Isolation kein wirkliches Vertrauen mehr in die Qualität seiner Arbeiten. Nur in einer Ausstellung, eigentlich eine Fotoausstellung, die den Verfall der Stadt in der DDR dokumentiert, wird er 1996 im Greizer Café LebensART auch einige seiner Malproben zeigen.
Dabei hat er über die Jahre allein mit seinen figurativen Aquarellen im A4-Format mehrere dicke Ordner gefüllt. Darüber hinaus finden sich in seinem Nachlass einige Hundert Monotypien, überwiegend im Postkartenformat. Es ist ein Schaffen von erstaunlicher Ausdruckskraft, das er in seiner Zurückhaltung nur „Psychogramme mit transzendenten Bezügen“ nennt.
Seine Aquarelle fixieren Seelenzustände und sind meist als Bildzyklen gestaltet. Bei den Monotypien, dieser Drucktechnik, die für gewöhnlich nur einen Abzug zulässt, experimentiert er ebenfalls mit kleinen Serien. Es ist gut denkbar, dass diese Technik für Günter Ullmann wie ein Akt der Schöpfung ist, gleichsam die Entstehung des Seins in mehreren Phasen. Die Ergebnisse laden regelrecht ein zur Meditation über das Sein und dessen Ursprung. Immer wieder

ist es die außergewöhnliche Komposition von Form und Farbe, die die besondere Ausdruckskraft seiner Malerei ausmacht.
Wenn er als besonderen Gunstbeweis gelegentlich einige seiner Monotypien an Freunde verschenkt, gibt er nie das Geheimnis ihrer Entstehung preis. Er freut sich schelmisch, wenn der Beschenkte staunt, wie die Gebilde von Bild zu Bild ihre Kontur vergrößern und an Farbigkeit gewinnen, so, als wachse ein Zellkern oder eine Urzelle des Universums aus sich selbst heraus. In seine Drucktechnik weiht er niemanden ein, geschweige in die Feinheiten, wie er auf der Glasplatte die Farben mischt, einen Druck zieht, weitere Farben zugibt … Er freut sich, wenn man sich umso neugieriger in die rätselhaften Blätter vertieft. Sein Gespür für Farbkompositionen und sein ausgeprägtes Formempfinden erstaunen immer wieder. Tusche entwickelt in Zeichnungen ihr Eigenleben, bei Günter Ullmann geht sie mit seiner Vorstellungswelt eine überraschende Symbiose ein.
Der Maler Gerd Sonntag, dessen erste Personalausstellung 1973 mit dem Besuch von Jürgen Kornatz zu einer dauerhaften Verbindung zwischen Jenaer und Greizer Kreisen führte, sagt bei der Betrachtung von Ullmanns Aquarellen:
Das ist keine laienhafte Malerei. Das ist eine mit dem Pinsel durchgezogene Flächenbewegung. Wenn man diese Arbeiten betrachtet, ist klar, Günter Ullmann hat sich intensiv mit Malerei beschäftigt.
Seine Einschätzung wird durch eine Notiz in Ullmanns Nachlass bestätigt:

Munchs Bilder sind Aufschreie.
Van Gogh lebt Leid und Leidenschaft.
Monet, Whistler und Turner gestalten den Übergang
und finden das Licht im Nebel.
Chagall und Hundertwasser träumen die Welt.
Dali fotografiert seine Träume.
Gaugin findet das Paradies.
Kandinsky findet seine Philosophie in der Musik.
Matisse, Rottluff, Kirchner … suchen die Wurzel.
DIE MALER SIND DIE SEHER
DIESER WELT.[128]

Gerd Sonntag, ein malerisches Ausnahmetalent, erhält bereits mit neunzehn seine Studienzulassung an der Kunsthochschule Leipzig. Doch schon nach einem Jahr verlangt er seine Exmatrikulation, weil ihm der Unterricht kaum Neues biete und er andere Vorstellungen von Malerei und eine völlig andere Ästhetik habe. Er zieht nach Berlin und macht als Meisterschüler von Theo Balden einen hervorragenden Abschluss an der Akademie der Künste. Dennoch wird ihm eine Aufnahme in den Verband Bildender Künstler wegen „unzureichendem gesellschaftlichen Gesamtverhalten" verwehrt. Kurz vor dem Mauerfall wird er als erster ostdeutscher Maler mit einer Personalausstellung in New York, im renommierten Brooklyn-Museum of Art, geadelt. Um das Wesen des Menschen darzustellen, experimentiert er mit assoziativen „Sprachbildern", in denen Wort und Figur einander verstärken. Als er auch mit ihnen an Grenzen stößt, entdeckt er Glas als sein Medium. In einem komplizierten Prozess verschmilzt er zum Teil bemalte Glaselemente in mehrere Schichten, es entstehen Skulpturen, die je nach Betrachterperspektive und Beleuchtung eine eigene Lichtsprache entwickeln. Liebhaber seiner Kunst findet er heute bis Brasilien und bis in die USA.
Auch für Gerd Sonntag ist der Maler Günter Ullmann eine Entdeckung:
Während der 70er Jahre wirkten in Thüringen mehrere erwähnenswerte Maler, deren Namen den Kunstinteressenten kaum bekannt wurden. Ich selber wusste seinerzeit zum Beispiel nur sehr wenig von Kurt Streubel und gar nichts von Herbert Enke. Unbekannt war mir deshalb auch Streubels Tuschebild „Motiv" von 1977, dessen zeitnahe künstlerische Korrespondenz mit vier kleinen Bildern Günter Ullmanns mir erst kürzlich in deiner Wohnung in die Augen sprang. Bei Streubel ist diese Zeichnung ein Ausnahmewerk. Bei Ullmann Beständigkeit.
Um diese Bilder ist einiges dunkel. Niemand weiß, wie sie entstanden, weil sich der geplagte Dichter ihrer Entstehung wegen jedes Mal völlig zurückzog in sein Séparée. Allein mit sich und Tisch und Blatt versank der Autor möglicherweise in einer Welt der Ruhe, fern den hässlichen Konflikten zwischen Wort-Autor, politischer Polizei und unerquicklichem Bauarbeiterdasein.

Ich habe keine Kenntnis davon, inwieweit Günter Ullmann 1970 von artverwandten Künsten im Einzelnen wusste. Auch nicht, ob er die kleinformatigen Malereien des 1942 verstorbenen Louis Soutter kannte, dessen um 1938 entstandenes Spät-Werk eine sättigende Bildernahrung für den frühen A. R. Penck in Dresden wurde. Dunkle Linie, sich ausdehnend zur Fläche, auf hellem Grund. Vielleicht wusste Ullmann nicht einmal etwas von Streubel.
Hier funkelt das Zeitempfinden eines in der Zeit wohnenden Künstlers. Die Wegbereiter Robert Motherwell und Helen Frankenthaler dürfen angesprochen werden. Beide drängten hin zu Bildern auf riesigen Formaten. Ullmann versank in Welten, handtellerklein.
Seine Aquarelle malte er überwiegend in Schwarz. Interessant ist, wie die ins Schwarze hinein entworfenen Gestänge ihre bildnerischen Energien auch aus den weißen Restflächen ziehen. So entsteht eine Dynamik, ein direkter Kampf in Ausdehnung und Zurückweichen. Zur Peripherie hin entwickelt sich die Farbe. Aus dem Schwarz herauslaufend entstehen diffizile Tonwerte, die in Grundfarben, meist Blau oder Rot, münden. Dadurch scheint es, als besäße das Schwarz eine Lichtquelle. Die eigentliche Nichtfarbe Schwarz ist ja eine seit Jahrhunderten von den Literaten mit Geheimnissen umrankten Farbe, eine Farbe für Weltsinn.
Einige Jahrzehnte am Leben stellt sich für manchen Künstler die Frage, wofür lohnt es, etwas von der Zeit herzugeben, die einem für das Tätigsein bleibt? Ich frage mich, tarnte sich der Künstler Ullmann öffentlich als Literat, um insgeheim Maler sein zu dürfen? – Ein Maler, den die Außenwelt weder mit Beifall noch mit ihrem Hass verfolgen kann – weil sie sein Werk nicht wahrnimmt?
Nach der Bewerbung um einen Studienplatz der gestalterischen Künste wurde Günter Ullmann vom Lehrkörper der Fachhochschule Heiligendamm schroff abgelehnt. Das war in den 60er Jahren zu Zeiten schärfster Gegenwinde in einer aus Verordnungen bestehenden Kulturpolitik des Staates DDR.
Die Ablehnung für das Studium ist allein kein Grund, die Bildnerei beiseitezulassen. Cezanne verbrachte sein gesamtes Leben neben der damaligen Kunst des offiziellen Frankreich.
Doch was geschieht, wenn alles ohnehin schon so sehr ungünstig steht, wenn alles gegen die Entfaltung des nicht angepassten Malers wirkt?

Die von Günter Ullmann auf Papier gemalten Bilder orientierten sich an einer Wahrheit, die ohne politische Kämpfe hätte auskommen sollen. Aber die Umstände waren nicht danach. Einen Namen als Maler konnte er sich mit seinen Aquarellen nicht machen – nicht zu seinen Lebzeiten. Um als abstrakt arbeitender Maler aus Greiz heraus zu wirken, wären sehr viel Energie und ein drängender Ehrgeiz nötig gewesen, ein Ehrgeiz den Günter Ullmann, dem Anschein nach nicht für die Verbreitung seiner Kunst einsetzen wollte. Er ging andere Wege in die Öffentlichkeit – die Malerei blieb sein persönliches Geheimnis.
Als ich das erste Mal den Papier-Bildwerken von Günter Ullmann gegenübersaß – ich war mit einem seiner Freunde bei ihm zu Besuch und er hatte die sämtlich sehr kleinen Bilder vor mir auf einem Tisch ausgebreitet – wusste ich sofort, ich halte Blätter eines Künstlers in der Hand, dem malerisches Denken eigen ist.

Auch wenn Günter Ullmann sich in seine Malerei oder Lyrik zurückzieht, bleibt er ein kritischer Beobachter des Zeitgeschehens. Die Politik der SED lehnt er längst als zutiefst verlogen ab. Gerechtigkeit und Menschwürde sind ihm hohe Güter. Antworten, wie die Welt zu verbessern wäre, sucht er weiter bei den religiös-philosophisch-naturwissenschaftlichen Vordenkern. Hierbei inspiriert ihn vor allem Harald Seidel. Während des Polterabends des Freundes und Lyrikers Peter Hochel setzt er sich zu Pfarrer Klaus Böhme und fragt ihn, ob sie bei ihm Manfred Böhmes frühere Gesprächskreise fortsetzen könnten. „Warum nicht", sagt der, „ich kann euch einen Raum und auch ein Bier anbieten." Der evangelische Pfarrer Klaus Böhme ist nicht verwandt mit dem verschwundenen Manfred Böhme.
Er ermöglicht ehemaligen Mitgliedern der Jungen Gemeinde, Freunden aus dem Umfeld von „media nox", unter ihnen Peter Hochel, Jürgen Kornatz, Rudolf Kuhl, Harald Seidel und Günter Ullmann im Paul-Gerhardt-Haus, dem kirchlichen Gemeindehaus, aber auch in seiner Wohnung, den Raum für einen offenen Austausch. Dieser philosophisch, politisch, literarisch, weltanschauliche Gesprächskreis wird bis 1989 zu einem Zentrum Andersdenkender in Greiz. Sie tauschen Bücher aus, diskutieren über Jean-Paul Sartre und die Verantwortung des Einzelnen gegenüber der Gesamtheit, über den

Verhaltensforscher Konrad Lorenz mit seiner Zivilisationskritik und das Buch des Physikers und Philosophen Carl Friedrich von Weizsäcker *Der Garten des Menschlichen* … Sie reden über Widersprüche im realen Sozialismus, über die Verlogenheit der staatlichen Friedenspolitik angesichts der allgegenwärtigen Militarisierung im Land. Sie erwägen Möglichkeiten der Wehrdienstverweigerung und ihre Folgen. Auch die subtile Unterdrückung von Christen in der DDR und ihr eigenes Gottverständnis sind Themen. Harald Seidel erzählt:
Im Gesprächskreis war Charly ganz aktiv. Dort haben auch theologische Dinge eine Rolle gespielt. Ich erinnere an ein Wandbild bei Pfarrer Böhme, darauf stand der biblische Spruch, man müsse Gott über alles lieben, vertrauen und fürchten. Charly sah sich dieses Bild an und bekam einen Wutanfall: „Einen Gott, den ich fürchten muss, brauche ich nicht."

Klaus Böhme ist einer der mutigen Pfarrer, der angesichts der staatlichen Willkür gegenüber Trägern des kirchlichen Friedenssymbols „Schwerter zu Pflugscharen" protestiert, und er protestiert gegen die gewaltsame Zerschlagung der Demonstration der unabhängigen Friedensgemeinschaft in Jena im März 1983. Die Tagesschau hatte Fotos gezeigt, wie die kleine Gruppe von etwa dreißig Leuten, darunter Frauen und Kinder, vor der Jungen Gemeinde Stadtmitte von Männern in Zivil brutal auseinandergetrieben wird, wie ihre Tragetafeln mit Aufschriften „Nie wieder Kriegsspielzeug" und dem doppelsinnigen „Entrüstet Euch" zerfetzt werden.
Auch Harald Seidel, Günter Ullmann und mehrere Freunde suchen nach einer wirksamen Form des Protests. Als Band war „media nox" bereits zu Friedensdekaden in Kirchen aufgetreten. Jetzt erarbeiten sie als Rezitatorengruppe ein „Friedensprogramm" mit Texten von Bert Brecht, Albert Einstein, Konrad Lorenz …, keine eigenen Texte, sondern Zitate Prominenter, die man ihnen nicht so leicht verbieten kann. Dazu spielen sie amerikanische und westliche Protestsongs vom Band. Mit diesem Programm treten sie nicht nur gegen die Stationierung der Cruise Missiles und Pershings in der Bundesrepublik auf, sondern auch gegen die sowjetischen Atomraketen SS 20 und

SS 23 auf dem Territorium der DDR. Ihnen ist klar, im öffentlichen Raum aufgeführt, würde ihr Programm den Straftatbestand der „staatsfeindlichen Hetze" erfüllen. Als mögliche Orte bleiben nur Kirchen mit Pfarrern, die bereit sind, sie einzuladen.

In Gera ist es Pfarrer Roland Geipel, der sich fragt: „Wieso können nicht auch wir Zeichen setzen?" Ostern hatten einige holländische Friedensaktivisten sein Gemeindezentrum in Gera Lusan besucht. Man verstand sich sofort: Die Menschen in Ost und West brauchen Abrüstung auf beiden Seiten. Ein Atomkrieg auf deutschem Boden wäre das Schlimmste, was geschehen könnte.
Seit 1974 leitet Roland Geipel die kirchliche Jugendarbeit in der tristen Satellitenstadt Gera Lusan. 1979 kann er am unteren Rand der Betonzeilen als Gegenpol zum sozialistischen Wohnungsbauprogramm ihr aus bundesdeutschen Kirchenmitteln und aus Spendengeldern errichtetes evangelisches Gemeindezentrum einweihen. Dieses Haus ist nicht nur ein architektonischer Dorn im Auge der Genossen. Hier herrschen freier Geist und Freundlichkeit. Die Gemeinde betreibt eine eigene Bibliothek, und weil sie die „Wahrheiten" im DDR-Fernsehen und Presse in Zweifel ziehen, richten Mitglieder eine Werkstatt ein, sie lesen Texte, hören Vorträge und diskutieren. Sie sind überzeugt, die Friedensbewegung darf nicht nur vom Staat ausgehen. Auch „media nox" tritt bei ihnen auf. Es ist ein Aha-Erlebnis für die jungen Leute und den sympathischen Pfarrer, der ursprünglich aus dem Westen kam, der in Jena Theologie studierte und bewusst in die SED-Bezirkshochburg Gera ging. Er fühlt sich durch die Greizer bestärkt: „Hier denken andere genauso wie wir."
Im Mai 1983 lädt er Peter Hochel, der als Student exmatrikuliert wurde und jetzt in einem privaten Fotogeschäft in Greiz als Fotograf arbeitet, Jürgen Kornatz, Roswitha Kostial und Harald Seidel, ihren Verlobten, Günter Ullmann und Constanze Zschorn ein, ihr Friedensprogramm aufzuführen. Roland Geipel erinnert sich:
Ich bin Günter Ullmann zum ersten Mal begegnet und habe sofort gesehen, das ist ein Mann mit Zivilcourage.
Harald Seidel erzählt:

Wir haben das Programm auch in der Kirche in Friesau bei Lobenstein und bei Pfarrer Böhme im Lutherhaus in Greiz aufgeführt. Es waren tolle Veranstaltungen und tolle Diskussionen. Es hat uns gewundert, dass es danach keine Reaktionen gab.

Anders als nach ihren Protesten 1968 und 1976 reagiert die SED-Kreisleitung diesmal weder mit Verwarnungen noch Verboten. Dafür arbeitet die Staatssicherheit im Hintergrund. Dort weiß man Bescheid über die Friedensveranstaltungen und die Postkontrolleure lesen im Briefwechsel zwischen Günter Ullmann und Jürgen Fuchs:
Wir haben im Mai in Gera Lusan und in Friesau unser pazifistisches Friedensprogramm (in kirchlichen Einrichtungen) aufgeführt. Wir wissen, das ist wenig, aber viel mehr ist nicht drin.[129]

Am 27. Januar 1984 eröffnet die Staatssicherheit in Greiz den Operativen Vorgang „Ring", um den neuerlichen politischen Widerstand zu ersticken. Zusammen mit dem „Initiator und Organisator" Pfarrer Klaus Böhme gerät – neben bekannten und einigen neuen Namen – auch Günter Ullmann wieder ins Zentrum der „Bearbeitung". Am 7. Oktober 1984 steht der fünfunddreißigste Jahrestag der DDR bevor. Und der Auftrag für das MfS lautet, mögliche Störaktionen im Vorfeld zu unterbinden.
Ullmanns Auftritte mit dem „Friedensprogramm" sind ebenso registriert wie sein Austritt aus dem Kulturbund vor zwei Jahren. Seine schriftliche Austrittsbegründung verwahrt auch die Staatsicherheit in der zu Ullmann angelegten Operativen Personenkontrolle „Schreiber":
Trotz ... brennender Bücher im faschistischen Deutschland werden auch in diesem Staat Künstler und Dichter unterdrückt, ausgewiesen oder zum Hanswurst gemacht. Ich kann mich mit dieser Kulturpolitik nicht einverstanden erklären.[130]

Die Staatsicherheit ist auch darüber informiert, dass er weiterhin eigene Gedichte verbreitet, dass Jürgen Kornatz bei einem Treffen mit Ausgebürgerten im Frühjahr 1982 in Karlovy Vary Gedichte Ullmanns an Fuchs weiterleiten ließ. Die Bearbeiter müssen sich eingestehen, der Einschüchterungsversuch gegenüber Angelika Ullmann zeigt auf Dauer nicht die erwartete Wirkung. Im Briefwechsel mit Jürgen Fuchs findet die Postkontrolle im Oktober 1983 sechzehn brisante Gedichte Ullmanns. Sie führen den Staat vor:

TOPOGRAFIE

auf dem
territorium
der
ddr
gibt es
weder
uran-
vorkommen
noch atom-
raketen[131]

Der Brief wird konfisziert. Für die MfS-Kreisdienststelle Greiz ist damit der Straftatbestand nach § 219, Strafgesetzbuch der DDR, erfüllt: „Ungesetzliche Verbindungsaufnahme – Geldstrafe oder Freiheitsstrafe bis 5 Jahre." Aber noch will der Leiter Oberstleutnant Müller die Schlinge nicht zuziehen. Je mehr Operative Vorgänge seine Leute bearbeiten, umso mehr Gewicht hat seine Dienststelle.
Im Dezember 1983 schrillen erneut die Alarmglocken. In einem Brief von Lutz Rathenow an Günter Ullmann lesen die Postkontrolleure, Anfang 1984 erscheine im Westberliner Oberbaum Verlag eine Lyrik-Anthologie mit neun Gedichten von ihm.
Rathenow ist klar, für sein Anthologievorhaben würde er nie die Genehmigung des Büros für Urheberrecht erhalten. Wegen einer ungenehmigten Westveröffentlichung verhaftet worden war er schon einmal. Deshalb probiert er einen Trick. Er schreibt an Hermann Kant, den Vorsitzenden des Schriftstellerverbandes und an Heinz Kamnitzer, dem Präsidenten des DDR-PEN, er habe die im ND abgedruckte Erklärung des bundesdeutschen und des DDR-Schriftstellerverbandes zum Weltfriedenstag am 1. September gelesen. Er möchte diese

Erklärung mit einer Anthologie unterstützen, die zeige, wie „junge Autoren aus der DDR auf die Bedrohung des Friedens reagieren". Mit diesem Schachzug bleibt die Veröffentlichung zwar immer noch ungenehmigt, doch den Vorwurf einer illegalen Publikation kann Lutz Rathenow nun keiner mehr machen:

Ich hatte Günter Ullmann lange nicht gesehen. Jürgen Fuchs hat mir Andeutungen über seine Situation gemacht. Wichtig war der Hinweis, Günter brauche Erfolgserlebnisse, wir müssten Kontakte für ihn herstellen. Er könne sie von Greiz aus nicht alleine knüpfen. Mein Anliegen mit der Anthologie „einst war ich fänger im schnee" war es, unbekanntere, kritische Handschriften aus der DDR und den Gruppencharakter der neuen Generation vorzustellen. Der Versuch gestaltete sich schwierig. Die Vertreter des westdeutschen Buchhandels wollten die Anthologie nicht. Ich musste den harten Titel „Panzerfäuste für Herzdamen" ändern, weil der die Friedensbewegung verspotten würde. Ich hatte erwogen, eine Zeile von Günter Ullmann zu verwenden, die mit der Atombombe in der Suppe. Da hätte es das gleiche Problem gegeben. Deshalb setzte ich, auch um den Konflikt mit Sascha Anderson zu mildern, eine Andersonzeile in den Titel. Uwe Kolbes und Günter Ullmanns Gedichte waren die literarisch tragenden in der Anthologie. Jürgen Fuchs und ich waren uns einig, Günter Ullmann muss aus der Anonymität geholt werden. Die Anthologie selbst war inkonsequent. Manfried Hammer, der Verleger, und ich verzichteten auf ein Vor- oder Nachwort. Damit vergab ich die Möglichkeit, die Subversivität der Gedichte, die die Staatssicherheit sofort spürte, dem Westleser in aller Deutlichkeit zu erklären. Für den Westler war das Buch durchaus modern, merkwürdig und interessant. Aber das eigentliche radikal hinterfragende, aufbegehrende Moment in einigen Texten, zum Beispiel bei Uwe Kolbe und Günter Ullmann, hat er vermutlich nicht verstanden. Ich erinnere ich mich an den letzten Abend im „Wiener Café", dem Szenetreff der Ostberliner kulturellen Opposition, bevor Sascha Anderson die DDR verließ. Als wir einmal allein am Tisch saßen, sagte er mir: „So, jetzt noch einmal zum ‚fänger im schnee': Was du da gemacht hast, ist ein Fehler. Ich werde im Westen dafür sorgen, dass dieses Buch keine Rolle mehr spielen wird. Du hast Autoren aufgenommen, die nichts in der Literatur zu suchen haben. Autoren wie Wilfried Linke, Reiner Flügge und Günter Ullmann gehören nicht in Bücher, sondern ins Gefängnis. Gegen diese Art von politisierter Literatur werde ich arbeiten. Die kann man nicht dulden." Das war die Kriegserklärung, ohne Zeugen, unter vier Augen. Er hatte genau die drei genannt, die nicht oder nicht richtig zur Szene gehörten. Günter Ullmann spielte durch seinen Ton immer eine Rolle bei der zögerlichen Aufnahme der Anthologie durch die westdeutsche Kritik. Als Jürgen Fuchs den „fänger im schnee" bei einer Lesung in Westberlin vorstellte, übermittelte mir Sascha Anderson die Kritik eines Mitarbeiters der Ständigen Vertretung der Bundesrepublik in Ostberlin sinngemäß so: „Wie Fuchs das macht, geht das gar nicht. Solche Sachen stören das deutsch-deutsche Kulturabkommen."

Die Ausweitung der Szene über Berlin hinaus, durch von mir hineingeführte Leute wie Günter Ullmann aus Greiz, wurde am Prenzlauer Berg allergisch zurückgewiesen. In Ullmanns Arbeiten steckte ein Sarkasmus, der mich an osteuropäische Autoren erinnerte. Von ihm gab es doppeldeutige Gedichte, wie sie auch in Polen hätten geschrieben werden können – übrigens auch in ihren religiösen Bezügen. Das war störend. Ich hörte dann auch: „Ullmann kann nicht vorlesen. Der hat damit Probleme." Mit dieser Behauptung wurde er bei Lesungen ausgegrenzt.

Heute frage ich mich, bin ich mit seiner Psychose als Krankheit sachkundig umgegangen? Ich habe sie wahrscheinlich zu sehr nur der DDR und dem politischen Druck in ihr zugeschrieben. Das auch vorhandene klinische Moment, die genetische Disposition, hatte ich nicht erkannt. Aber es war völlig richtig, ihn zu veröffentlichen. Ihm auch noch dieses Erfolgserlebnis zu nehmen, hätte seinen Zustand keineswegs verbessert.

Jürgen Fuchs, der auch Psychologe war, hat mir dann erklärt, was Psychosen sind. Begriffen habe ich es erst später, als ich das Buch „März" von Heinar Kipphardt las – der Gestörte, der Psychopath, der geniale Gedichte schreibt, mit denen er die scheinbare Normalität der Gesellschaft radikal infrage stellt. Möglich, dass ich das auch bei Günter Ullmann vergoldete: Die Störung als besondere Sensibilität und Kreativität.

Die unangepassten Stimmen in diesem Sammelband finden durchaus Gehör. Die *taz* lobt *einst war ich fänger im schnee* als „ein außerordentlich gelungenes DDR-Buch junger, z. T. bisher unbekannter Künstler und Autoren". Auch im Sender *RIAS Berlin* wird die Anthologie positiv besprochen und dabei Günter Ullmanns Gedicht *Pause* zitiert:

Pause

die kinder spielen
jeder schüler ein land
einige sind nuklearmächte
die anderen haben
angst
einer ist die usa
einer die sowjetunion
wenn sich die beiden schlagen
müssen alle anderen
ganz schnell umfallen.[132]

Günter Ullmann ist auf vier Seiten mit acht Gedichten vertreten. Sie demaskieren gnadenlos die offiziell proklamierte Friedenspolitik der DDR, an die auch viele westdeutsche Linke allzu gern glauben.

Löschbericht

das gebäude war bis
in die fundamente
niedergebrannt

gücklicherweise konnte die
eiserne kassette
gerettet werden

in ihr fanden wir
den einberufungsbefehl und
das feuerzeug wieder[133]

BEVOR MIR DIE
volkseigene
bombe

in die suppe
fällt

zeige ich mein
parteibuch
vor

und sage ihr
schnell

hau ab
der mit dem zylinder
wohnt nebenan[134]

Aus der MfS-Kreisdienststelle Greiz informiert der für Günter Ullmanns „operative Bearbeitung" jetzt zuständige Major Schneller die Abteilung XX der Bezirksverwaltung Gera und stellt fest:
Damit ist die Beteiligung des ULLMANN an einer staatlich nicht genehmigten Veröffentlichung außerhalb der DDR erwiesen.[135]
In der MfS-Bezirksverwaltung wird eine Einschätzung der Anthologie durch die Abteilung Agitation veranlasst. In dem Gutachten heißt es:
(…) *Einzig und allein pazifistische Aussagen haben auch die knappen, handwerklich nicht überzeugenden Gedichte des bisher kaum in Erscheinung getretenen Günter Ullmann. Nur in „Kein Gott spricht mehr" greift er in Erweiterung seiner Thematik auch die Informationspolitik an und die Umweltverschmutzung durch die Industrie auf.* (…) *Die Text-Bildsammlung in ihrer Gesamtheit vermittelt den Eindruck, das zentrale Problem der DDR-Gegenwart und besonders der DDR-Jugend sei der Widerspruch zwischen angeblich beherrschten, bevormundeten, zur Wehrerziehung, Wehrkunde und Armeedienst gezwungenen Menschen auf der einen Seite und einer inhumanen*

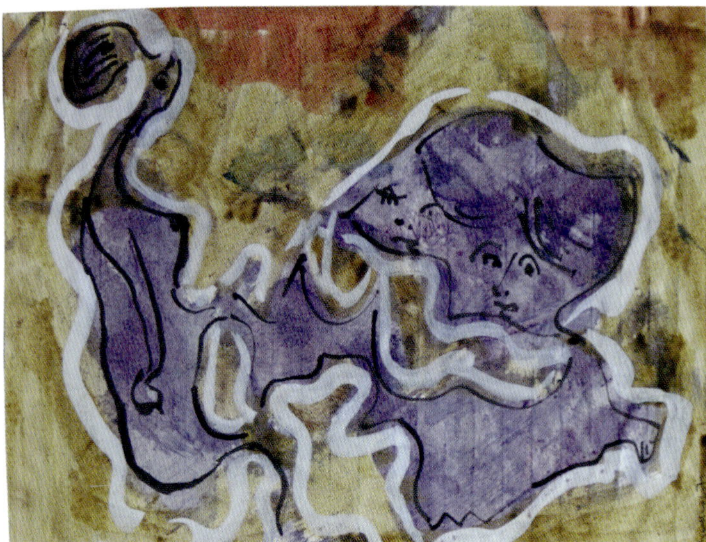

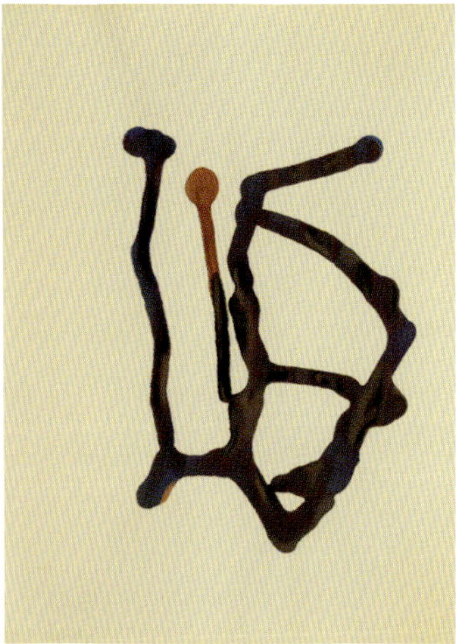

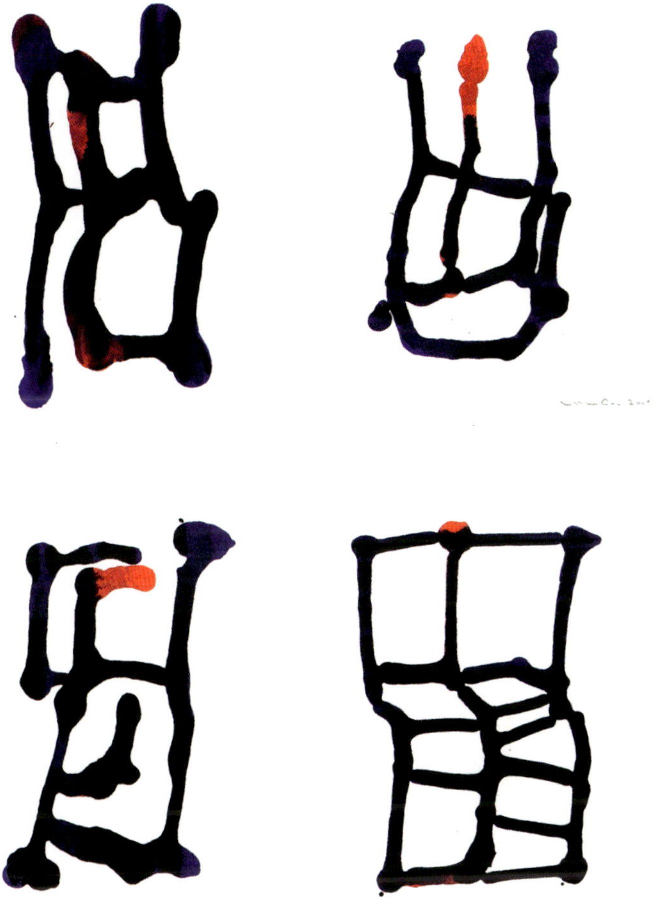

BEZIRKSBEHÖRDE
DER DEUTSCHEN VOLKSPOLIZEI
Gera

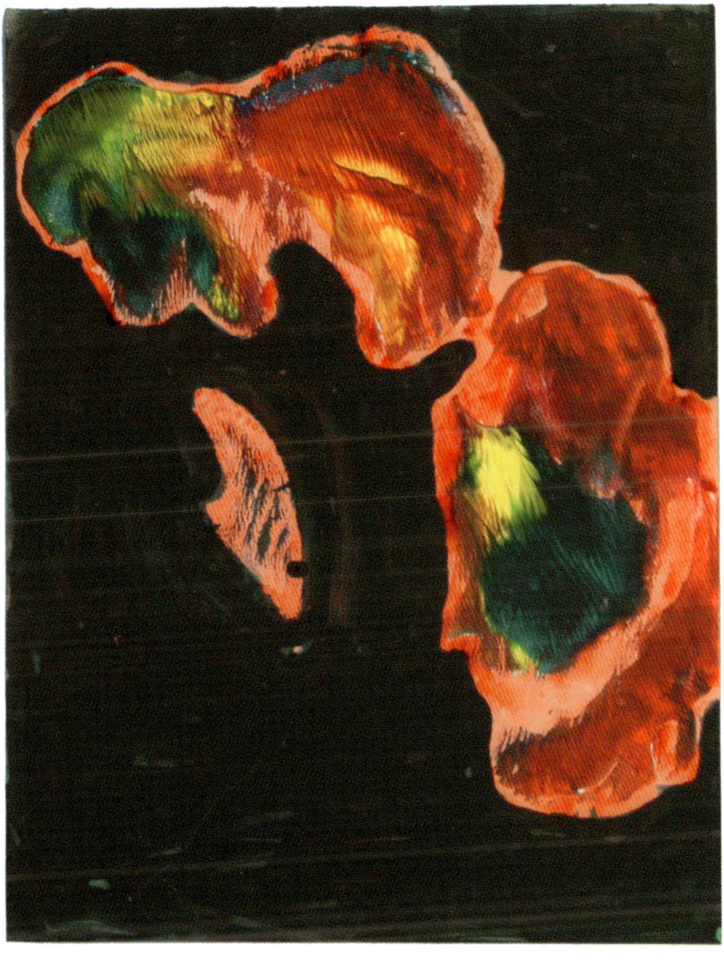

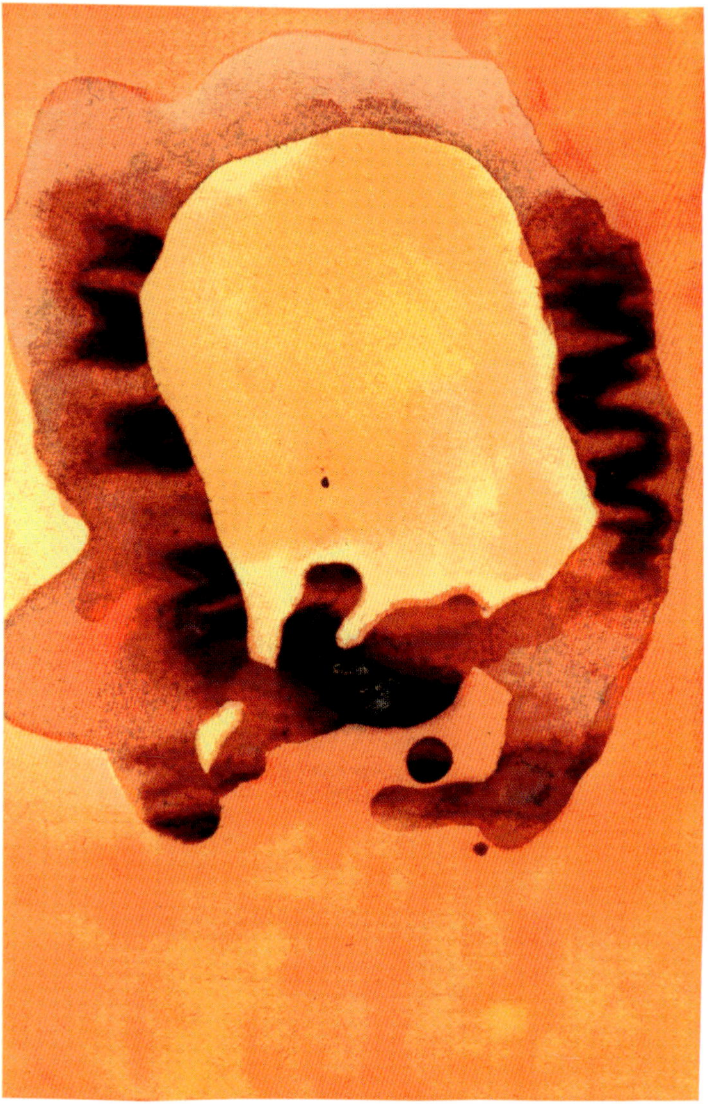

Staatsmacht auf der anderen Seite, die, sich hinter Phrasen versteckend, am drohenden Krieg schuldig oder mitschuldig ist.[136]

Insgesamt bescheinigt das stasiinterne Gutachten der Anthologie einen „nur an wenigen Stellen kaschierten DDR-feindlichen Charakter". Oberstleutnant Müller, der Leiter der KD Greiz, der sich vor einigen Jahren noch für „den Kampf um die Seele" zur Anwerbung Günter Ullmanns als Inoffiziellen Mitarbeiter eingesetzt hatte, fordert jetzt, über den Kreisstaatsanwalt ein Strafverfahren gegen ihn einzuleiten. Außerdem sollen durch den Rat des Kreises, Abteilung Kultur und im Betrieb „offensive Auseinandersetzungen" mit dem Lyriker geführt werden. Damit soll er, bis die Anklage vorbereitet ist, so unter Druck gesetzt und eingeschüchtert werden, dass er seine Schreiberei lässt.

Günter Ullmann ahnt nichts von der ihm drohenden Zuchthausstrafe, wie sie 1980, fünf Jahre zuvor über Utz Rachowski aus der Nachbarstadt Reichenbach für seine „Hetzschriften in Versform" verhängt wurde: siebenundzwanzig Monate nur für die Weitergabe von Gedichten. Er ahnt auch nichts von dem „Glück", dass er in der veränderten Situation jetzt hat.
Angesichts der zunehmend prekären Lage in der DDR-Wirtschaft, den allgegenwärtigen Versorgungsengpässen im Land, dem wachsenden Unmut in der Bevölkerung, die sich auch in den jährlich steigenden Ausreiseanträgen widerspiegelt – allein im Jahr 1984 verdreifacht sich die Zahl der Ausreisegenehmigungen auf über 40.000 – steht die SED-Führung vor schier unlösbaren Problemen. Ein Milliarden-Kredit, verhandelt mit Franz-Josef Strauß, hat das Überleben des SED-Staates noch einmal gesichert, die Führung allerdings auch zu Zugeständnissen gezwungen, und sie weiß, sie ist auf weitere finanzielle Unterstützung durch die Bundesrepublik angewiesen. In dieser Lage kann sie Negativschlagzeilen in den westlichen Medien nicht brauchen. Auch nicht im Fall Günter Ullmanns.
In der Abteilung IX, Strafermittlung der MfS-Bezirksverwaltung lehnt man deshalb beim aktuellen Ermittlungsstand die Forderung nach Einleitung eines Strafverfahrens ab. Man düpiert die Genossen

in Greiz sogar mit der Feststellung: Ullmanns pazifistische Gedichte allein würden für strafrechtliche Maßnahmen nicht auseichen. Es sei nicht nachgewiesen, dass er mit ihnen „bewusst den Verhältnissen in der DDR schaden wollte“ und er „die Veröffentlichung in der BRD beabsichtigte“. Darüber hinaus sei zu beachten, dass er sich seit mehreren Jahren in nervenärztlicher Behandlung befinde. Aus Gera erhalten die Greizer Genossen nur die Genehmigung, den Dichter unterhalb der strafprozessualen Ebene in die Mangel zu nehmen. Damit die eigenen Leute im Hintergrund bleiben, sollen sie, wie vorgeschlagen, Vorladungen zum Rat des Kreises und Aussprachen im Betrieb veranlassen.

Der Parteisekretär, dem sie auf der Baustelle die Schuhe rot lackiert hatten, als der in Gummistiefeln den Baufortschritt auf ihrer Baustelle begutachtete, erhält jetzt den Auftrag, eine Auseinandersetzung mit dem renitenten Lyriker vor dem Kollektiv zu führen. Für den ist das ein „innerer Parteitag“. Die Versammlung wird einberufen, er redet vom Klassenfeind und seinen Machenschaften, dem Ullmann in die Hände arbeite, und er redet von einem die Arbeiterklasse schädigenden Verhalten. Da kann Günter Ullmann noch grinsen. Aber als der mit seinem Zettel da vorn vor den Kollegen Gedichte überbetont zitiert und in den Schmutz zieht, werden seine Lippen zu einem schmalen Strich. Einige Kollegen sind sauer, dass ihnen deswegen Arbeitszeit verloren geht, die sie wieder rausarbeiten müssen. Am Ende verlangt der Parteisekretär, die Kollegen sollen sich distanzieren. Und sie tun es, einige zwar zögerlich, aber das ist noch schmerzhafter.

Günter Ullmann hält das Arbeitsklima nicht mehr aus. Mehrfach hat er sich um Umsetzung beworben, er will weg, am liebsten wieder als Bauschreiber nach Berlin, wo er in seinem früheren Leiter auch einen Fürsprecher findet. Er bewirbt sich auch in der Papierfabrik Greiz. Doch mit dem Kaderleiter, Deckname „Ernst Mayer“, hat er keine Chance. Denn der Stasi-Maßnahmeplan gegen den „feindlich negativen Lyriker“ sieht unter anderem vor, ihn durch körperliche Arbeit auf dem Bau und durch Spannungen mit den Kollegen zu demoralisieren. „Ernst Mayer“ hält die Kreisdienststelle zuverlässig auf dem Laufenden. Im Februar 1985 berichtet er, Ullmann sei jetzt als

Produktionsarbeiter im Baustellenbereich Kunstseidewerk Elsterberg eingesetzt. Und er berichtet: *... daß er gesundheitlich (nervlich) Probleme hat. Er erweckt den Eindruck, daß er ständig in Trance ist.*[137]
Das ist eine Folge der Spritzen, die er regelmäßig bekommt.
Die Staatsicherheit hat die „Vorgangsperson" Ullmann weitgehend unter Kontrolle. Zur Sicherheit wird in seinem Arbeitsbereich zusätzlich ein Spitzel eingesetzt.

In Günter Ullmanns nachgelassenem Filmskript *Und der Himmel hängt voller Geigen* findet sich diese Szene:

Vernehmer liest Gedicht verächtich vor:

PROBLEME
bei müllers ist der fernseher kaputt
bei meyers das auto
herr schulz braucht neue jeans
seine frau einen neuen mantel
was wissen schon die in den gefängnissen
von unseren problemen

Vernehmer: „Und das in einem Westverlag!" Pause.
„Haben Sie sich schon einmal mit unseren Gesetzen vertraut gemacht? Pause.

Charly schweigt. Schnitt.

In den vorliegenden Stasi-Akten findet sich kein Hinweis, ob eine Vernehmung so stattgefunden hat. Angelika Ullmann erinnert sich allerdings, dass man ihren Mann in die Abteilung Inneres bestellt und über ihn eine Geldstrafe von einigen Hundert Mark verhängt hatte.
Günter Ullmann sagt später nur: „Mir wurde mit Gefängnis gedroht. Ich landete in der Psychiatrie."
Hinter diesem lakonischen Satz steht einer der dramatischsten Momente seines Lebens. Der zielgerichtet ausgeübte Druck zeigt Wirkung.

Zeitweise entwickelt Ullmann ein so tiefes Misstrauen gegenüber Familie und Freunden, dass es ihn paralysiert. Die wirklichen Ursachen, die verdeckten Maßnahmen des MfS, sind für ihn nicht greifbar. Sie sind wie ein undurchdringliches Gespinst, das seine Selbstzweifel nährt. Observationen, demonstrativ geöffnete Briefe, gleichgeschaltete Aussprachen im Betrieb und verhörähnliche Gespräche im Rat der Stadt, diese Verfolgung ist real. Wieso sagen Geli, Rubi und Schotte dann: „Charly, du leidest unter Verfolgungswahn!" Die Angst, dem nicht mehr gewachsen zu sein, versetzt ihn in innere Panik.

Zu vieles kommt jetzt zusammen: Die Gruppe „media nox" wird für März 1985 zum internationalen Jazz-Festival „Modern Art" nach Karlovy Vary eingeladen. Es soll ihr erster großer internationaler Auftritt werden! Doch dann sagt ihnen der tschechische Veranstalter „aus technischen Gründen" ab. Was sie nicht wissen: Das zuständige Zentralhaus für Kultur in Leipzig hat nach Rücksprache mit der Abteilung Kultur im Rat des Bezirkes Gera keine Auftrittsgenehmigung erteilt:
Gründe dafür liegen im politisch indifferenten Verhalten der Gruppenmitglieder, ihrer Neigung zu Greizer Kirchenkreisen sowie der nicht auszuschließenden Möglichkeit, daß die Festivalteilnahme durch Personen aus der BRD angeschoben wurde.[138]

Bandleader Rudolf Kuhl erzählt den Freunden, wie er zuvor in die Abteilung Kultur des Bezirkes bestellt wurde, wie er vom dortigen Leiter befragt, versucht hatte, einen guten Eindruck zu machen – und jetzt die Ablehnung! Sie sind hellauf empört. Günter Ullmann ist klar, das ist eine Verschwörung der Verbrecherbande in der Kultur.
Kurz danach findet er im Briefkasten eine Vorladung zum Rat des Kreises, Abteilung Kultur zur „Klärung einiger Fragen im Zusammenhang mit Ihrer volkskünstlerischen Tätigkeit".
Er befürchtet, jetzt beginnt wieder etwas von vorn, so wie es vor sieben Jahren mit den Vernehmungen in Gera begann. Nach der zweiten Westveröffentlichung kommt er mit Sicherheit nicht mehr so davon.

Er steht unter extremer Anspannung, aber er kann mit niemandem darüber reden. In einem stummen Aufschrei vertraut er dem Papier an:

TREPPE

ich habe sehnsucht nach
tod

und hebe vorsichtig meinen
fuß[139]

In seiner Verzweiflung nimmt er dreißig Tabletten eines starken, ihm verordneten Beruhigungsmittels. Als Angelika am 24. September 1985 von der Arbeit kommt, taumelt er ihr entgegen, läuft orientierungslos gegen die Tür. In ihrem Schreck holt sie den Schwager, der ruft die Dringende Medizinische Hilfe und findet die leeren Tablettenschachteln im Abfalleimer. Dadurch wissen die Ärzte im Krankenhaus, was sie tun müssen. Das Leben Günter Ullmanns steht in den nächsten Stunden auf der Kippe. Der systematisch durch die Staatssicherheit ausgeübte Druck hätte ihn fast in den Tod getrieben. Parallelen zu dem von Arnold Vaatz berichteten Suizid des Merseburger Buchhändlers Thomas Heinemann drängen sich auf.

Das ist bereits sein zweiter Suizidversuch. Seine Schwester Karin sagt: „Beim ersten Mal hatten wir es noch hingekriegt." Die Familie ließ damals und lässt auch diesmal nichts nach außen dringen. Die Arbeitskollegen wissen nicht, warum ihr Kollege das nächste halbe Jahr krankgeschrieben ist.
Für acht Wochen und kurz darauf noch einmal von Anfang Dezember bis Ende März 1986 wird Günter Ullmann in die Psychiatrie nach Stadtroda eingewiesen. Hinter den roten Klinkerwänden waltet der ganz normale Irrsinn. Er findet sich wieder in einer geschlossenen Abteilung mit Gittern an den Fenstern, mit Türen ohne Klinken. Hier ist es noch schlimmer als in Rodewisch. Manchmal läuft der eine oder andere mit „Turban" herum, um die Spuren der

Stromschocktherapie zu verdecken. Eine „Durchflutung" bleibt ihm erspart.
Als er im ärztlichen Aufnahmegespräch nach dem Grund für seinen Selbstmordversuch gefragt wird, sagte er: „Ich bin ein fauler Hund." Dieser Satz, dem er auf Arbeit ausgesetzt ist, den er manchmal auch von seiner Frau zu hören bekommt, wenn er sich in seinen Dichterverschlag zurückzieht und er ihr alle Arbeiten um die Familie überlässt, dieser Satz sitzt tief.
Er misstraut den Ärzten und ist nicht davon abzubringen, dass ihm die Staatssicherheit Pillen untermischt. Anders kann er sich sein reduziertes Wahrnehmungsvermögen nicht erklären. Einige dieser Pillen und Spritzen wirken wie Keulenschläge.

Einmal, in den 1990er Jahren an seinem Küchentisch, muss ich ihm für ein literarisches Porträt die Frage stellen, warum er sich zu jenem allerletzten Schritt entschlossen hatte. Er schweigt lange, gibt mehrere Zuckerwürfel in den starken Kaffee und rührt angespannt in seiner Tasse, so als müsse er sich durch deren Boden hindurchrühren. Dann legt er den Löffel beiseite, atmet schwer durch die Nase aus, schweigt noch einen Moment und sagt: „Heute bin ich froh, dass es damals nicht geklappt hat." Mehr sagt er nicht.

Licht nach der Finsternis

Etwas tun

Noch während Günter Ullmanns Aufenthalt in der Stadtrodaer Psychiatrie setzt sein Schwager und behandelnder Arzt Dr. Frank Thomas sich für einen Arbeitsplatz in der Verwaltung ein. Er spricht beim Kaderleiter des Baukombinates vor, erklärt ihm das Krankheitsbild und weist ihn darauf hin, dass in einigen Jahren eine Frühverrentung notwendig werden könnte, wenn Günter Ullmann weiter als Bauarbeiter eingesetzt werde:
Es ging um die Frage, wann Günter wieder arbeitsfähig sein würde. Ihm lag meine AU-Schreibung vor (AU – Arbeitsunfähigkeit, d. Verf.). *Ich habe Günter immer krankgeschrieben, wenn es ihm schlecht ging, weil die Stasi mal wieder Druck auf ihn ausübte. Auch wenn er darüber mit mir nicht sprach, kam das in seinen Andeutungen bisweilen doch durch.*
Der Kaderleiter fragte, wann können wir wieder mit ihm rechnen? Ich antwortete: Wenn die Arbeit angemessen ist.

Der Kaderleiter informiert umgehend seinen MfS-Kontaktoffizier über dieses und zwei weitere Gespräche mit Dr. Thomas. In ihnen lehnt der Arzt das Angebot einer Stelle als Materialdisponent auf der Baustelle in Elsterberg zunächst ab und meint, auch diese Arbeit könnte weitere Krankschreibungen nach sich ziehen. Nachdem Günter Ullmann und er mögliche Für und Wider erwogen haben, lenken sie ein, bestehen aber auf einem Schonarbeitsplatz mit verkürzter Arbeitszeit.

Eine von ihm beantragte Umsetzung in die Verwaltung wird abgelehnt. Auch seine nochmalige Bitte gegenüber dem Kaderleiter, wieder als Bauschreiber oder Arbeitsökonom in Berlin arbeiten zu dürfen, ist zwecklos. Danach will er ganz fort vom Bau. Er be-

wirbt sich beim Rat der Stadt als Programmgestalter für die Jugendherberge „Juri Gagarin". Dort informiert die „inoffizielle Schlüsselposition", der Gesellschaftliche Mitarbeiter GMS „Höhn", umgehend die Kreisdienststelle und weist darauf hin, dass diese Jugendherberge auch von jungen Leuten aus dem westlichen Ausland besucht werde.
Ullmanns Selbstzweifel wachsen. Woher sollte er auch wissen, dass hinter allen Absagen die Staatssicherheit mit ihrer Strategie „des Organisierens von beruflichem Misserfolg" steckt. Gleichzeitig beobachten die Stasi-Genossen argusäugig seinen nur noch sporadischen Briefwechsel mit Jürgen Fuchs in Westberlin und seine Besuche des weltanschaulichen Gesprächskreises bei Pfarrer Klaus Böhme.
Dort diskutieren sie jetzt auch Umweltprobleme und mögliche Spätschäden. In Dia-Vorträgen sehen sie, wie ein Agrarflugzeug Pestizidwolken über eine Kleingartenanlage versprüht, wie dicker, schwarzer Qualm ungefiltert aus Industrieschloten quillt und wie Baumskelette im Erzgebirge ganze Waldhänge in Todeslandschaften verwandeln.
Pfarrer Klaus Böhme erzählt von einem Fernsehbericht der ARD, in dem gezeigt wurde, wie man mit dem Vermehrungsverhalten von Guppys die Wasserqualität des Rheins getestet hat. Dieter Linke, damals ein junger Lehrer, heute Schulleiter der Lessing-Schule in Greiz, hat die Idee, diesen Test auch in ihrer Stadt öffentlich mit dem durch die Abwässer der Papier- und Textilfabriken verseuchten Elsterwasser vorzuführen. Letztlich bringen ihn die Frauen im Kreis aus Tierliebe davon ab. Daraufhin ruft Dieter Linke den „Arbeitskreis Stadtökologie" ins Leben.

Die Zahnräder des Apparats greifen ineinander. Am 8. April 1986 wird Günter Ullmann vom „Greizer Kulturpapst, Genossen Herzog", wie er ihn für sich nennt, im Auftrag der Staatssicherheit erneut zu einem Verunsicherungsgespräch in den Rat des Kreises einbestellt. Eberhard Herzog ist über den Gesundheitszustand des Vorgeladenen, über seine Gedichte in der von Lutz Rathenow herausgegebenen Anthologie *einst war ich fänger im schnee*, über die

Kindergedichte bei Gelberg und über die durch die „Organe" verhinderte Arbeitsaufnahme in der Jugendherberge „Juri Gagarin" informiert.

Im Gesprächzimmer sieht Günter Ullmann sich einem zweiten Mitarbeiter für Kultur gegenüber. Er muss sich anhören, dass seine Westveröffentlichungen den Straftatbestand nach § 219 Strafgesetzbuch der DDR erfüllen. Das sei ungesetzliche Verbindungsaufnahme, und die könne eine Geldstrafe oder Freiheitsstrafe bis zu fünf Jahren nach sich ziehen. Er versucht sich herauszuschwindeln: Die Veröffentlichung in der *L 80* sei vom Büro für Urheberrechte genehmigt gewesen und bei den jetzigen Veröffentlichungen durch Lutz Rathenow habe er das ebenfalls angenommen. Die Kindergedichte seien völlig unpolitisch und sein Honorar werde an die westdeutsche Friedensbewegung überwiesen.

Die beiden Genossen lassen sich auf keine Diskussion ein, er solle gar nicht erst versuchen, mit Unkenntnis zu argumentieren. Sie erfüllen ihren Auftrag. Das Ergebnis gibt der Gesellschaftliche Mitarbeiter, GMS „U. Schreiber" noch am selben Tag für die MfS-Kreisdienststelle so zu Protokoll:

(…) *Abschließend wurde Ullmann noch einmal nachdrücklich ermahnt, Veröffentlichungen im Ausland ohne staatliche Genehmigung zu unterlassen.* (…)

Insgesamt wirkte U. wie ein „kranker Mann", d. h. ungesund und angegriffen, aber nur in der Erscheinung, nicht in Gebärden und Sprache.

Es ist einzuschätzen, daß die Zielstellung einer Verwarnung und Ermahnung erreicht wurde, insbesondere durch Hinweis auf die Tatsache, daß er sich in Zukunft nicht auf „Unkenntnis" der Rechtslage berufen könne und auch strafrechtliche Maßnahmen zur Anwendung kommen können.[140]

Nach diesem Disziplinierungsgespräch fühlt Günter Ullmann sich schwach. Er hat ihnen die Stirn geboten, und sie zeigen ihm ihre Instrumente. Er weiß, dass ihre Warnungen ernst zu nehmen sind. Er sieht die Absurdität dieses Systems, seine Lügen und Perspektivlosigkeit, die die Bonzen nicht wahrhaben wollen. Jürgen Fuchs,

Robert Havemann, Reiner Kunze – sie in Greiz waren angetreten für einen besseren Sozialismus. Jetzt spürt er nur noch eine große Müdigkeit. Seine Frau Angelika sagt:

Günter hat keine extremen Gefühle mehr verkraftet, weder in der Freude noch im Negativen. Am liebsten wollte er den Gleichklang. Alles, was ihn emotional aufgewühlt hat, machte ihn krank.

Um nicht wieder krank zu werden, zieht er sich zurück in seine Schreib- und Malklause, in diesen Verschlag am Ende des Flures. Ein anderes Zimmer kommt für ihn nicht infrage. Hier empfängt ihn der kalte Rauch seiner Zigaretten, von hier aus hat er den vertrauten Blick auf den Kirschbaum vorm Fenster, hier wachsen seine Erinnerungen, hier finden seine Aufschreie ins Papier. Die vier Quadratmeter werden zum äußeren Sinnbild seiner inneren Emigration. In den nächsten drei Jahren entstehen vierzehn Buchmanuskripte für die Schublade.

Er klagt das Versagen der Mitläufer an. Mit Gedichten kann er sich gegen die Aussichtslosigkeit in diesem Staat wehren:

WIR SIND SCHULD

an unserer unschuld
wir geben denen unsere
stimme
über die wir sonst nur witze
machen
wir gehen auf die straße
und demonstrieren
für die
die wir verfluchen
wir werden genosse
von denen
man es niemals sein dürfte
wir kaufen die zeitung
die wir nicht lesen
wir sind schuld
an unserer unschuld[141]

HERBST-
FALL

der goldrand gesichtsloser
blätter

mein langsames sterben
am zweig[142]

Wenn er schreibt, wenn Verse wie diese aus ihm hervorbrechen, setzt er mitunter die dämpfenden Medikamente aus, damit noch mehr von dieser Zwiesprache möglich wird. Er weiß, der Preis dafür kann hoch sein.

Später wird er sagen: „Ich konnte nachts nicht mehr länger als vier oder fünf Stunden schlafen." Antriebslosigkeit und Müdigkeit greifen nach ihm. Er kommt sich vor wie gefangen in einem schwarzen Loch. Das morgendliche Aufstehen wird zur Qual. Einzig viel Nikotin und Koffein helfen ein wenig.

Die operativen Vorgangsbearbeiter der Staatssicherheit haben ihr Ziel erreicht, die feindlich negative Vorgangsperson Ullmann verstummt, die von ihnen betriebene „Zersetzung", wie sie es nennen, führt zunehmend zum Verlust seiner Handlungsfähigkeit bis hin zum zeitweiligen Kontrollverlust über sich selbst. Zwei Mal, für sechs Wochen im Sommer 1987 und noch einmal ein viertel Jahr von Oktober 88 bis Januar 89, wird er stationär in die Psychiatrie nach Jena eingewiesen.

Die Vorgangsperson ULLMANN trat im Bearbeitungszeitraum nicht in Erscheinung. Die im Operativplan enthaltenen Maßnahmen wurden teilweise abgearbeitet. (…)

Im Ergebnis der eingeleiteten Maßnahmen wurde durch die Abt. M (Postkontrolle des MfS, d. Verf.) *lediglich die Kopie einer Postkarte der OV-Person FUCHS gesichert. Das bedeutet einen starken Rückgang der postalischen Verbindung zwischen der Vorgangsperson und FUCHS. (…) Die von FUCHS/WB ausgehenden feindlichen Einflüsse auf die Person ULLMANN sind wesentlich zurückgegangen.*[143]

Auch die meisten anderen im Operativen Vorgang „Ring“ Bearbeiteten treten aus Sicht des MfS jetzt kaum noch in Erscheinung. Deshalb schlägt der Dienststellenleiter Oberstleutnant Müller die Archivierung der Akten vor. Jürgen Kornatz arbeitet inzwischen in Dresden als Tonassistent bei der DEFA, wo die dortige Staatssicherheit seine berufliche Karriere verhindert. Peter Hochel und ein Freund, die zusammen nicht genehmigte Siebdrucke herstellten, werden durch überhöhte Steuernachzahlungen und eine beträchtliche Ordnungsstrafe finanziell an den Rand ihrer Existenz gebracht. Bei Pfarrer Klaus Böhme vermerkt das MfS „seit 1987 eine Loyalisierung im Auftreten und Verhaltens“. Ihm wird klargemacht, seine Kinder hätten die Konsequenzen zu tragen. Deshalb entscheidet er: „Wir müssen in diesem Staat leben, aber wir werden kein Blatt vor den Mund nehmen.“ Zum neuen Hauptfeind wird jetzt Harald Seidel erklärt. Als „Spiritus Rector“ und „Philosoph“ missbrauche er kirchliche Einrichtungen als „negativ-feindlich ideologische Plattform“. Darüber hinaus bringe er ökologische Themen in den kirchlichen Gesprächskreis ein, beschaffe westdeutsche Bücher und unterhalte Kontakte zu dem Physiker und Friedensforscher Carl Friedrich von Weizsäcker.

Als im Januar 1988 die SED-Führung in Berlin ihre alljährliche Großdemonstration zu Ehren Rosa Luxemburgs und Karl Liebknechts zelebriert und mehrere Hundert Gegendemonstranten brutal verhaftet werden, kommt es DDR-weit zu Mahnwachen. In Greiz ist Harald Seidel maßgeblich an ihrer Organisation beteiligt. Fortan wird er in einem eigenen Operativen Vorgang, dem OV „Protest“, bearbeitet. Er erzählt:

1988, als der Staat nach der Rosa-Luxemburg-Demo hart durchgegriffen hat, haben wir hier in Greiz das erste Mal vor der Kirche eine Mahnwache mit Kerzen abgehalten. Dazu sind wir zusammen mit Peter Hochel zuerst ins kirchliche Gemeindehaus, ins Paul-Gerhardt-Haus zu Pfarrer Böhme und Vikar Matthias Pöhland gegangen: „Wir müssen hier etwas unternehmen.“ Hochels Frau Brigitte stand draußen mit einer großen Kerze. Erst wollten wir eine Art Prozession auf der Straße veranstalten, aber das wäre zu gefährlich gewesen, also sind wir zur Stadtkirche gegangen und haben den ersten Fürbitt-Gottesdienst in Greiz abgehalten.

Charly wollte mitmachen, aber wir konnten ihn davon abhalten. Wir wussten ja wirklich nicht, worauf es hinausläuft.

An den Mahnwachen am 30. und 31. Januar beteiligt sich Günter Ullmann dennoch. Wie andere auch stellt er als Zeichen seines Protests Kerzen in die Fenster. Noch liegt das Land wie in einer Froststarre, aber intuitiv spürt er, hier bricht etwas auf:

NOVEMBER

die nackten bäume starren wie
abgefressene
skelette in den roten
morgen

der himmel ist
leer und
brennt

die angefrorenen blätter beginnen
im eisigen licht zu
leuchten[144]

Das größte Hoffnungszeichen gegen die verkrustete Macht sieht er, wie viele im Land, in der durch den sowjetischen Präsidenten Michail Gorbatschow eingeleiteten Reformpolitik mit den wunderbar klingenden Worten „Glasnost" und „Perestroika", dem Versprechen von Transparenz und Umgestaltung. Der Neudenker erscheint glaubhaft wie kein kommunistischer Führer zuvor. Vielleicht gibt es ja doch einen Weg aus dem Tunnel ins Licht? Im Freundeskreis erhitzen sie sich einmal mehr am SED-Chefidelogen Kurt Hager und dessen zynisch rhetorischer Frage, „ob man seine Wohnung ebenfalls neu tapezieren" müsse, nur weil der Nachbar dies tue?
Als auf der Baustelle wieder einmal jemand für die Gestaltung einer Wandzeitung gesucht wird, erklärt Günter Ullmann sich dazu bereit. Die Kollegen sind froh, dass diese lästige Aufgabe nicht sie trifft.

Er heftet an das rot bespannte Brett Gorbatschow-Zitate, wie: „Die Umgestaltung liegt in der Hand des Volkes“ und: „Es gilt zu handeln und nicht auf Weisungen von oben zu warten“. Er informiert über Gorbatschows Pläne für radikale Wirtschaftsreformen, der Begrenzung der Amtszeit von Funktionären und über dessen Aufforderung zu offener Berichterstattung und offenen Diskussionen.
Diese Informationen und Zitate findet Günter Ullmann nicht in der SED-Presse, sondern in Untergrundveröffentlichungen, meist getarnt als „Nur zum innerkirchlichen Gebrauch“ wie dem *Friedrichsfelder Feuermelder* oder im Samisdat-Heft *grenzfall* der Initiative Frieden und Menschenrechte. Es sind hektografierte Hefte, die er unter anderem von Arnold Vaatz erhält:
Unsere gegenseitigen Besuche dauerten an. 88, 89, als aus Berlin die Samisdat-Schriften kamen, hatten wir viel Stoff, haben uns darüber unterhalten. Auch mit Harald Seidel. Da zeigten sich auch konträre Ansichten, weil ich mit dem Laden inzwischen total abgeschlossen hatte. Denn mit dem Erlebnis Leuna, dieser zusammenbrechenden Wirtschaft, hatte ich einen anderen Blickwinkel als die Freunde in Greiz.

Die Wandzeitung spricht sich schnell herum und sorgt für noch mehr Aufsehen, als der Vorsitzende der Betriebsgewerkschaftsleitung die Gorbatschow-Zitate entfernt. Wie vor einigen Jahren, bei seinem Austritt aus dem Kulturbund wegen der verlogenen Friedens- und Kulturpolitik der DDR, reagiert Günter Ullmann auch jetzt mit der ihm eigenen Konsequenz:

Greiz, den 13.9.1988
An: die Betriebsgewerkschaftsleitung

MEINE AUSTRITTSERKLÄRUNG
AUS DEM FDGB

Das Entfernen von Zitaten des anerkannten Führers des Weltsozialismus M. Gorbatschow von der Wandzeitung empfinde ich als beleidigenden Angriff auf den Sozialismus und die Arbeiter, die sie eigentlich vertreten sollte.

Anmerkung:
Als mich der BGL-Vorsitzende belehren wollte, habe ich ihn darauf hingewiesen, daß es seine Pflicht gewesen wäre, die Wandzeitung zu gestalten, statt sie zu entfernen. Er sagte, die Regierung der DDR hätte eine andere Meinung und er hätte auf Anweisung der Staatssicherheit gehandelt.
Mit sozialistischen Grüßen
Ullmann[145]

Mit diesem Staat und seinen Vertretern hat er nicht nur abgeschlossen, er findet inzwischen auch wieder die Distanz, sich über sie lustig zu machen. In einer Prosanotiz fabuliert er nahe an der Wirklichkeit:

MEIN ABENTEUER
Auf dem Ball der Werktätigen fand ich nur wenige Werktätige. Das Sommerpalais ist ja Fürsten gewöhnt. Keiner wird mir glauben, wie einfach ich durch die Absperrung gekommen bin. Die Polizisten konnten einen Ausweis der Staatssicherheit nicht von dem für Schwerbeschädigte unterscheiden.
Ich hatte den großen Vorteil, dass ich die meisten kenne und die wenigsten mich.
Ich musste mich anpassen, um nicht aufzufallen. Ich habe mich dumm gestellt, mit ihnen gefeiert und geprasst. Es gab alles in Hülle und Fülle und natürlich umsonst. Ich habe von meiner Villa in meinem Park und von meinem Traumauto erzählt und sie fingen gleich an zu rechnen. (…) Ich konnte bestens studieren, wie die, die sich immer verstellen müssen, in Wirklichkeit gar nicht sind.
Ich habe die Neureichen kennengelernt in ihrer Hohlheit und Leere. Das reicht fürs ganze Leben.[146]

Noch gibt es kaum Hoffnung auf Veränderungen im Land. Über eine Reformfraktion, die Honecker, Hager, Stoph und die anderen Hardliner im Politbüro mit Gorbatschows Billigung absetzen könnte, gibt es vage Gerüchte, mehr nicht. Die eigentliche Opposition in der DDR ist nur eine marginale Kraft. Sie hat kein Gesicht wie in

Polen mit Lech Walesa und der Gewerkschaft Solidarność, die die kommunistische Regierung seit Anfang 1989 an den Runden Tisch zwingen. Wie sollte das die kleine Opposition in der DDR schaffen? Günter Ullmann kann nur mahnen und ermutigen. Er will aufrütteln. Vorbei ist die Zeit zu resignieren:

DIE WELLE

die das ufer nicht
erreicht
geht unter

träume werden
in wunden
geboren[147]

HOFFNUNG

das gras
auf der straße

die bäume
in den fabriken

die gesichter
unter den masken

der flug der vögel
über dem schweren atem der stadt

gott
vor uns

die wiedergeburt der sterne
nach dem feuerwerk[148]

Die „Wiedergeburt der Sterne" nach dem Feuerwerk verlogener Reden, Parolen und Aufmärsche, die Wiedergeburt nach dem Erlöschen der falschen Verheißungen ist es, wofür das Leben wieder lohnen könnte.

Wohl für jeden unerwartet bekommen die Ereignisse 1989 eine Dynamik, die in den Jahrzehnten zuvor undenkbar gewesen wäre. Der Lehrer Dieter Linke ist bei den Kommunalwahlen am 9. Mai 1989 in Greiz einer der Wahlbeobachter, die den Wahlbetrug der SED aufdecken. Und natürlich diskutieren sie über diese Schweinerei der Bonzen, die jedem schon vorher klar war. Jetzt ist sie bewiesen. Im August öffnet Ungarn während der paneuropäischen Spiele den Eisernen Vorhang zu Österreich. Fünfundzwanzigtausend DDR-Bürger nutzen diese einmalige Gelegenheit zu Flucht. Es folgen Besetzungen der bundesdeutschen Botschaften in Prag und Warschau durch Ausreisewillige. Der plötzlich anschwellende Druck paralysiert nicht nur die SED-Führung, er führt zu einer bislang unvorstellbaren Volksbewegung. Vor allem die Generation der Eltern, deren Kinder gehen, ist es, die sagt: „So kann es nicht weitergehen. Das Land blutet aus. Diese Führung ist unfähig zu Reformen. Wir müssen etwas tun."

Seit dem Frühsommer 89 formiert sich konspirativ eine neue Bürgerrechtsbewegung. Aus der wichtigsten Berliner Oppositionsgruppe heraus, der „Initiative für Frieden und Menschenrechte", gründet sich am 9. September bei Katja Havemann in Grünheide das „Neue Forum". In einmaliger Rasanz entstehen in zahlreichen Städten Zellen dieser Basisorganisation, die sich als Dialogplattform innerhalb der Gesellschaft versteht. Auch in Greiz gründet sich das „Neue Forum" bereits im September. Rudolf Kuhl, damals einer seiner Sprecher in der Stadt, erzählt:

Wir hatten uns bei einer Lesung aus Christa Wolfs „Sommerstück" im Paul-Gerhardt-Haus eingetragen. Dort waren zwei Jenaer Studentinnen mit Listen. Ich ließ mich als Kontaktperson für Greiz einschreiben. Günter war auch dabei.

Wir haben uns organisiert und gesagt, wir müssen die Aufrufe des „Neuen Forums" vervielfältigen. Das machten wir auf Schreibmaschi-

ne mit sieben Durchschlägen. Dann kam der Kaplan der katholischen Kirche dazu, und wir konnten mit seinem Ormig-Gerät die Texte auf dem Dachboden vervielfältigen. Wir tauschten Kontaktadressen und Informationen aus und bereiteten die Veranstaltungen vor, montags die Fürbitt-Gottesdienste und sonnabends die Demos.

Nach seiner Unterschrift für das „Neue Forum" wird Günter Ullmann sofort aktiv. Er verfasst ein Forderungsschreiben an die SED, unterschreibt als Erster und sammelt Unterschriften:
Wir fordern Dialoge auf dem Boden der Deutschen Demokratischen Republik! Nicht auf dem Parkett der Staatssicherheit!
Wir fordern Demokratie und sozialistische Reformen wie in der Sowjetunion!
Wir fordern offene Grenzen und Freizügigkeit wie in Ungarn!
Wir fordern Parteienpluralismus und die sofortige Zulassung des „Neuen Forums"![149]

Versuche, die Bürgerrechtsbewegung in Berlin und in anderen Städten anzumelden, werden vom Ministerium des Inneren und den Abteilungen Inneres noch bis zum 8. November, dem Rücktritt des ZK der SED, schroff abgewiesen: „Es besteht keine Notwendigkeit." Doch viele sind anderer Meinung, und die lassen sie sich nicht mehr verbieten. Das Netzwerk wächst sich zu einer Massenbewegung mit mehr als zweihunderttausend eingetragenen Unterschriften aus und mobilisiert die Gesellschaft. Was eben noch undenkbar schien – zusammen mit Kirchenleuten, zusammen oder teilweise in Konkurrenz zu weiteren Bürgerrechtsbewegungen wie „Demokratie Jetzt", „Demokratischer Aufbruch" und der neu gegründeten Sozialdemokratischen Partei (SDP) entfaltet sich eine Revolution von unten.

Zu den dreiundvierzig Gründungsmitgliedern der Sozialdemokratischen Partei der DDR im Pfarrhaus in Schwante bei Berlin am symbolträchtigen 7. Oktober 1989 gehört auch Harald Seidel aus Greiz. Rudolf Kuhl ist als Beobachter und Vertreter des „Neuen Forums" dabei. Die illegale Gründung verstehen sie als Bekenntnis zu den Bürgerrechten und zur langen Tradition der Sozialdemokratie in

Mitteldeutschland. Die Wiedergründung ist ein Affront gegen die SED und die durch Kommunisten 1946 betriebene Zwangsvereinigung zur SED.
In Schwante gibt es auch ein erfreutes Wiedersehen mit Manfred Böhme, der sich jetzt Ibrahim nennt. Doch wie er sich hier in Hochform zeigt und sich zum Geschäftsführer der DDR-Sozialdemokratie wählen lässt, macht Harald Seidel skeptisch. Er fragt sich, ob das gut gehen wird, denn eigentlich ist Böhme doch ein – wenn auch sympathischer – Spinner. Bald werden sie staunen, wie er kometenhaft zum Vorsitzenden der Ost-SPD aufsteigt und als Vertreter der Oppositionsbewegung der DDR auftritt. Er gewinnt das Vertrauen von Willy Brandt und lebt seine Traumrolle als künftiger Ministerpräsident der DDR. Bundesdeutsche Politiker und ausländische Botschafter laden ihn ein. Internationale Korrespondenten ersuchen um Interviewtermine. Auch wenn sein politisches Programm so nebulös bleibt wie seine früheren Selbstauskünfte sind viele in Greiz stolz auf „unseren Manfred". Noch ahnt niemand seine Doppelidentität als Top-IM, jetzt mit dem Decknamen „Maximilian".

Seit Anfang Oktober überschlagen sich die Ereignisse. Die *Tagesschau* wird zum wichtigsten Außenkontakt. Vor allem durch sie erfahren die Bürgerrechtler in Greiz, was in Leipzig, Dresden, Plauen, Berlin und Rostock geschieht.
Sie hören und sehen die Fernsehmeldungen über die zehntausend Menschen in Leipzig, die sich am Montag, dem 2. Oktober nach Fürbitt-Gottesdiensten versammelt haben. Tausend von ihnen, meist jüngere Männer und Frauen, werden durch kasernierte Polizei und Kampfgruppen brutal festgenommen, auf Mannschaftswagen gezerrt, dort teilweise weiter mit Schlagstöcken traktiert und an das Wachpersonal übergeben, mit Sprüchen wie: „Wir bringen Frischfleisch für die Hunde."
Am 4. Oktober eskaliert die Situation vor dem Dresdener Hauptbahnhof. Am Abend sind dort geschätzte zwanzigtausend Demonstranten versammelt. Hartnäckige Gerüchte besagen, auf den Abstellgleisen stehen Züge für die Botschaftsflüchtlinge in Prag. Das

wäre die einmalige Chance, die Waggons zu besetzen und die eigene Ausreise zu erzwingen. Pflastersteine und Molotowcoctails fliegen, Polizei- und Stasi-Autos werden in Brand gesteckt, der Hauptbahnhof wird demoliert, die Polizei setzt Tränengas und Wasserwerfer ein und der SED-Bezirkssekretär Hans Modrow fordert den Einsatz von Militär an. Dresden steht am Rande eines Bürgerkrieges.

Günter Ullmann schreibt an die SED-Bezirkszeitung *Volkswacht*:
Hiermit bitte ich um Abdruck folgenden Textes:
Die Bürger der Deutschen Demokratischen Republik sind empört! Was hat Sozialismus mit Schlagstöcken und Wasserwerfern zu tun? Die Verantwortlichen sollten die Inhaftierten sofort frei lassen und sich entschuldigen.[150]
Es folgt sein Name und Adresse. Natürlich veröffentlicht die SED-Presse diesen Brief nicht.

Durch Plauen rollen seit dem 1. Oktober nachts Ausreisezüge mit den Botschaftsbesetzern aus Prag. Auf einem der Flugblätter steht: „Morgen könnten es unsere Kinder sein, wenn wir weiter Angst haben." Andere Flugblätter rufen zur Demonstration am 7. Oktober auf, dem Feiertag, an dem es nichts mehr zu feiern gibt. Zwanzigtausend kommen in der vogtländischen Textilarbeiterstadt auf den Theaterplatz. Der Ruf „Deutschland" wird laut. Auch hier rücken Wasserwerfer und kasernierte Polizeieinheiten mit Schilden und Schlagstöcken vor. Hubschrauber und Panzerfahrzeuge mit Maschinengewehren warten in Bereitschaft. Es ist der Superintendent der Stadt, dem es gelingt, die Demonstration friedlich zu beenden, Gespräche zwischen Bürgervertretern und der Stadt zu vermitteln und den Abzug der Einsatztruppen zu erreichen.
In Leipzig am 9. Oktober sind die Einsatzkräfte auf zwanzig- bis dreißigtausend Demonstranten vorbereitet. Als sich geschätzte Siebzigtausend nach den Fürbitt-Gottesdiensten, viele mit weißen Kerzen in den Händen und mit den Rufen „Keine Gewalt!" und „Wir sind das Volk!" auf dem Ring in Bewegung setzen, ist die Berliner SED-Führung abgetaucht. Leipzigs Polizeichef, Generalmajor Straßenburg befiehlt Eigensicherung. Die Ereignisse dieses Tages brin-

gen den Umschlag in die erste friedliche und erfolgreiche Revolution in Deutschland, die auch als Weiße-Kerzen-Revolution in die Geschichte eingehen wird.
Dabei bleibt die Situation im Land weiterhin überaus angespannt. In vielen Städten trauen sich die Leute jetzt in die Kirchen, aber noch nicht auf die Straßen. Bestellte Provokateure, meist erkennbar an uniformen Schweinslederjacken und Aktentaschen, versuchen Panik zu erzeugen oder aufzuwiegeln. Egon Krenz' Androhung chinesischer Verhältnissen, einem Massaker wie auf dem Platz des Himmlischen Friedens in Peking im Juni, ist fast jedem im Ohr.
Am 24. Oktober wählt die Volkskammer Krenz für den zurückgetretenen Erich Honecker zum Staatsratsvorsitzenden. Ein neuer Sturm der Entrüstung geht durchs Land. In Berlin demonstrieren spontan Zehn- bis Zwanzigtausend. Transparente zeigen den für die Wahlfälschungen im Mai Oberverantwortlichen mit mächtigem Gebiss als Wolf im Schafspelz. In mehreren Städten der DDR demonstrieren in den kommenden Tagen Hunderttausende für freie Wahlen und gegen „neue Machtkonzentration".

In Greiz ist es Rudolf Kuhl, der sagt: „Wir müssen auch was machen." Am 16. Oktober verkündet er in der Greizer Stadtkirche vor über 2.000 Versammelten spontan: „Morgen melde ich bei der Polizei eine Demo an."
Natürlich wurde mein Ansinnen abgelehnt, weil das „Neue Forum" noch verboten war. Demzufolge habe ich eine Privatveranstaltung mit zweitausend Leuten angemeldet. Damit war es meine private Demo. Mir war klar, dass viele Angst hatten. Mit der Anmeldung wollte ich ihnen und auch der Polizei Angst nehmen. Dann endlich, am 26.10., erhielt ich die schriftliche Genehmigung, dass „meine Veranstaltung" am 28. stattfinden könne, mit genauer Marschroute und Anzahl der Ordner, jedoch ohne Hinweis auf eine Demonstration. Als sich dann nach unseren Schätzungen zehn- oder zwölftausend Leute vor dem Theater versammelten, kamen mir doch einige Zweifel, ob alles wie geplant verlaufen würde oder ob die Staatsmacht nicht vielleicht doch Provokationen inszeniert. Ich war ziemlich aufgeregt, ich wusste, dass ich den Kopf in der Schlinge hatte.

Die zehntausend Demonstranten aus der Fünfunddreißigtausend-Einwohner-Stadt und den umliegenden Dörfern machen sich Mut und rufen im Chor wie die Leipziger drei Wochen zuvor: „Keine Gewalt!“ Und dann probieren sie auch schon mal: „Stasi in die Produktion!“

Die örtliche Staatsmacht greift nicht ein, sie hatte zwei Tage zuvor auf einem Bürgerforum im Goethepark vor zweitausend Leuten ihren Willen zum Dialog erklärt.

Günter Ullmann läuft in der ersten Reihe, die Hände in den Jackentaschen zu Fäusten geballt. Er hat das Gefühl, als könne er Vergangenheit mit den Fäusten zerdrücken. Es wie ein Rausch, Tausenden voranzugehen, sie alle finden sich in einer Verbundenheit, die sie so noch nicht erlebt haben. Neben ihm läuft Harald Seidel mit einer Tragetafel, darauf: „Greiz, die Stadt der unschuldigen Funktionäre!!!“ Günter Ullmann schreibt in sein „Revolutionstagebuch“:

DEMONSTRATION
wie sie sich die masken herunter-
reißen
auf den straßen auf den
plätzen
mitten am
tage
spürst du die seele der
revolution[151]

Spötter werden später lästern, die Greizer seien besonders vorbildlich gewesen, in der Woche hätten sie gearbeitet und an den Wochenenden seien sie demonstrieren gegangen. Harald Seidel findet etwas anderes weit erstaunlicher:

Es ist richtig, wir sind am Tag auf Arbeit gegangen und haben nach Feierabend und am Wochenende Revolution gemacht. Aber für mich bleibt es ein Phänomen, dass dabei nicht eine Scheibe eingeschlagen wurde, dass es auf beiden Seiten friedlich blieb.

Günter ist in dieser Zeit – erst in das „Neue Forum“, dann in die SDP eingetreten, aus der SDP ist er wieder ausgetreten. Er fiel nicht durch besonders spektakuläre Aktivitäten auf, aber er war immer vorn mit dabei.

In seinem Filmskript *Und der Himmel hängt voller Geigen* setzt Günter Ullmann diese erste Demonstration durch Greiz so in Szene:
Die Demonstrierenden rufen: DEMOKRATIE! DEMOKRATIE!
An der Spitze des Zuges Rubi, Schotte. Tragen ein riesiges Transparent.
Charly, in seinen Händen eine schwarze Rose.[152]
Diese schwarze Rose ist kein anarchistisches Symbol, aber eins des Aufbruchs und des Erinnerns an das Woher.
Was in Greiz und im ganzen Land geschieht, ist auch für ihn rational kaum nachvollziehbar. Das unsägliche Regime, das ihm für seinen Anspruch auf eine eigene Meinung so übel mitgespielt hat, kollabiert. Plötzlich ist das Reiner Kunze gewidmete Gedicht *Greizer Tunnelbau* kein Orakel mehr: „den tunnel verschließen mit licht". Lange hat dieser Vers etwas nur verschlüsselt prophezeit. Jetzt ist es entschlüsselt. Jetzt ist der Tunnel durchschritten, das Licht ist erreicht.

Angekommen

Träume werden in Wunden geboren

In der Dynamik der Revolution und der fröhlichen Anarchie nach dem Mauerfall ist niemand wirklich in der Lage, alles das aufzunehmen, was um ihn herum geschieht. Für Günter Ullmann ist dieser Herbst wie eine zweite Geburt. Nach den Jahren der Isolation steht er jetzt mitten in den Ereignissen. Rückblickend sagt er:
Die Wende 1989 war ein befreiendes Erlebnis für mich. Neben oder hinter mir demonstrierten nun Menschen, die einst gesagt hatten, das hat doch keinen Sinn, oder: So schlimm ist es doch gar nicht.
Ich weiß nicht, ob ich die DDR länger überstanden hätte.

Zweitausend spenden ihm Beifall, als er am 26. Oktober auf dem Bürgerforum im Goethepark als erster Redner ans Mikrofon tritt und vom anwesenden SED-Kreissekretär die Zulassung des „Neuen Forums" und der Sozialdemokratischen Partei fordert.
Nach einem Vortrag in der Stadtkirche über die unhaltbaren Zustände im DDR-Strafvollzug und vor allem im Zuchthaus Bautzen wird der Referent auf dem Heimweg zusammengeschlagen. Günter Ullmann reagiert sofort und fordert in einem Schreiben an die SED-Kreisleitung Aufklärung: Die Mitarbeiter des „Neuen Forums" würden nicht an einen Zufall glauben.
Er schlägt Rudolf Kuhl, dem Sprecher des „Neuen Forums" vor, in einem Offenen Brief an den Vorsitzenden des Rates des Kreises die Rehabilitierung Reiner Kunzes, DDR-Veröffentlichungen seiner Bücher und seine Einladung zu einer Lesung nach Greiz zu fordern. Die Noch-SED-Zeitung *Volkswacht* druckt den Brief ab und bietet anschließend ein Leserforum. Einer der im alten Denken Verhafteten kann sich nicht enthalten, Kunze einen „lächerlichen Patron" zu nennen. Eine Flut entrüsteter Briefe erreicht daraufhin die Redaktion.
Am 26. Januar kommt das Ehepaar Kunze nach Greiz. Schon mittags erleben sie einen grandiosen Empfang vor dem „Thüringer Hof".

Die jetzt in *Ostthüringer Nachrichten* umbenannte frühere SED-Bezirkszeitung meldet in ihrem noch immer etwas hölzernen Stil:
Begleitet von seiner Frau und einem Team des Bayerischen Rundfunks besucht der jahrelang verschmähte und totgeschwiegene Künstler nach vierzehn Jahren wieder einmal unsere Kreisstadt. (...) Begrüßt wurden die Kunzes von Vertretern des „Neuen Forums", so von Günter Ullmann ...[153]

Am Abend liest und spricht der Dichter vor mehr als eintausend Greizern in der überfüllten Stadtkirche. Das ist seine Verbeugung vor den mutigen Bürgern dieser Stadt. Der SED-Bürgermeister Haensgen bleibt demonstrativ fern. In den Mittelpunkt seiner Lesung stellt Reiner Kunze die *Wunderbaren Jahre* und damit die Erinnerung an eine bestürzende Zeit. Und er sagt: „Dass ich heute vor Ihnen stehe, ist für mich ein Lebenswunder. Ich danke Ihnen für die Einladung und alles, was Sie getan haben, damit wir ihr folgen konnten. Ich weiß nicht, ob Sie bei den ersten Demonstrationen hier in Greiz Angst gehabt haben. Wir, meine Frau, unsere Tochter und ich, haben Angst um Sie gehabt. Wir bewundern Sie für Ihren Mut." Am nächsten Tag reiht er sich ein in die allwöchentliche Samstagsdemonstration.
Im Rückblick sagt Reiner Kunze:
Die Tage Ende Januar 1990 in Greiz gehören zu den bewegendsten Tagen unseres Lebens. Sie sind uns unvergesslich.
Nach seinem Besuch dankt ihm Günter Ullmann in einem Brief, den auch die Zeitung einige Tage später abdruckt:

WENN DIE STERNE AUFSTEHEN
mitten am tage
im herzen des dichters
trägt die wahrheit
einen regenbogen
in den augen
der hörenden.

Lieber Reiner Kunze!
Auch vor allem Sie haben uns den Glauben an den Mensch im Men-

schen zurückgebracht. Nach Jahren des moralischen Zerfalls, der Ohnmacht, der Resignation und Depression nun diese Sternstunden.
Ein Dichter sagt nichts außer der Wahrheit.
Für viele Greizer ist mit Ihrem Besuch ein schöner Traum in Erfüllung gegangen. Wir möchten uns dafür noch einmal ganz herzlich bedanken und wünschen Ihnen und Ihrer mutigen Frau weiterhin alles Gute. Ihre vielen Freunde. Ihr Günter Ullmann.[154]

Es ist immer wieder erstaunlich, wie rasch Reiner Kunze eingehende Post beantwortet. Seinen Brief vom 30. Januar nach Greiz beginnt er mit den Sätzen:
Lieber Günter Ullmann,
Du hast zwar bis zum Schluß „Sie" zu mir gesagt, aber vielleicht bin ich ja doch nicht so alt, daß wir nicht „Du" zueinander sagen könnten.[155]

Es ist der Beginn einer Verbundenheit, über die sich vorübergehend allerdings Manfred Böhmes Schatten legen wird.

Für den 9. März 1990 lädt Günter Ullmann Jürgen Fuchs zu einer Lesung ins Greizer Kino ein. Es wird ein freudestrahlendes Wiedersehen nach fünfzehn Jahren. Vor nicht einmal zwei Jahren hatte Jürgen Fuchs ihn postalisch gefragt:
Möchtest Du einmal von hier eingeladen werden als Autor? Von guten Kulturadressen. Ein Projekt angehen, ein, zwei Monate. Vielleicht auch nur umsehen, lesen, ect. Wenn ja, bitte sagen. Habe gewisse Möglichkeiten, Autoren vorzuschlagen. Ginge dann ganz „offiziell" über Ostberlin.[156]

Dieser Einladung konnte und wollte er nicht mehr folgen. Dafür hatte er mit der Welt zu sehr abgeschlossen. Jetzt ist der Spuk vorbei, der Freund ist in Greiz und Günter Ullmann schenkt ihm dieses Gedicht:

AN JÜRGEN FUCHS

dein wort
verboten

eingekerkert
ausgewiesen
kehrt heim
die masken sind
zerbrochen.[157]

Fuchs liest im voll besetzten Kinosaal Gedichte und Prosa über die Zeit der Ausgrenzung. „media nox“ spielt dazu einfühlsam den Jazz. Wolfgang Templin vom „Neuen Forum“ moderiert und die Lesung gerät zunehmend zu einem Gesprächsabend, an dem Fuchs energisch dafür eintritt, das Geschehene nicht zu verdrängen, sondern die diktatorischen Jahre aufzuarbeiten. Das sei wichtig, auch wenn das Neue immer bestrebt sei, das Vergangene zuzudecken.
Unvermittelt taucht Manfred, alias Ibrahim Böhme im Saal auf. Fuchs reagiert ablehnend: „Eigentlich möchten wir hier keine Wahlveranstaltung.“
Böhme ist als Ministerpräsidentschaftskandidat der SPD gerade in der Nähe auf Wahlkampftour. Was die anderen nicht wissen, Günter Ullmann hatte ihn spontan eingeladen, doch auch zu ihrer Veranstaltung nach Greiz zu kommen. Viele jubeln Böhme zu und der genießt es. Als prominente Persönlichkeit beansprucht er den Mittelplatz auf dem Podium und schwelgt von den „herrlichen und gefährlichen Zeiten“ ihrer „Revolution“ in den siebziger Jahren. Fuchs geht deutlich auf Distanz, auch körperlich. Das alte Misstrauen: „Ist der echt?“ ist in ihm nie erloschen, auch wenn Lutz Rathenow vor zwei Jahren Böhme für ihn testete, ihn eine Rezension über den Roman *Das Ende einer Feigheit* für die *taz* schreiben ließ, und sich danach irrte, als er meinte, als Spitzel hätte er das sicher nicht getan. Die Spitzelgerüchte waren nie verstummt, aber es gibt nach wie vor keinen handfesten Beweis. Zwei Wochen nach seinem Auftritt in Greiz wird der *Spiegel* Böhmes IM-Tätigkeit aufdecken. – Wenn auch vorerst nur im Konjunktiv:
Ibrahim Böhme … sei bis Mitte der siebziger Jahre unter dem Decknamen Paul Bonkarz für die Stasi als regelmäßiger inoffizieller Mitarbeiter tätig gewesen … Böhmes erster großer Fall sei der Schriftsteller Reiner Kunze gewesen.[158]

Daraufhin erhält Böhme mit seinen Anwälten umgehend Akteneinsicht in der ehemaligen Stasi-Zentrale in der Berliner Normannenstraße. Er vertraut darauf, dass seine Akten vernichtet sind. Als er die Karteikarten, die ihn als vierfachen IM ausweisen, in den Händen hält, bricht für ihn eine Welt zusammen. Kurz darauf erleidet er einen Nervenzusammenbruch. In der Folgezeit wird er über alle ihn belastenden Akten behaupten, sie beträfen nicht seine Person oder sie seien untergeschobene Fälschungen.
Das Problem, einen mutmaßlichen IM zum ersten frei gewählten Ministerpräsidenten zu machen, hat sich für die SPD durch ihre Wahlniederlage gegenüber der CDU am 18. März 1990 von selbst gelöst. Böhme gibt eine Unschuldserklärung ab und arbeitet nach einer Auszeit von vierzehn Tagen weiter in der SPD-Fraktion der Volkskammer. Anfang Juli 1990 bewirbt er sich für die Stelle des Polizeibeauftragten des Berliner Magistrats und wird kurz darauf in das Amt eingeführt. Auch sein Volkskammermandat übt er weiter aus, legt es jedoch am 31. August überraschend nieder. Eine Verbindung mit der bevorstehenden Stasi-Überprüfung für die Abgeordneten vermutet offenbar keiner.

Noch sind die Stasi-Akten für Betroffene und Journalisten nicht zur Einsicht freigegeben. Das Stasi-Unterlagen-Gesetz wird erst Ende 1991 auf Druck von Bürgerrechtlern hin verabschiedet. Aber es gibt eine Grauzone. Einige derjenigen, die im Dezember 89 Stasi-Dienststellen besetzten und dort die noch vorhandenen Akten sicherten, nutzen ihre Möglichkeiten, steigen in die Archive und verbreiten, was ihnen wichtig erscheint. Ohne sie würde manches Wissen um Zusammenhänge heute nicht existieren.
Eines Abends im Oktober 1990 steht ein junger Mann vor Kunzes Haustür im Bayerischen Obernzell und überreicht ihm den bis 1977 gegen ihn geführten Operativen Vorgang „Lyrik". Das sind zwölf Bände, 3.491 Blatt, darunter vierundfünfzig Seiten Spitzelberichte und Einschätzungen des IMS „August Drempker" und seit 1974 zweihundertvierundsechzig Seiten des IMV „Paul Bonkarz".
Nur zwei Monate später erscheint Reiner Kunzes Dokumentation *Deckname „Lyrik"* und liefert den eindeutigen Beweis. Böhme wird

daraufhin zur Unperson. Er zieht sich zurück, steht weder für Interviews noch für Fragen von Freunden zur Verfügung, er taucht ab in Alkohol, Tabletten und neue Legenden, die er als seine Biografie niederzuschreiben versucht. In Greiz spaltet er die Gemüter.

Günter Ullmann will nicht wahrhaben, was er über Böhme lesen muss, den er als „meinen Freund" bezeichnet. In einer ersten Regung richtet er seine Erbitterung in den *Ostthüringer Nachrichten* gegen Reiner Kunze und sein Buch *Deckname „Lyrik"*:

(...) *Es ist ein wichtige Buch der Geschichtsbewältigung in unserem Land und in unserer Stadt und macht vor allem uns Greizer zutiefst betroffen ... Im Fall Böhme, das Beweismaterial ist überzeugend und tödlich, irrt der verletzte Dichter. Ich glaube es nicht, daß der Idealist „Manfred" im Sinne des Staates und der Staatsicherheit tätig war.* [159]

Er sucht das Gute im Menschen. Das ist sein Wesen. Nachdem er zur Kenntnis nehmen muss, dass *Deckname „Lyrik"* die Wahrheit sagt, schreibt er verzweifelt:

Manfred Böhme formte und förderte uns und er verriet uns ... Er belastete Reiner Kunze und verteidigte ihn ... Er ermöglichte Jürgen Fuchs, als dieser schon im ganzen Land Auftrittsverbot hatte, eine Lesung in Greiz und bespitzelte ihn. Er gab der Staatsicherheit den Rat, Arnold Vaatz zu überwachen und warnte diesen vor der Überwachung ... Unter uns war er Revolutionär. Bei der „Firma": Bonkarz und IM. Vielleicht kämpfte er gegen sich selbst. Vielleicht wollte er ein deutscher Gorbatschow werden.[160]

Wenn das Gespräch in späteren Jahren auf Böhme kommt, nimmt er ihn mit diesen Argumenten in Schutz oder er blockt ab: „Böhme wollte die Palastrevolution. Dabei hat er sich die Hände schmutzig gemacht."

Wie in seinen Ansichten zur Literatur, Religion und ethischen Werten hat er auch zu Böhme ein fest gefügtes Bild, von dem ihn keiner abbringen kann. Auch nicht Reiner Kunze:

Wenn ich an einen Menschen, dem ich einen Brief geschrieben habe, wie den vom 30. Januar 1990, einen Brief ungeöffnet zurück gehen lasse, muß etwas vorgefallen sein, das einen weiteren Kontakt vorerst ausschließt. In Günter Ullmanns Text „Erinnerung an Reiner Kunze", in dem der zurückgeschickte Brief erwähnt wird, fehlt leider die Erwähnung des Vorgefallenen. Es ging nicht um Parteinahme für Manfred Böhme, sondern darum, daß Günter Ullmann über den möglichen Verlust dieses Idols jede Beherrschung verloren zu haben schien. Später sind wir aber wieder aufeinander zugegangen, ich habe ihm zu einem runden Geburtstag geschrieben, und er schrieb den Text „Erinnerung an Reiner Kunze".

ERINNERUNG AN REINER KUNZE

Als junger Mensch habe ich Reiner Kunze sehr verehrt.
Er schrieb wunderschöne Gedichte und übte den „aufrechen Gang".
Zweimal besuchten wir ihn in seiner Wohnung,
die in zehn Minuten von unserem Haus zu erreichen war.
Nach dem Streit über Böhme hat er einmal einen Brief
ungeöffnet an mich zurück geschickt.
Das ist schon lange her.
Seitdem haben wir uns einige Male gesehen. (…)[161]

Günter Ullmann kann frühzeitig Stasi-Akten einsehen, die belegen, was für ein übles Spiel Böhme mit ihm getrieben hat. Aber er vermag es einfach nicht, die Wahrheit an sich heranzulassen. Er will nicht wahrhaben, dass Böhme durch die Übergabe der Gedichte, durch die Preisgabe seine geheimsten Gedanken der Staatssicherheit die Handhabe für ihre Maßnahmen bot, die ihn letztlich in die Krankheit trieben.
Wenn er sein Böhme-Bild verteidigt, kommt es mehrfach zu Kontroversen, auch mit Lutz Rathenow:
Nach Böhmes Entlarvung versuchte Günter immer wieder einmal, mit mir über ihn zu reden. Er wollte ihn verteidigen. Das hat mich geärgert, aber ich habe mir dann klar gemacht, wie sein Gesundheitszustand ist. Er wollte nicht als Verlierer dastehen und meinte, Böhme habe ihn durch Berichte auch schützen wollen. Tatsächlich geschützt haben Günter die Westveröffentlichungen und die Kontakte für mög-

liche Westveröffentlichungen. Seine Haltung entsprang auch einem Selbstschutz. Ich würde heute einem Menschen mit psychotischer Disposition nicht unbedingt mehr raten, in zu üppige Stasiakten zur eigenen Person zu schauen.

In seiner Verteidigung Böhmes überwirft Günter Ullmann sich zeitweilig auch mit Arnold Vaatz, bis der einlenkt und sie über dieses Thema nicht mehr reden.
Ullmann schreibt Böhme nach Berlin, bittet ihn, er solle sich ihm erklären. Doch der weicht aus, schickt nur ein Telegramm:
bitte im moment von besuch abstand nehmen. bin nicht zu hause und demnächst viel unterwegs zu gesprächen wegen aufarbeitung. gruß in dankbarkeit ibrahim böhme.[162]

Böhme weicht auch später aus, er hält Ullmann postalisch hin, verspricht seine Gedichte ins Französische zu übertragen, erfindet immer neue Ausflüchte und meidet eine Begegnung bis zu seinem Tod 1999.
Böhme ist die tragischste Freundschaft in Günter Ullmanns Leben.
Als Böhmes Asche schon einige Jahre anonym in Neustrelitz begraben liegt, bittet er Volker Müller, ihn dorthin zu begleiten:
Wir waren zwei Tage dort. Günter wollte unbedingt Böhmes Grab sehen und mit Frau Winkelmann sprechen. Zum Grab wollte er unbedingt allein. Abends hat uns Frau Winkelmann Verschiedenes erzählt, das sehr interessant und bewegend war.
Sie bestätigte ausdrücklich die Version, dass Böhme sich in der Neustrelitzer Zeit – halb im Ernst, halb im Spaß, wie es seine Art war – ausgebeten habe, von ihr im Falle des Falles einmal gepflegt zu werden. Als es dann soweit war, reagierte ihre Familie zunächst befremdet, schließlich half ihre Tochter aber mit. Zuletzt war er schwer alkoholkrank, er brauchte täglich bis zu zwei Flaschen Schnaps.
Unserer Unterkunft war eine Szenekneipe angeschlossen. Ich wäre dort nie reingegangen, aber Günter brauchte seinen Kaffee. Der nächtliche Besuch dort war sehr suspekt.
Ich weiß nicht, ob Günter die Reise wirklich verarbeitet hat. Er hatte von Böhme ein zu fest gefügtes Bild.

Im Frühjahr 1990 wird Günter Ullmann im Wohnungsbaukombinat entlassen. Es wird abgewickelt wie alle Staatsbetriebe, allenfalls tragfähige Teile werden privatisiert. Das gleiche Schicksal ereilt Arbeiter und Angestellte in den Webereien, der Textilveredlung, den Papierfabriken und im Maschinen- und Fahrzeugbau. Die halbe Stadt wird arbeitslos oder steht auf „Kurzarbeit null" und er konstatiert bitter:

NACHT
wir haben mit der banane
das warme licht der kerzen
ausgeschlagen

warum nicht
das kalte neon
der banken[163]

Dafür sind sie nicht auf die Straße gegangen. Aber die Mehrheit hat anders entschieden. Zur Wahl am 18. März meldet Günter Ullmann sich als Wahlhelfer. Den Prognosen will er nicht glauben. Als sie am Abend mit Harald Seidel die Auszählung auswerten, spielen seine Finger nervös an der Schläfe. Schotte spricht aus, was auch er denkt: „Die CDU, die sich bis zuletzt in der Schleimspur Honeckers bewegt hat, hat mühelos die absolute Mehrheit geschafft!" Die SPD, die sie ein halbes Jahr zuvor hoffungsvoll gegründet hatten, liegt in Greiz abgeschlagen bei sechzehn und das „Neue Forum" als „Bündnis 90" bei unvorstellbar niedrigen zweieinhalb Prozent. Günter Ullmann legt kommentarlos ein Blatt auf den Tisch:

WAHL 90

die menschen sind die
alten geblieben
wie ihr
fahnenhalter
am fenster[164]

Einmal mehr solidarisiert er sich mit den Schwachen. So wie er als Kind davon geträumt hatte, die unterdrückten Völker zu unterstützen, so wie er nach Jürgen Fuchs' Verhaftung die Solidarität der Freunde beweisen wollte, geht er jetzt zu den Arbeitslosen an die Kioske und in Kneipen, hört ihnen zu und zahlt ihre Zeche. Er selbst trinkt Kaffee. Seine Frau ist entsetzt, als er auf diese Weise das Monatsbudget für die Familie aufbraucht. Dazu erzählt seine Schwester Karin diesen Hintergrund:
Günter hatte einen Bauern als Großonkel, der war Asthmatiker. Als durch seine Krankheit, die keiner wahrhaben wollte, der Hof ruiniert war, kam er in den Ruf, ein fauler Hund zu sein. Andererseits war er sehr beliebt, in der Kneipe hat er das ganze Dorf freigehalten. Darüber konnte Günter sich köstlich amüsieren. Dieser Großonkel hat ihm gefallen.

Nach dem Rüffel durch die Familie zieht er sich zurück und schreibt:

ARBEITSLOSER
die arbeitslosen
wintervögel am fenster
fragen dich
ob du mitsingen willst[165]

Die Revolution ist ausgeträumt. Auch wenn Günter Ullmann jetzt nicht in ein sarkastisches „Krieg den Hütten, Friede den Palästen!" verfällt wie Volker Braun, den er als Dichter lange Zeit schätzte, so kommt er dennoch nicht umhin zu mahnen:

DEUTSCHLAND
blaue straße
wohin führst du
uns
in die mauern der kaufhäuser
in das ritual der ellenbögen
in das reich des vergessens

und immer von uns
weg[166]

In seinem Urteil über die Entwicklung hin zur Deutschen Einheit ist er kritisch, aber sachlich. Zehn Jahre später, als Hardliner längst versuchen, mit dem Begriff „Gescheiterte Revolution“ und „Kahlschlag“ Stimmung zu machen, bittet der Chefredakteur der *Frankenpost* auch ihn um seine Gedanken. In einer kleinen Serie kommen zehn Schriftsteller zu Wort, unter ihnen Erich Loest und Reiner Kunze. Günter Ullmann schreibt unter der Kopfzeile:

Heute noch über die DDR sprechen?

Es gibt viele Probleme: Der Hunger und das Elend in der Dritten Welt, die weltweite Umweltzerstörung, Kriege, erwachende Nationalismen, Ausländerfeindlichkeit und unsere Fernsehohnmacht, Massenarbeitslosigkeit, Obdachlosigkeit, wachsende Kriminalität, Konsumsucht, Sinnentleerung, die Entfremdung des Menschen vom Menschen …

Trotz alledem halte ich als Alternative zu den bestehenden Problemen Faschismus oder Stalinismus zu wählen, für gefährlicher als Feuer mit Benzin löschen zu wollen. Ich hoffe, dass wir die Demokratie sichern und vertiefen können.

Zu viele Menschen leben in einer DDR-Nostalgie, die zwar aufgrund der heutigen Nöte und Ängste verständlich, aber nicht gerechtfertigt ist. Sie verdrängen, dass an der Mauer geschossen wurde, oder haben nie zur Kenntnis genommen, dass die senilen Machthaber der weltgrößten DDR ein ganzes Volk wie „fette“ Stallhasen gefangen hielten. Sie haben vergessen, dass die volkseigenen Gummiohren ein ganzes Volk bespitzelten und dass diejenigen, die sich wehrten, ein- oder ausgesperrt wurden. (…)[167]

Er bleibt ein unbestechliche Kritiker der Diktatur, aber auch eines ungebändigten, politisch und sozial nicht in die Pflicht genommenen Kapitalismus. In einer Fernsehdiskussion im *Offenen Kanal Gera* sagt er noch einmal fast zehn Jahre später:

Die Kritik am Kapitalismus bleibt. Eins ist hundertprozentig klar, der Kapitalismus in der jetzigen Form kann so nicht überleben. Er muss reformiert werden. Demokratie muss im Kapitalismus siegen. Eine wahre Demokratie ist nur möglich nach dem Mehrwertprinzip, das heißt, wer mehr besitzt, der muss mehr abgeben. Wenn international nicht geregelt wird, dass die Gewinne besser verteilt werden, dann nehmen aufgrund der sozialen Unterschiede die Spannungen zu.[168]

Hinter Äußerungen wie dieser stehen bei ihm immer ganz persönliche Erfahrungen:

> **IN DER TEXTILSCHAUWERKSTATT**
> Greiz war einmal eine Textilstadt. Lange. Bis zur Wende.
> Jetzt existiert nur noch eine Textilschauwerkstatt.
> Die gehört zum Museum.
> Ich habe Dienst.
> Zwei arbeitslose Weberinnen wollen wissen,
> wo „ihre" Webstühle gelandet sind.
> Ich gehe voraus.
> Mir wird ganz übel …[169]

Günter Ullmann hat Glück, nach seiner Entlassung beim Bau stellt die Stadt Greiz ihn als Kultursachbearbeiter ein. Stadtverordnete hatten sich zu seinen Fürsprechern gemacht. Jetzt kann er in der Kultur tun, was er schon immer tun wollte, was Manfred Böhme fünfzehn Jahre zuvor torpediert hatte, als er ihn als Leiter des Lyrikzirkels absetzte und ihr Anthologie-Projekt verhinderte. Er ist voller Tatendrang, will bislang verschwiegene Kunst und Literatur aus der Stadt und der Region bekannt machen. In der *Thüringenpost* lässt er sich die Rubriken „Das Greizer Gedicht" und „Künstler aus der Greizer Region" einrichten, in der er in mehreren Dutzend Zwei- und Dreispaltern prominente und weniger bekannte Namen vorstellt. Er gestaltet über ein Dutzend Foyerausstellungen mit regionalen Künstlern. Er ruft die „Greizer Literaturabende" ins Leben, in denen jeweils mehrere Autoren, auch begleitet von „media nox", lesen. Er lebt auf, ist in seinem Element, zeigt sich stolz, wie man ihn lange nicht mehr gekannt hat. Er greift das Wort „Greiz – eine Hauptstadt der Poesie" des Hamburger Publizisten Jürgen Serke auf, legt seinen Ehrgeiz hinein und findet ein dankbares Publikum. Zu seinen Veranstaltungen müssen nicht selten zusätzliche Stühle gestellt werden.

Zum zweiten „Greizer Literaturabend" im Mai 1991 lädt er den Sächsischen Landtagsabgeordneten und über Jahre Greizer Autor Uwe Grüning, Jürgen Serke, Arnold Vaatz, Jürgen Fuchs und den Lyriker und Thüringer Landtagsabgeordneten Hans-Jürgen Döring ein. Döring erzählt dazu gern die Episode, wie Günter Ullmann vor der Lesung zu ihm kommt: „Zeig mal, was du lesen willst." Er sieht die Gedichte durch und sagt: „So geht das nicht. Warte." Dann setzt er sich an einen Tisch, streicht, schreibt um und sagt dem verblüfften Döring: „Jetzt ist es gut. So liest du das."

Zum dritten „Greizer Literaturabend" bittet er Hanns Cibulka aus Gotha, Udo Scheer aus Bad Klosterlausnitz und Ludwig Steinherr aus München. Winfried Arenhövel moderiert in seiner unnachahmlich sympathischen Art.

Arenhövel ist Musiker in der Vogtlandphilharmonie, Buchautor und leidenschaftlich engagiert im Familientheater „Waldbühne Legefeld" bei Weimar, wo er als künstlerischer Leiter mit einem vierzigköpfigen Ensemble musikalische Märchen inszeniert. 1974 verschlägt es ihn nach Greiz. Als Bausoldat hat er seinen Studienplatz für Violine verloren, er wird arbeitslos, bewirbt sich beim Greizer Sinfonieorchester und wird nach dem Vorspiel sofort als Zweiter Geiger engagiert.

Doch Günter Ullmann lernt er erst viel später kennen, bei ihrem Programm „Gegen Gewalt" im November 1989. Da ist sofort eine Seelenverwandtschaft. Als Kultursachbearbeiter der Stadt sucht Günter Ullmann ihn regelmäßig auf. Winfried Arenhövel erzählt:

Er kam gern bei mir vorbei. Er kam auch schon zum Frühstück, da hat er dann seine Zigaretten geraucht und seinen Kaffee getrunken. Wir haben zusammen Literaturabende – die waren ja seine Erfindung – und Ausstellungen konzipiert. Er brachte die Ideen, wer eingeladen werden sollte, wir haben sie zusammen umgesetzt und er bat mich, durch die Programme zu führen. Wenn er etwas durchsetzen wollte, konnte er sehr hartnäckig sein. Als er erfuhr, dass ich Elly-Viola Nahmmachers Nachlass betreue, war er sofort Feuer und Flamme und hat sich für die großen Ausstellungen eingesetzt, wie zu ihrem achtzigsten Geburtstag 1993 im Sommerpalais.

Lesungen, sagt Harald Seidel, *hatte Charly schon organisiert, bevor er in der Stadtverwaltung arbeitete. In gewisser Weise bekam er die Stelle im Kulturamt auch als Würdigung für sein Engagement und für sein literarisches Schaffen. Darüber hat er sich auf der einen Seite gefreut. Andererseits war er kein Verwaltungsmensch. Er hat gemacht, was ihn interessierte. Das waren vor allem literarische und künstlerische Veranstaltungen.*
Manchmal haben wir auch gelacht: Volker Müller arbeitete bei der „Thüringenpost". Da kam dann Charly, zuerst wurde Kaffee gekocht und dann hat der Charly erklärt, wie alles zu sein hat, und der Volker ist dabei fast verrückt geworden.

Volker Müller kann das nur bestätigen:
Günter kam oft jeden zweiten, dritten Tag, manchmal auch täglich herein. Er meinte immer, es sei zu wenig Kultur in der Zeitung und er machte pausenlos Vorschläge. Seine Serien „Das Greizer Gedicht" und die Serie über „Künstler aus der Region Greiz" waren so eine Idee von ihm. Er hat uns auf Veranstaltungen, auf Künstler aufmerksam gemacht, die in der DDR nicht anerkannt wurden. In der Redaktion war er sehr locker, die Kollegen haben ihn akzeptiert. Es war ein produktives Miteinander. Nur manchmal, wenn wir unter Zeitdruck standen, wurde es schwierig.
Günter war nie nachtragend, auch wenn ich mit ihm hart diskutieren musste. In der Themenwahl hat die Chefredaktion in Hof uns nicht reingeredet, aber wir durften nur das schreiben, was hieb- und stichfest war. Da hatten wir einige Streitgespräche, zum Beispiel zu mutmaßlichen Stasi-IM, deren Tätigkeit nicht eindeutig bewiesen war. Manchmal hat er spitzbübisch gelacht, wenn es ihm gelungen war, uns so einen Fall unterzujubeln. Wenn wir ihn dann zur Rede stellten, war es ihm sehr fatal. Er ist auch böse weggegangen, wenn es ihm nicht gelungen war, uns zu überzeugen. Aber am nächsten Tag war er wieder da.

Harald Seidel:
Charly hat kulturell viel auf die Beine gestellt. Aber wir haben auch Tränen gelacht, obwohl es nicht zum Lachen war. Einmal hatte er zwei Zirkusse gleichzeitig in der Stadt. Das war eben auch Charly: Was interessiert mich ein Zirkus!

Dieser Fauxpas unterläuft ihm gleich zu Beginn. Sein Vorgänger hatte einem Zirkus zugesagt und Günter Ullmann, ohne sich darüber informiert zu haben, einem zweiten. Ärgerlicher für seine Vorgesetzten sind die Freiheiten, die er sich für seine vielen „Diensttelefonate", Kopien und ausgedehnten täglichen „Botengänge" herausnimmt. Letztlich stimmt er 1997 gern seiner Umsetzung ins Stadtmuseum zu, wo er unter anderem Ausstellungen und Veranstaltungen mitgestaltet. Auch hier schafft er sich Freiräume und das Verhältnis zu Vorgesetzten und den Kollegen ist nicht immer spannungsfrei:

DER STADTGANG
Er hatte mich beschuldigt, dass ich zu lange in der Stadt gewesen wäre. Am nächsten Tag hielten mich die Leute an und fragten, warum unser neuer Chef den ganzen Tag durch die Stadt spazieren würde ...[170]

Die Vorteile und Kontakte, die er durch seine Arbeit genießt, weiß er durchaus schmunzelnd zu schätzen. Denn von den Veröffentlichungen als freiberuflicher Dichter könnte er kaum mehr als seinen Zigaretten- und den Kaffeekonsum finanzieren.
In Lyrikerkreisen macht Günter Ullmann sich seit 1990 deutschlandweit einen Namen. In der Zeit, als es noch üblich ist, in Tageszeitungen und Zeitschriften, die sich der Kultur verschrieben haben, gute Gedichte abzudrucken, findet man ihn regelmäßig in den Wochenendbeilage der *WELT*, in *MUT*-Heften oder im *Literat*. Seine Art, die Welt, die Dinge und Vorgänge auf ihr Wesen zu reduzieren und damit neue Assoziationen zu schaffen, verblüfft und interessiert.
Allerdings nicht die großen Verlage. Denen bietet er seit der Grenzöffnung wieder und wieder Gedichtzusammenstellungen an. Seine Manuskriptsendungen gehen teilweise ungeöffnet zurück. Er sammelt eine ganze Mappe mit stereotypen Ablehnungen, in denen die Worte „Leider" und „Mit Interesse gelesen, aber ..." ins Auge springen. Als ihm ein Lektor schreibt: „Wir möchten Ihr Leser sein, aber nicht in unserem Verlag", setzt er handschriftlich hinzu: „Mir ekelt, wenn ich an den Literaturclan in Deutschland denke."

Für Großverlage gilt bis auf wenige Ausnahmen: Lyrik rechnet sich nicht und neue Namen erst recht nicht. Es sind Verleger kleiner, ambitionierter Verlage, die den Reiz und den Wert der besten Gedichte und Epigramme Ullmanns erkennen, darunter die *Pfaffenweiler Presse,* die *Edition L* in Loßburg im Schwarzwald, der *MUT-Verlag* in Asendorf, der *quartus-Verlag* Jena und sein bald schon Hausverlag, der *Geest-Verlag* in Vechta. Mehr als zwanzig Bücher erscheinen, die Texte immer thematisch oder biografisch geordnet.
Eine Zeit lang variiert er die Worte „Stein", „Schrei", „Licht" zu Buchtiteln. Über die Verdichtung in seinen Gedichten hinaus komprimiert er damit ihren Gehalt noch einmal in einer elementaren expressionistischen Formel. Seine gültigsten Gedichte und Epigramme baut er in mehrere seiner Bücher ein. Herausragendes steht da neben vergleichsweise Banalem, beeindruckende Erinnerungen neben weniger spektakulären Prosanotizen, und immer wieder stechen seine großartigen, vergnüglichen Kindergedichte hervor.
Er findet Eingang in Schullesebücher, in zahlreiche, auch renommierte Anthologien, Gedichte von ihm werden übersetzt ins Englische, Französische, Niederländische, Finnische, Tschechische, Kroatische.
Im Jahr 2008 ist es Joachim Walthers Verdienst, die bislang beste, sorgfältig editierte Auswahl von Gedichten Günter Ullmanns in der Reihe *Die Verschwiegenen Bibliothek* der Edition Büchergilde herausgebracht zu haben. In dieser verdienstvollen Edition steht Ullmanns Band in einer Reihe mit einem Dutzend weiterer in der DDR mundtot gehaltener Autoren.
In den Adelsstand der Dichter erhebt ihn im Jahr 2000 Karl Otto Conrady, der ihn in den *Neuen Conrady* und damit in die Reihe der bleibenden deutschen Dichter vom Mittelalter an aufnimmt. Arnold Vaatz ist im Besitz eines solchen Exemplars:
Als ich meinen fünfzigsten Geburtstag feierte, war Charly da und hat mir ein wunderschönes Buch geschenkt, den „Conrady", dieses fantastische Lyrikkompendium.
Auch wenn Günter Ullmann es sich nicht anmerken lässt, seine Arbeiten in dieser Auswahl unter den zweitausend auserwählten Gedichten der größten deutschen Dichter zu sehen, ist für ihn die schönste Anerkennung.

Lutz Rathenow meint zum dichterischen Schaffen des Schriftstellerkollegen und Freundes:

Ich habe auch in den letzten Jahren immer wieder Gedichte von Günter Ullmann gelesen, die waren gut. Besser als seine vielen Bücher in Kleinverlagen wäre es allerdings gewesen, in einem repräsentativen Verlag einen gültigen Sammelband zu haben. Der kam erst sehr spät in der Büchergilde Gutenberg.

Man merkt bei ihm den philosophisch gebildeten, zur äußersten Verdichtung entschlossenen Autor. Das sind Zeilen, die dem Punkt entgegenstreben. Im Kreis, im Punkt die Vollendung finden, das ist auch ein Hauch Wahnsinn. So kann man Jahrhundertgedichte bauen. Tadeusz Różewicz hat das mit „Der Mond scheint" grandios zelebriert. Aber man kann auch grässlich scheitern und im Banalen landen. In den letzten Jahren konnte Günter Ullmann seinen privaten poetischen Kosmos oft nicht mehr nach außen nacherfahrbar gestalten.

Er war auch jemand, der dazu neigte, auf einer hohen Anspruchsebene viel zu lesen und der sich damit selbst ein wenig blockierte. Aber er hatte auch ein gutes Gespür für lyrische Talente – diese Beurteilungsfähigkeit und das Interesse an anderen Gedichten hat er immer behalten. Er dürfte der einzige Lyriker zwischen Thüringen und Sachsen gewesen sein, der bis zu seinem Lebensende den aktuellen Lyrikmarkt beobachtete. Seine kurze Prosa hat mich weniger überzeugt, aber auch da waren interessante Sachen darunter.

Reiner Kunze, der Ullmanns literarischen Weg gleichfalls verfolgt hat, kommt zu einem ähnlichen Resümee wie Rathenow:

Günter Ullmann hatte bedeutende poetische Augenblicke, aber er konnte nicht immer auseinanderhalten, was zur Poesie gehört und was nicht.

Günter Ullmann ist angekommen, die großen Konflikte sind für ihn ausgefochten, er kann das Leben wieder bejahen, aber damit geht ihm zugleich ein existenzieller literarischer Spannungsraum verloren. Bisweilen beklagt er das bei Freunden. Rudolf Kuhl sagt ihm in seiner direkten Art:

„Wenn du nicht mehr weißt, worüber du schreiben sollst, geh raus, drück dein Kreuz durch und schau einfach. Die ganze Welt ist voller Dinge, über die du schreiben musst." Wir haben es geschafft, dazu noch zu lachen.

Nach 1990 bringen ihm sein aufrechter literarischer Gang, sein Leben und Schreiben in der Wahrheit und sein Engagement für den gesellschaftlichen Umbruch mehrere Ehrungen ein. Doch große Gedichte gelingen ihm jetzt nur noch selten. So tragen die Auszeichnungen letztlich dazu bei, dass das Gefühl des Ausgebranntseins sich in ihm noch verstärkt. Vielleicht erklärt sich daraus seine besondere Art, mit öffentlichen Würdigungen umzugehen.
Im Januar 1993 wird er für seine Dichtung gegen die Gleichgültigkeit und für seine Förderung eines „vielschichtigen Literatur- und Kunstlebens in der thüringisch-sächsischen Region" von Bundespräsident Richard von Weizsäcker zum Neujahrsempfang in die Villa Hammerschmidt eingeladen. Nach seiner Rückkehr fragt ihn ein Journalist:
Wie haben Sie sich unter all der Politprominenz von Kanzler bis Gysi gefühlt?
Ullmann: Bevor ich nach Bonn fuhr, sagte meine Frau zu mir, ich solle nicht auffallen. Ich hatte nur schlampige Schuhe und kaufte mir neue schwarze Schuhe. Als ich mir nach einem ausgedehnten Spaziergang durch Bonn Blasen an den Füßen holte, humpelte ich beim Neujahrsempfang. So fiel ich trotz meiner neuen Schuhe auf.[171]

Im Jahr 1993 dreht Horst Königstein nach Birgit Lahanns Böhme-Biografie den Fernsehfilm *Der Mann im schwarzen Mantel.* Eine Hauptrolle darin ist der Geschichte Günter Ullmanns vorbehalten. Er selbst spielt in kleinen Szenen mit. Sein Kommentar zum Film und dem Aufsehen, das er erregt:
In unserer Stadt wird ein Film gedreht.
An einem Nachmittag trägt man einen jungen Mann
in die Arztpraxis meines Schwagers.
Der Zusammengebrochene stammelt:

„Ich bin Schauspieler und muss Günter Ullmann spielen. Aber ich bin Nichtraucher.[172]

Als er 1995 von der Universität Klagenfurt zu einer Lesereise in Österreich eingeladen wird, schreibt er in der Rückschau vergnügt: (...) *Ich belagerte Österreich eine Woche auf Einladung von Germanistikstudenten. Mit dem Flugzeug fiel ich von Leipzig aus am 02.04.95 in die Hauptstadt ein.* (...) *Am nächsten Tag legte ich in Kärnten die Sümpfe trocken, gründete Klagenfurt und killte den bösen Lindwurm ...*

Am nächsten Tag ritt ich auf einem Pferd die breiten Treppen im Rathaus hinauf und suchte im Zimmer 25 meinen Stuhl. Die Mitarbeiter der Stadtverwaltung lachten: „In Klagenfurt sind alle Klagen fort." (...) *Die letzte Station meiner Reise war Linz an der Donau. Keppler, Mozart, Bruckner und Stifter wirkten hier. Die Studenten fragten mir nach der Lesung ein Loch in den Bauch über das Leben in der DDR und in den neuen Bundesländern. Als die Fragen immer heftiger wurden, versuchte ich am Freitag, den 07.04., über Salzburg und München die Kurve zu kriegen.*[173]

Im August 1996 verleiht die Stadt Greiz Günter Ullmann feierlich die Bürgermedaille in Silber. Winfried Arenhövel dankt in seiner Laudatio, dass er mit seinen Gedichten helfe, Welt zu entdecken und das Staunen zu bewahren und er „Greiz durch sein Engagement vielfach zu einer Stadt der Poesie werden ließ". Was macht der so Gepriesene? Er schreibt in einer biografischen Notiz lapidar: „Zu meinem fünfzigsten Geburtstag verpasste mir die Stadt Greiz die Bürgermedaille."

Richtig glücklich ist er, als ihm 2004 die Deutsche Schillerstiftung Weimar ihren Literaturpreis, die Adolf-Mejstrik-Ehrengabe, zuerkennt. *Sein bis 1989 ungedrucktes Werk ist ein kostbares, torsohaftes Geflecht von Außen- und Innenwahrnehmungen, das Aufbäumen eines Einzelgängers und der „Lichtschrei" eines Dichters*, begründete die Laudatorin Ingrid Sonntag die Jury-Entscheidung. Und sie sagt: *Diktaturen verfügen über keine nennenswerte Literatur. Die gute Li-*

teratur entsteht in der Opposition, sagte Pavel Kohout. Eine gute Nähe stellt sich her.
Es bereitetet ihm stilles Vergnügen, als die mit Eingeladenen – Schwester, Bruder und Schwager – im überfüllten Festgewölbe der Weimarer Bibliothek staunend feststellten: „Unser Günter ist ja ein bekannter Dichter!"

Ebenso unerwartet wie der Preis der Deutschen Schillergesellschaft kommt für ihn 2008 der Internationale deutschsprachige Literaturpreis der Katholischen Gesellschaft „Preis des Lebens". Preisgewürdigt wird zum Thema „Leben" auch Günter Ullmanns Gedicht:

Abtreibung

du wolltest immer
bedeutendes tun

du bist
keine mutter
geworden

und spürst nicht einmal
daß du
verloren hast.[174]

Der Ort für die Preisverleihung hätte nicht besser gewählt sein können, es ist der prachtvolle Kaisersaal unter der teilweisen Brandruine des Schlosses in Heidelberg. Touristen aus aller Welt tummeln sich dort. Ein Amerikaner postiert ein lebensgroßes Standbild Barack Obamas vor dem Innenhof. Das gefällt Günter Ullmann, und er lässt sich spontan zusammen mit dem Präsidentschaftskandidaten ablichten.

Sein ausgefallenster Preis ist eine Geschichte, über die der Katzenliebhaber Günter Ullmann, wenn er sie zum Besten gibt, herzhaft lachen kann:

Irgendwann sprach mich ein Bekannter an: „Du hast doch eine Katze. Schreib doch mal ein Katzengedicht." Als mich meine Bicki wieder mal ein Stück auf dem Weg zur Arbeit begleitete, fielen mir ein paar Verse ein. Die gab ich ihm. Nach drei Wochen kam ein Brief, der war an den Schüler Günter Ullmann adressiert. Die Ostthüringer Zeitung gratulierte mir zum ersten Platz im Schülerwettbewerb. Ich sollte mein gewonnenes Katzenbuch abholen, könnte bei der Gelegenheit kostenlos die Geraer Katzenausstellung besuchen und meine Eltern wären natürlich ebenfalls herzlich eingeladen.[175]

Epilog

Der alte Schlüssel für den neuen Garten

Mit sechzig geht Günter Ullmann in Rente. Er freut sich darauf:

NACH 40 JAHREN

einmal nichts machen
in die wolken schauen
und die katze streicheln
im neuen garten …[176]

Der neue Garten auf dem Hainberg, keine zweihundert Meter vom Haus entfernt, ist sein Ruhepol. Von der Terrasse aus bietet sich ein malerischer Blick über einen der Ausläufer der Stadt. Obst-, Laub- und Nadelbäume und eine große Blumenwiese sind ein Biotop für Schmetterlinge und Vögel, ganz nach seinem Sinn. Hierhin zieht er sich zum Lesen zurück. Hier muss er nicht murren: „Lesen ist auch Arbeit", wenn Schwester und Schwager in ihrem gemeinsam gepflegten Garten am Haus meinen, er könnte auch mal wieder etwas mit tun, er aber lieber ein Buch liest.

So oft sie können, kommen jetzt die beiden Söhne Clemens und Kyrill, die beide seit Jahren nach Stuttgart und München der Arbeit nachgezogen sind. Ihr Ehrgeiz ist es, anstelle der alten Laube ein stattliches Gartenhaus zu errichten, und ihr Vater ist stolz auf sie.

Langeweile kennt Günter Ullmann nicht. Er hat Pläne für die Fortsetzung seiner 340-Seiten-Anthologie *Schreiben in Greiz,* für eine neue Fleißarbeit über dieses Buch mit dreizehn Autoren hinaus. Für den Geest-Verlag, seinen Hausverlag, arbeitet er gleichzeitig am dritten Band seiner Erinnerungen unter dem Titel *Der alte Schlüssel für den neuen Garten.*

Stolz zeigt er mir den Schlüssel im kleinen verwitterten Holzkasten neben dem Eingangstor. Diesen Schlüssel gibt es also wirklich. Auf einem Blatt für den Erinnerungsband notiert er handschriftlich:

DIE FRAGE
Manchmal frage ich mich,
bin ich ein Weltbürger, Europäer,
Deutscher, Ossi, Thüringer
oder Greizer?
Wahrscheinlich
Bin ich alles.
Aber am liebsten
Bin ich einer vom Hainberg
Und liege auf meiner
Wiese …[177]

Der Hainberg ist für ihn zugleich Sinnbild für einen überaus seltenen Freundschaftsbund, der über das einzelne Leben hinausreicht.

Auf eines der Blätter in seinem Nachlass schreibt er:
Der Journalist Udo Scheer ist mit seiner Frau von Hermsdorf nach Stadtroda gezogen. Wo ich in der Psychiatrie lag und wo Doktor Faustus wohnte. In seinem neuen Haus auf dem grünen Berg gibt es viel zu sehen. Zu Himmelfahrt müssten wir sie wieder einmal besuchen.[178]

Zu Himmelfahrt ist es über Jahre zu einer schönen Tradition geworden, dass seine Frau und er und meine Frau und ich uns treffen und manchmal auch mit Freunden größere Strecken wandern: durch das felsmächtige Göltzschtal, zu Stefan Schüch nach Arnsgrün, wo er die „Baba Jaga", seine Gaststätte, betreibt mit selbst gebackenem Kuchen, wo alle Wände mit Schüch-Karikaturen drapiert sind. Oder wir erwandern in unserer Nähe die Leuchtenburg oder das Eisenberger Mühltal mit Milo Barus' Haus, wo Günter Grüne Klöße und Roulade bestellt. Doch der Höhepunkt wird jedes Mal eine Rast unterwegs, bei der wir Männer zum Männertag uns einen Flachmann mit Kräuter- oder einem anderen Likör zur Brust nehmen.

Günter, der sonst kaum Alkohol trinkt, spricht dann jedes Mal das Wort „Schnaps“ vergnügt und seinem vollmundigen Klang nachlauschend aus.

Seit unserer ersten Begegnung 1990 in Vlotho werden wir zwischen Dresden und Bonn, Hamburg und Tübingen mehrfach zusammen zu Lesungen und Veranstaltungen eingeladen. Einmal auf Point Alpha nimmt eine ältere Dame mich beiseite und fragt:
„Wie alt ist Herr Ullmann eigentlich?“
„Sechzig“, sagte ich.
„Was“, antwortete sie erschrocken, „ich hätte ihn weit über siebzig geschätzt.“

Seine biologische Uhr läuft schneller als normal, auch wenn es kaum einer in seiner Umgebung wahrhaben will. Es ist der Preis für die harten Medikamente, die er in der DDR nehmen musste, aber auch für die Spritzen jetzt, die er alle drei Wochen gegen Depression und die unberechenbaren Gemütsaufwallungen bekommt. Sein Körper verlangt nach Kompensation, nach Nikotin und Koffein in starken Dosen. Es ist ein Teufelskreis, ausgelöst durch den Druck, dem er in den Fängen der Staatssicherheit ausgesetzt war.
Das, was man dem Menschen Günter Ullmann tatsächlich oder möglicherweise angetan hat, sagt Reiner Kunze, *hat ihn zerstört. Großer Dank gilt seiner Frau, die immer zu ihm hielt.*

Am Morgen des 10. Mai 2009 klingelt das Telefon. Ich komme gerade von einer Gedenkveranstaltung zum zehnten Todestag von Jürgen Fuchs in Berlin mit Herta Müller, Wolf Biermann, Ralph Giordano …, mit vielen, vielen seiner Freunde. Auf der Fahrt säumen Felder mit blühendem Raps aufdringlich gelb die Strecke. Bedrückend wie zu Jürgens Beerdigung vor zehn Jahren, denke ich. Und jetzt, wenige Stunden später, sagt Harald Seidel mit belegter Stimme: „Du, Udo, der Günter ist tot.“
Zwei Wochen zuvor hatten wir noch miteinander telefoniert. Eigentlich sollte es eine Routinesache sein. Unter ärztlicher Kontrolle sollte im Krankenhaus eine Umstellung seiner Neuroleptika erfol-

gen. Danach kommt es zu Komplikationen. In der Nacht des 9. Mai stirbt Günter Ullmann. Auf den Tag genau zehn Jahre nach dem Tod seines Freundes Jürgen Fuchs. Unerwartet, unfassbar, mit nur 62 Jahren.

Utz Rachowski widmet ihm ein Gedicht, darin die Zeilen:

er ging
an keinem Blatt entlang
ohne dass es ihn bemerkte.

Es gibt Nachrufe. Die *WELT* schreibt:

Nächtelang konnte er sich und andere in Begeisterung reden. Nicht nur Reiner Kunze und Jürgen Fuchs waren von Ullmann-Gedichten angetan. Aber er wurde eher porträtiert, als das man Texte von ihm wollte – er hatte die Biografie für den von der DDR zerstörten Schriftsteller schlechthin. Das ist nicht falsch. Und doch ungerecht. Er hat etwas geschrieben, das man nachlesen kann: mehrere Bücher …[179]

Zu seiner Beerdigung auf dem Greizer Friedhof am 15. Mai 2009 kommen weit über zweihundert Leute, die Kapelle fasst die Trauergemeinde nicht. Freunde von „media nox“ spielen auf der Empore, Winfried Arenhövel rezitiert Gedichte und spielt Geige. Nur der Pfarrer moniert, im Leben hätte der Verstorbene sich von der Kirche abgewandt, aber im Tod finde er zu ihr zurück. Günter hätte dieser Satz gefallen, er hätte gewusst, warum er darüber lächeln würde.

Am offenen Grab hält sein älterer Bruder Dieter eine ergreifende Rede. Er fasst die Trauer um diesen „so gutmütigen, liebenswerten und nicht gewöhnlichen Menschen“ für alle in Worte, spricht von seiner Frau, seinen Söhnen und der Familie als sicherem Anker, von seiner obersten Leidenschaft, dem Dichten, von seiner Bescheidenheit und innig verbundenen Freunden. Er spricht von seiner Ehrlichkeit und unangepassten Überzeugung, die er gelebt hat. Und er sagt: „Wir alle hatten dich gern! Ja, und Liebe war es auch! Wir werden dein Andenken bewahren, lieber Günter.“

„Sind Gedichte Luxus", fragte Reiner Kunze anlässlich der Verleihung des Georg-Büchner-Preises an ihn. Günter Ullmann hat eine gültige Antwort gegeben.

LICHTKREUZ

das nichts ist wahrscheinlicher als
das
sein

du bist
alles ist

also staune[180]

Das Geheimnis des Widerständigen

Zu Udo Scheers Günter-Ullmann-Biografie

Vor einigen Jahren weilte ein Schriftstellerkollege in Reichenbach im Vogtland und fragte öffentlich nach seiner Lesung: „Woran liegt das eigentlich, dass hier so viele aufsässige Autoren herkommen? Am Wasser? Da muss doch was drin sein, das strahlt."

Ich antwortete ihm: „Kann sein, denn die bekannten vogtländischen Biere kommen aus diesem Wasser." Das war nur ein Scherz, denn die Autoren aus dem Vogtland, wie ich weiß, trinken nicht alle gern Bier.

Das Geheimnis, und es scheint dieses zu geben, muss auf einer anderen Ebene liegen, denn auffällig – zumindest für unsere Generation der um das Jahr 1950 in der ehemaligen DDR Geborenen – ist, dass sich auf einem sehr kleinen geografischen Raum so viele Namen sammeln, die in die Literatur eingingen als aufsässige Leute, so hätte man früher gesagt zu Lebzeiten eines Julius Mosen, dem Dichter aus dem Vogtland, geboren 1803 dort in Marieney, gestorben weitab in Oldenburg 1867. Zeitgemäß nennt man sie dissidentische Schriftsteller, Dissidenten, oftmals auch abwertend gebraucht, sodass sich die so Bezeichneten mitunter heftig gegen diese reduzierende politische Metapher wehren.

Wo und wie entsteht das Geheimnis des Widerständigen? Sind Widerstand, die Wege dorthin geheimnisvoll? Für die Normalen, die Bürger, die Bequemen, die Feigen vielleicht, für die, die nicht teilhatten an den abweichenden Lebensläufen, die die gefahrvollen Wege nicht begingen, wie Udo Scheer sie in diesem Buch anhand des Lebenswegs von Günter Ullmann nachzeichnet und dabei fast zwangsläufig in Mehrzahl beschreibt, die Wege der anderen, der Abweichler vom Üblichen, der Freunde Günter Ullmans.

Der Neid der Normalen könnte einer der Gründe sein, warum das Geheimnis entsteht um die anderen. Das plötzliche Bewusstsein, etwas verpasst zu haben, die Möglichkeiten eines anderen Lebens,

das andere vielleicht geführt haben, geraten in den Blick, die Angst, einen Verlust erlitten, etwas für immer versäumt zu haben, treibt den Neid an. Die angstbesetzte Leerstelle der immerwährenden Karrieristen in ihrem materialistischen und eindimensionalen Denken aber ist, die Nähe zur Macht zu verlieren, nicht mehr zu den Erfolgreichen zu gehören. Das währt allerdings nur kurze Zeit. Sie spüren es genau: Die anderen bleiben nicht erfolgreich, sie sind zu anders und zu wenige und enden ohnmächtig. Wenn wieder die Zeit der Normalen beginnt, mit der Wiederkehr der Konjunktur rationalen Erfolgdenkens auch für die kleinen Gemüter, dreht die Welt sich weiter zugunsten des gewohnten Ausblicks.
Jiří Gruša, einer der bekanntesten Schriftsteller Tschechiens, sagt, nach dem Erfolg der samtenen Revolution von 1989 in Böhmen und Mähren sei nach einiger Zeit etwas Frappierendes bei der Mehrheit der Bevölkerung eingetreten: die Verächtlichmachung derer, die die Veränderungen, die Revolution, das neue Leben gerade auch für die Normalen, herbeigeführt hatten. Die Verdienste und auch die Persönlichkeit der anderen wurden geschmälert, herabgeredet, abgewertet. Gruša sagt: Das hat einen Grund. Es ist die Scham der gewöhnlichen Leute gegenüber sich selbst, der vielen vor den anderen, den wenigen, und ihrer jeweils einsam errungenen menschlichen Leistung: die Überwindung der Angst.
Neid auf andere und Scham gegenüber sich selbst: Mir scheint, das könnte helfen, das Geheimnis zu klären – aber nur halb.

Julius Mosen, der Dichter aus dem Vogtland, feierte die Unabhängigkeitsbewegungen seiner Zeit, den Freiheitskampf der Tiroler und den der Polen gegen die Fremdherrschaft, hymnisch in seinen Dichtungen. „Zu Mantua in Banden", das „Andreas-Hofer-Lied", ist heute Landeshymne des österreichischen Bundeslandes Tirol.
Er benennt als seine schriftstellerischen Leitmotive „Heimatliebe und Freiheitskampf" und schreibt in seinen „Erinnerungen", speziell über die Vogtländer von der „Anhänglichkeit an die heimatliche Erde des Vogtlandes", das den Blick anziehe, „als müsste dort weit hinten in der Ferne unter den harztropfenden Tannen, dort wo die Berge terrassenartig in dunkler Bläue emporsteigen, irgendein Ge-

heimnis verborgen sein, das uns an sich lockt und sich uns gern enthüllen möchte“. Die Vogtländer sind für ihn die „sächsischen Tyroler, nur genügsamer, nur regsamer, nur hartnäckiger in Verfolgung ihres Zieles, doch ebenso bieder, wenn auch derber“.[181]

Das ist vielleicht eine der Erklärungen für die besondere Situation im Vogtländischen, denn Julius Mosen meint und beschreibt beide Seiten der Gesellschaft: die Widerständigen und die Mitläufer. Beide als „regsamer“ und „hartnäckiger in Verfolgung ihres Zieles“. Das hat unsere Generation, auch Günter Ullmann, so erlebt. Die besondere Härte vor allem des Politischen, dem wir uns auf unseren Wegen ausgesetzt sahen.
Unser Schüsselerlebnis war 1968 die Okkupation der Tschechoslowakei, als durch unsere idyllischen Städte im Vogtland ein Riesenheer aus fünf Armeen des Warschauer Paktes rollte, um einen im Nachbarland entstandenen demokratischen „Sozialismus mit menschlichem Antlitz“, der auch unsere Hoffnung war, zu zerschlagen. Vor unseren Augen und tagelang fuhren die Panzer. In Berlin oder Leipzig lag dieses Ereignis geografisch etwas entfernt, war so sinnlich nah und zeugnishaft nicht wahrzunehmen, und wir haben es in unserem Werk auch alle und jeder für sich beinahe bekenntnishaft beschrieben, als ein einziger Aufschrei im Chor: Reiner Kunze, Hans-Joachim Schädlich, Jürgen Fuchs, Bernd Jentzsch, Uwe Grüning, Axel Reitel, Klaus Rohleder, Gerald Zschorsch, ich auch – und immer wieder ist dieses Motiv zu finden bei Günter Ullmann.

1968 war auch das Jahr, in dem der Stasi-Minister Mielke anordnete, dass unter dem Deckmantel der Anwerbung für den Armeedienst, Ausschau gehalten werden sollte für die Anwerbung als Spitzel oder für den beruflichen Nachwuchs für die Geheimpolizei „Stasi“ selbst. Ab der 7. Klasse, noch im Kindheitsalter, wurden Schüler ausgeforscht, um sie zukünftig als Ausforscher der Seelen anderer Menschen zu missbrauchen. Gerade im Süden der DDR wurden diese Werbungsgespräche mit aller Härte an den Schulen durchgeführt und dem Befehl des Ministers bedingungslos gefolgt. Die Lehrer hatten Quoten zu melden und gaben den Druck von Oben an ihre Schutzbefohlenen, Kinder und Jugendliche ab dreizehn Jahren, weiter, warben massiv mit einer Mischung aus Versprechen und Erpressungen für „Freiwillige“, die sich als Offiziere und Unteroffiziere zu verpflichten hatten. Der Direktor des „Goethe-Gymnasiums“ in Reichenbach, an das Jürgen Fuchs und ich gingen, eröffnete jede Schulwoche Montag um 7 Uhr mit einem Fahnenappell, nicht selten in seiner Armee-Uniform mit dem Rangzeichen eines Majors, und betrieb diese Schule als „seine“ Kaserne. Ich hörte kaum Ähnliches aus den großen Städten der DDR. Aber aus Greiz, der Heimatstadt Günter Ullmanns, der „Perle des Vogtlands“, wo der *biedere* und äußerst *derbe* lokale Teufel der politischen Indoktrination ebenso losgelassen wurde.

So begannen auch wir, uns zu *regen*, indem wir uns dem allen *hartnäckig* und *genügsam* verweigerten. Und auf Suche gingen nach einer „Ästhetik des Widerstands“, wie Peter Weiss sie benennt.

Heimatliebe und Freiheitskampf als Grundmotive vielleicht des Vogtländischen aber heißen vor allem auch ein Denken ans andere, an andere Menschen. Die anderen denken nicht zuerst immerwährend und sofort an sich wie die Normalen, die Egoisten, Spießer und Karrieristen, die anderen denken anders als sie: sozial.
Das eben befähigte einen Menschen und Dichter wie Günter Ullman in gleichem Maße das zärtlichste Liebesgedicht, seine sanft schwebende Naturlyrik und die harten Anklagen an die herrschenden Verhältnisse zu schreiben. Empfindsamkeit und sozialer Blick, das sind die offenen Geheimnisse der Widerständigen.

Zu diesem Geheimnis aber gibt es keinen Schlüssel, nur Vorbilder und beispielhaft gelebtes Leben, wie das von Günter Ullmann. Fände man die Lösung, würden die jeweils herrschenden Mächtigen den Erkenntnisschlüssel umgehend gebrauchen, um diese ursprüngliche, wiederkehrende und nicht ausrottbare menschliche Grundregung, dieses Attribut des Humanen überhaupt, ohne Zögern zu zerbrechen.

Das Vogtland als Quelle und Hort des Widerständigen: ja und nein. Gute Autoren auf jeden Fall und in seltener Fülle. Alles andere, die Namen und die Wege mit ihren unscheinbaren oder gewichtigen Geheimnissen stehen in diesem detailliert kenntnisreichen Buch, das Udo Scheer über Günter Ullmann geschrieben hat.

Utz Rachowski, Reichenbach im Herbst 2011

Anhang

Bibliografie Günter Ullmann

Buchveröffentlichungen

DEN HORIZONT UM DEN HALS. 66 Gedichte, Loßburg: Edition L 1992.

GEGENSTIMME. 66 Gedichte + Epigramme, Reichenbach/Vogtl.: Moser-Kommunikation 1992.

Der letzte Versuch. Rückwärts und nicht vergessen, Asendorf: MUT-Verlag 1994.

HERZWURZEL. Gedichte, Dresden: Hellerau-Verlag 1994.

„Eiswort Liebe". Frühe Liebesgedichte, Augsburg: Kasskara Verlag 1994.

LICHTSCHREI, Pfaffenweiler: Pfaffenweiler Presse 1995.

Lichtzeichen. Gedichte, Berlin: Oberbaum Verlag 1996.

LICHTSTEIN. Gedichte aus drei Jahrzehnten, Dresden: Verlag DIE SCHEUNE 1996.

Flaschenpost, Berlin–Haifa: M. u. N. Boesche Verlag 1996.

erdlicht. Gedichte und Prosa aus 30 Jahren, Jena: quartus-Verlag 1999.

Steinlicht. Gedichte, Aphorismen, Epigramme und kurze Prosa von 1966–2001, Ahlhorn: Geest-Verlag 2002.

Schwarze Schafe lesen Camus. Erinnerungen aus meinem Leben, Vechta: Geest-Verlag 2004.

Kirschbaum vorm Fenster. Erinnerungen, Notizen, Splitter, Vechta: Geest-Verlag 2005.

Lesestunde. Aufsätze zur Literatur, Dresden: Verlag DIE SCHEUNE 2005.

Schreiben in Greiz. Eine Anthologie (Hg.), Vechta: Geest-Verlag 2005.

Wolkenlicht. Gedichte, Aphorismen und Kurzprosa aus 40 Jahren, Vechta: Geest-Verlag 2006.

Die Wiedergeburt der Sterne nach dem Feuerwerk, Die verschwiegene Bibliothek (Hg. Ines Geipel u. Joachim Walther), Frankfurt/M.: Edition Büchergilde 2008.

Kinderbücher

Warum der Elefant so schöne große Ohren hat, Reichenbach/Vogtl.: Moser-Kommunikation 1993.

DIE ROTE SONNE STEHT IN DER TÜR, Reichenbach/Vogtl.: Moser-Kommunikation 1993.

Die Sonne taucht im Wassertropfen. Gedichte für Kinder, Jena: quartus-Verlag 1998.

Mein Traumbaum. Gedichte für Kinder, Ahlhorn: Geest-Verlag 2001.

Der Tintenfisch springt über Klassenbänke. Kindergedichte, Ahlhorn: Geest-Verlag 2001.

Vorsicht Baustelle, Vechta: Geest-Verlag 2008.

Die Vögel sind musikalische Leute, Vechta: Geest-Verlag 2009.

Literarische Hefte

Reihe: „Literatur zum Angewöhnen", Berlin–Haifa, M. u. N. Boesche Verlag.

Steinschrei. Lyrik (1990).

Gegenstimme. Politische Epigramme 1968–1988 (1991).

Ankunft. Gedichte und Epigramme 1972–1992 (1993).

Kindergedichte (1994).

Aus dem Leben. Miniaturen (1994).

(Hg.) Die Greizer Schule (1994).

(Hg.) Ibrahim Böhme. Gedichte (1996).

Korrekturen (1997).

Notizen. Über Zeichen zum Wort (2003).

Weitere Notizen (2003).

Sonstiges

LICHTKREUZE. Zehn Gedichte von Günter Ullmann zu Plastiken von Elly-Viola Nahmmacher (Kunstpostkarten), Spröda: Edition SCHWARZ WEISS 1992.

Quellennachweis

1 Ullmann, Günter: *Steinschrei*, Berlin–Haifa: M. u. N. Boesche Verlag 1990.
2 Ebenda.
3 Rathenow, Lutz (Hg.): *einst war ich fänger im schnee*, Berlin: Oberbaum Verlag 1984.
4 Ullmann, Günter: *Steinlicht*, Ahlhorn: Geest-Verlag 2002.
5 Ullmann, Günter: *Schwarze Schafe lesen Camus*, Vechta: Geest-Verlag 2004.
6 Nürnberger Zeitung, 18.12.1993.
7 Ullmann, Günter: *Kirschbaum vorm Fenster*, Vechta: Geest-Verlag 2005.
8 Ullmann, Günter: *Lichtschrei*, Pfaffenweiler: Pfaffenweiler Presse 1995.
9 Vgl. Anm. 7.
10 Vgl. Anm. 5.
11 Vgl. Anm. 7.
12 Ullmann, Günter: Nachlass.
13 Ebenda.
14 Ebenda.
15 Ebenda.
16 Vgl. Anm. 4.
17 Vgl. Anm. 4.
18 Thüringenpost, undatiert (zw. 1991 und 1993).
19 Vgl. Anm. 7.
20 Vgl. Anm. 5.
21 Vgl. Anm. 7.
22 Vgl. Anm. 12.
23 BstU, AU-Akte 14783/78, Bd. I, MfS-Untersuchungsvorgang Manfred Böhme, Eigenhändige Niederschrift, Fakten und Zusammenhänge um die Person Günter Ullmann, 2.4.1978.
24 Vgl. Anm. 12.
25 Vgl. Anm. 23.
26 Ullmann, Günter: Nachlass, *21 Kalenderblätter*, unveröffentlichtes Manuskript, 1968.
27 Ullmann, Günter: Nachlass, *Der Himmel hängt voller Geigen*“, unveröffentlichtes Filmskript.
28 Vgl. Anm. 4.
29 Vgl. Anm. 23.
30 Vgl. Anm. 4
31 Kunze, Reiner: *Brief mit blauem Siegel*, Leipzig: Reclam 1973.
32 Fuchs, Jürgen: *Schriftprobe*, Weimar: VDG Verlag Weimar 2001.
33 Vgl. Anm. 26.
34 Ullmann, Günter: *erdlicht*, Jena: quartus-Verlag 1999.
35 Vgl. Anm. 12.
36 Ebenda.
37 Vgl. Anm. 7.
38 Vgl. Anm. 34.
39 Vgl. Anm. 12.

40 Vgl. Anm. 5.
41 Ullmann, Günter: *Lichtzeichen*, Berlin: Oberbaum Verlag 1996.
42 BstU, Reg.-Nr.: X/963/68, Überprüfungsbericht IMV „Paul Bonkarz".
43 Ullmann, Günter: *Der alte Schlüssel für den neuen Garten*, unveröffentlichtes Manuskript.
44 Vgl. Anm. 12.
45 Vgl. Anm. 34.
46 Ebenda.
47 Ullmann, Günter (Hg.): *Schreiben in Greiz*, Vechta: Geest-Verlag 2005.
48 Scheer, Udo (Hg.): die *PROvinz, Literarisches Flugblatt aus Thüringen*, Weimar Nov., Dez. 1994.
49 Thüringenpost 1.7.1991.
50 Ullmann, Günter: *DEN HORIZONT UM DEN HALS*, Loßburg: Edition L 1992.
51 Vgl. Anm. 7.
52 Vgl. Anm. 32.
53 Fuchs, Jürgen: Unveröffentlichtes Manuskript 1973.
54 Vgl. Anm. 23.
55 Ebenda.
56 Scheer, Udo: *Jürgen Fuchs. Ein literarischer Weg in die Opposition*, Berlin: Jaron Verlag 2007.
57 Vgl. Anm. 42.
58 Vgl. Anm. 23.
59 Vgl. Anm. 23,Vernehmungsprotokoll Manfred Böhme 6.6.1978.
60 Ebenda.
61 BstU, OV „Medium" Reg.-Nr. X/16/77, Zur Beurteilung der vorliegenden Gedichte 14.12.1976.
62 Vgl. Anm. 5.
63 Vgl. Anm. 61, Befragungsprotokoll zur ersten Befragung des Ullmann, Günter 13.10.1978.
64 Vgl. Anm. 61, Bericht IMV „Bonkarz", Gera 8.12.1976.
65 Vgl. Anm. 61, Vermerk, Grünheide 22.11.1976.
66 Vgl. Anm. 61, Anlage.
67 Ebenda.
68 Vgl. Anm. 61, Zwischenbericht 20.12.1977.
69 BStU, OV „Primus", Reg.Nr. XII 724/77, Bericht IMV „Bonkarz" 8.12.1976.
70 Vgl. Anm. 61, BV Gera, Abteilung VIII, Beobachtungsbericht 3.12.–5.12.1976.
71 Vgl. Anm. 5.
72 Vgl. Anm. 61, Bericht IMV „Bonkarz" 8.12.1976.
73 Ullmann, Günter: *Der letzte Versuch*, Asendorf: MUT Verlag 1994.
74 Ebenda.
75 Ebenda.
76 Vgl. Anm. 69, Eigenhändige Niederschrift 8.7.1978.
77 Ebenda, Eigenhändige Niederschrift „Fakten und Zusammenhänge um die Person Günter Ullmann" 2.4.1978.
78 Vgl. Anm. 5.
79 Vgl. Anm. 12, unveröffentlichtes Gedicht.

80 Behnke/Fuchs (Hg.): *Zersetzung der Seele,* Berlin: Rotbuch 1995, TB 1015.
81 Ullmann, Günter: *Lichtstein*, Dresden: Verlag DIE SCHEUNE 1996.
82 Ullmann, Günter: *Weitere Notizen,* Berlin–Haifa: M. u. N. Boesche Verlag 2003.
83 Vgl. Anm. 61, Tonbandabschrift „P. Bonkarz“ zu Günter Ullmann, Jürgen Kornatz, Lilo Fuchs 2.2.1977.
84 Verfassung der Deutschen Demokratischen Republik, Berlin 1970.
85 Vgl. Anm. 61, Neue Entwicklungstendenzen im OV „Medium“, 16.6.1977.
86 Vgl. Anm. 69, Eigenhändige Niederschrift „Fakten und Zusammenhänge um die Person Ullmann, Günter“, 2.4.1978.
87 Vgl. Anm. 61, Zwischenbericht 20.12.1977.
88 Vgl. Anm. 5.
89 Ullmann, Günter: Nachlass, unveröffentlichtes Manuskript: *Der tragische Flugzeugabsturz und der Tod von Jürgen Fuchs.*
90 Vgl. Anm. 4.
91 Vgl. Anm. 5.
92 Ullmann, Günter: *Die Wiedergeburt der Sterne nach dem Feuerwerk,* Frankfurt/M.: Edition Büchergilde 2008.
93 Ebenda.
94 Ebenda.
95 Vgl. Anm. 12: Unveröffentlichtes Manuskript 1979.
96 Vgl. Anm. 12, unveröffentlichtes Manuskript.
97 Vgl. Anm. 4.
98 Vgl. Anm. 34.
99 Vgl. Anm. 92.
100 Vgl. Anm. 8.
101 Vgl. Anm. 34.
102 Vgl. Anm. 12.
103 Vgl. Anm. 92.
104 Vgl. Anm. 23, Vernehmung 3.5.1978.
105 Vgl. Anm. 61, Befragungsprotokoll zur 1. Befragung des Ullmann, Günter, 13.10.1978.
106 Vgl. Anm. 92.
107 Vgl. Anm. 73.
108 Vgl. Anm. 61, Konzeption zur Befragung der Vorgangsperson, 14.2.1978.
109 Ebenda, Bericht über die durchgeführte 7. Aussprache, 18.12.1978.
110 Ebenda, Abschlussbericht, 6.4.1979.
111 Ullmann, Günter: *wolkenlicht,* Vechta: Geest-Verlag 2006.
112 Vgl. Anm. 5.
113 Vgl. Anm. 50.
114 Ebenda.
115 Vgl. Anm. 12, unveröffentlichtes Manuskript 1979.
116 Ullmann, Günter: *Mein Traumbaum*, Ahlhorn: Geest-Verlag 2001.
117 Ullmann, Günter: *Kindergedichte,* Berlin–Haifa: M. u. N. Boesche Verlag 1994.
118 Ullmann, Günter: *Die Sonne taucht im Wassertropfen,* Jena: quartus-Verlag 2005.
119 Ebenda.

120 Vgl. Anm. 116.
121 Vgl. Anm. 118.
122 Jürgen Fuchs, Brief an Günter Ullmann, 29.4.1980.
123 BStU OV „Mentor“, Reg.Nr. X/606/79, Bericht über den Treff mit GMS „Verlage“, 29.7.1981.
124 Vgl. Anm. 92.
125 Jürgen Fuchs: Brief an Angelika Ullmann, 17.5.1982.
126 Vgl. Anm. 12, unveröffentlichtes Manuskript.
127 Vgl. Anm. 5.
128 Vgl. Anm. 12, unveröffentlichtes Manuskript.
129 BstU, OV „Ring“, Reg.Nr. X/339/84, Zwischeneinschätzung, 1.8.1984.
130 Vgl. Anm. 129, OPK „Schreiber“, Abschlussbericht, 29.4.1982.
131 Vgl. Anm. 129, Unterstützung unserer Diensteinheit durch Auswertungsmaßnahmen der ZAIG, 16.5.1983.
132 Vgl. Anm. 3.
133 Ebenda.
134 Ebenda.
135 Vgl. Anm. 129, Zwischeneinschätzung, 1.8.1984.
136 Ebenda, Zwischeneinschätzung, 29.1.1985.
137 Ebenda, Information, 13.2.85.
138 Ebenda, Information zur Gruppe „media nox, 7.2.1985.
139 Vgl. Anm. 34.
140 Vgl. Anm. 129, mündliche Information GMS „U. Schreiber“, 9.4.1986.
141 Vgl. Anm. 92.
142 Vgl. Anm. 50.
143 Vgl. Anm. 129, Zwischenbericht, 18.9.1987.
144 Vgl. Anm. 50.
145 Vgl. Anm. 12.
146 Ebenda, unveröffentlichtes Manuskript.
147 Vgl. Anm. 92.
148 Ebenda.
149 Vgl. Anm. 12.
150 Ebenda.
151 Vgl. Anm. 73.
152 Vgl. Anm. 12.
153 Ostthüringer Nachrichten, 27.1.1990.
154 Ebenda, 3.2.1990.
155 Reiner Kunze, Brief an Günter Ullmann, 30.1.1990.
156 Jürgen Fuchs, Postkarte an Günter Ullmann, 23.5.1988.
157 Ostthüringer Nachrichten, 15.3.1990.
158 DER SPIEGEL, 26.3.1990.
159 Ostthüringer Nachrichten, 21.12.1990.
160 Ostthüringer Nachrichten, 15.1.1991.
161 Vgl. Anm. 12.
162 Ibrahim Böhme, Telegramm an Günter Ullmann, 21.2.1991.
163 *Der Zettel,* München 10/94.

164 Vgl. Anm. 73.
165 Ullmann, Günter: *Ankunft. Gedichte und Epigramme,* Berlin–Haifa: M. u. N. Bosche-Verlag 1993.
166 Ebenda.
167 Frankenpost, 9.10.1999.
168 Offener Kanal Gera: Die 68er, Gespräch Günter Ullmann und Harald Seidel, 21.8.2008.
169 Vgl. Anm. 12, unveröffentlichtes Manuskript aus: *Der alte Schlüssel für den neuen Garten.*
170 Vgl. Anm. 12, unveröffentlichtes Manuskript.
171 Ostthüringer Zeitung, 14.1.1993.
172 Vgl. Anm. 5.
173 Amtsblatt der Stadt Greiz, 5.5.1995.
174 Ullmann, Günter: *Eiswort Liebe,* Augsburg: Kasskara Verlag 1994.
175 Ostthüringer Zeitung, undatiert.
176 Vgl. Anm. 12, unveröffentlichtes Manuskript.
177 Ebenda.
178 Ebenda.
179 Lutz Rathenow: *Zum Todes des Lyrikers Günter Ullmann,* in: DIE WELT 15.5.2009.
180 Vgl. Anm. 34.
181 wikipedia.org/wiki/Julius_Mosen.

Weitere Quellen

Baumann, Christiane: *Manfred „Ibrahim" Böhme. Ein rekonstruierter Lebenslauf,* Berlin: Robert-Havemann-Gesellschaft 2009.
Lahann, Birgit: *Genosse Judas. Die zwei Leben des Ibrahim Böhme,* Berlin: Rowohlt 1992.
Serke, Jürgen: *zu hause im exil. Dichter die eigenmächtig blieben in der DDR,* München: Piper 1998.
Scheer, Udo: Privatarchiv.

Buchbeiträge über Günter Ullmann

Joachim Rüdiger Groth: Materialien zu Literatur im Widerspruch, Köln: Verlag Wissenschaft und Politik 1993.
Joachim Rüdiger Groth: Widersprüche. Literatur und Politik in der DDR 1949–1989, Frankfurt/M.: Peter Lang Europäischer Verlag der Wissenschaften 1994.
Bundesministerium für Bildung, Wissenschaft, Forschung und Technologie (Hg.): Von Abraham bis Zwerenz, Bd. 3, Berlin: Cornelesen 1995.
Joachim Walther: Sicherungsbereich Literatur, Berlin: Ch. Links Verlag 1996.
Jürgen Serke: Zuhause im Exil, München: Piper 1998.
Volker Müller: Prominente Pilzvergiftung, Weimar: Wartburg Verlag 2002.
Arp/Leo: Mein Land verschwand so schnell, Weimar: Weimarer Verlagsgesellschaft 2009.

Abbildungsnachweis

Freund, Christian: S. 102 oben, unten; 103 oben, unten; 104 oben, unten; 107 unten; 109 oben; 110 oben.

Schaarschmidt, Karsten: Coverfoto, S. 105 unten; 106 oben; 112.

Scheer, Udo: S. 99 oben; 105 oben; 109 unten; 110 unten; 111; 209–224 (Bilder in Besitz der Familie Ullmann).

Ullmann, privat: S. 97; 98; 99 unten; 100; 101; 106; 108.

Danksagung

Mein Dank gilt allen, die die Arbeit an diesem Buch mit ihren Erinnerungen Anregungen und durch ihre Mitwirkung so vertrauensvoll und selbstlos unterstützt haben, darunter Winfried Arenhövel, Klaus Böhme, Rudolf Kuhl, Reiner Kunze, Volker Müller, Lutz Rathenow, Harald Seidel, Gerd Sonntag, Karin und Frank Thomas, Dieter Ullmann, Arnold Vaatz. Viele weitere Stimmen wären zu hören und jede hätte Facetten zu Günter Ullmanns Leben hinzugefügt.
Ganz besonders danke ich Angelika Ullmann, ohne deren willensstarke Begleitung – auch in den bedrückenden und aufwühlenden Abschnitten des Manuskripts – dieses Unterfangen nicht möglich gewesen wäre.
Ich danke der Thüringer Landtagspräsidentin Birgit Diezel und Michael Siegel, Geschäftsführer der Stiftung Ettersberg, die spontan ihre Unterstützung für eine Biografie über Günter Ullmann gegeben haben, und ich danke meiner Frau Mechthild, die ein gutes halbes Jahr Schreibklausur mitgetragen hat.

Erarbeitet und gedruckt mit freundlicher Unterstützung durch die Stiftung Ettersberg, das Thüringer Ministerium für Bau, Landesentwicklung und Verkehr, den Sächsischen Landesbeauftragten für die Unterlagen des ehemaligen Staatssicherheitsdienstes in der DDR.

2012

www.mitteldeutscherverlag.de

ISBN 978-3-89812-896-4

Printed in the EU